178 SECONDES

Katia Canciani

178 secondes

Les Éditions
David

Les Éditions David remercient le Conseil des Arts du Canada,
le Secteur franco-ontarien du Conseil des arts de l'Ontario et
la Ville d'Ottawa.
En outre, nous reconnaissons l'aide financière du gouvernement
du Canada par l'entremise du Programme d'aide au développement
de l'industrie de l'édition (PADIÉ) pour nos activités d'édition.

Les Éditions David remercient également le Cabinet juridique
Emond Harnden.

Catalogage avant publication de Bibliothèque et Archives Canada

Canciani, Katia, 1971-
    178 secondes / Katia Canciani.

(Voix narratives)
ISBN 978-2-89597-103-0

    I. Titre. II. Titre: Cent soixante-dix-huit secondes.
III. Collection: Voix narratives

PS8605.A57 C46 2009   C843'.6   C2009-900897-1

Révision : Frèdelin Leroux
Couverture : © Scott Dickerson / www.ScottDickerson.com
Maquette de la couverture, typographie et montage :
Anne-Marie Berthiaume graphiste

Les Éditions David   Téléphone : (613) 830-3336
265, rue St-Patrick, Bureau A   Télécopieur : (613) 830-2819
Ottawa (Ontario) K1N 5K4   info@editionsdavid.com
www.editionsdavid.com

ce soir, je suis aux portes d'un nouvel abîme
il m'attend depuis si longtemps
il m'espère
il m'appelle
ce soir, je plonge
pour mieux remonter
pour remonter

Un instant
Pour votre sécurité

Cinq minutes de lecture pourraient vous sauver la vie
Transports Canada — Sécurité aérienne

178 secondes

Combien de temps un pilote sans formation de vol aux instruments peut-il espérer tenir le coup lorsque les conditions météorologiques lui ont fait perdre le contact visuel? Des recherches ont montré que le temps nécessaire pour perdre le contrôle de l'avion dans ces conditions variait de 20 à 480 secondes, la moyenne s'établissant à 178 secondes.

Voici le scénario fatal...

Le ciel est couvert et la visibilité, médiocre. On rapportait une visibilité de cinq milles, mais elle semble plutôt avoir rétréci à deux milles et vous ne pouvez évaluer l'épaisseur de la couche de nuages. Votre altimètre indique 1500 pieds. D'après votre carte, le relief peut toutefois atteindre les 1200 pieds. Il y a peut-être une tour à proximité, car vous ne savez pas exactement où vous vous trouvez par rapport à votre route. Comme vous avez déjà volé dans de pires conditions, vous ne vous en faites pas outre mesure.

Inconsciemment, pour franchir ces tours qui ne sont pas si imaginaires que ça, vous tirez un peu sur les commandes. Sans avertissement, vous vous retrouvez entouré de brouillard. Vous avez beau vous arracher les yeux à percer le mur blanc, vous ne voyez rien. Vous combattez l'impression désagréable qui vous tiraille désormais l'estomac. Vous essayez d'avaler votre salive, mais vous avez la bouche sèche. Vous prenez conscience maintenant que vous auriez dû attendre de meilleures conditions pour décoller.

9

Vous pouvez commencer à compter. Il vous reste encore 178 secondes à vivre.

L'appareil a l'air d'être stable. Votre compas tourne cependant lentement. Lorsque vous appuyez sur le palonnier pour ramener l'avion, cela vous fait une drôle d'impression et vous revenez donc à la position initiale. Votre compas tourne maintenant un peu plus rapidement et votre vitesse s'accroît légèrement. Vous interrogez votre tableau de bord en espérant du secours, sans succès.

Il ne vous reste plus que 100 secondes à vivre.

Vous jetez un coup d'œil à l'altimètre et constatez avec horreur qu'il dévire. Vous êtes déjà tombé à 1200 pieds. Instinctivement, vous donnez de la puissance, mais l'altimètre diminue toujours. Le moteur est dans le rouge et la vitesse y est presque aussi.

Il vous reste 45 secondes à vivre.

Vous vous mettez à transpirer et à trembler. Il doit y avoir quelque chose qui ne marche pas : plus vous tirez sur les commandes, plus la vitesse augmente. Vous pouvez entendre le sifflement déchirant du vent contre l'avion.

Plus que 10 secondes.

Soudain, le sol apparaît. Les arbres se précipitent à votre rencontre. En tournant votre tête, vous pouvez voir l'horizon, mais sous un angle inhabituel. Vous êtes presque à l'envers. Vous ouvrez la bouche pour hurler, mais...

Votre dernière seconde s'est écoulée.

Début moins douze

La toute première fois où j'ai déchiffré ce texte, c'était dans la salle de bain de ma tante. J'avais dix ans. En fait, c'était aussi la toute première fois où je me décidais à lire quoi que ce soit qui ne m'ait été expressément demandé. Le babillard qui campait de façon incongrue — résolument originale — dans la petite pièce était pourtant tellement invitant. Entre les caricatures de Chapleau, les bandes dessinées de Lyne Arsenault, les derniers bulletins d'aviation, les blagues tirées du Sélection du Reader's Digest, les citations griffonnées sur des bouts de papier recyclé, les cartes postales écornées, le choix était vaste, mais je me contentais d'habitude de survoler le montage précaire. Seuls les traits francs des dessins retenaient parfois mon regard.

Cet après-midi-là, après avoir tour à tour détaillé le lavabo sur pied à la fêlure inquiétante, le réservoir de la toilette suintant l'humidité puis le bain à l'émail défraîchi, j'avais finalement saisi le morceau de papier à la bordure bleu vif. Il m'avait toujours attiré, sans doute parce qu'il appartenait à ce monde dit merveilleux de l'aviation, mais la lilliputienne écriture qui le saturait avait jusqu'alors eu sur moi, lecteur réfractaire, un effet des plus rébarbatifs.

Au début, j'avais lu de façon hésitante. L'alignement de mots de la deuxième phrase était presque parvenu à épuiser mon intérêt quand un court énoncé : « Voici le scénario fatal » avait, *in extremis*, ravivé mon courage. Peut-être parce que je venais d'apprendre dans mon cours de français que fatal voulait dire mortel et que le mot mortel, sans trop comprendre pourquoi, me fascinait.

Je m'étais plongé dans l'aventure. J'étais aux commandes de cet appareil aux ailes d'argent. C'était moi qui filais vers le sol à une vitesse vertigineuse, déchiquetant des yeux les nuages. Mon sang bouillait dans mes veines, mes mains moites tenaient le papier comme s'il avait été le manche de mon avion monomoteur. À l'avant-dernier paragraphe, je relevais de justesse le nez de l'appareil, en rasant les herbes, en étêtant les fourmis, en soulevant bien haut la poussière.

J'étais sauvé.

Je nous avais tous sauvés.

Presque huit ans plus tard, le quatre et demi de ma tante avait peu changé. Si Caro avait su rajeunir la décoration des autres pièces, sa salle de bain inondée de turquoise et de fuchsia n'avait pour sa part pas fait les frais des goûts du jour. À proximité de la rivière des Prairies, à Laval, cet appartement, par quelque jeu du destin, était notre terrain neutre familial.

C'est ici que je les avais conviés à mon anniversaire. Ici. Ça les avait froissés. Ils voulaient m'organiser une grande fête pour mes dix-huit ans. «Tu deviens un adulte.» «On va te sortir...» «On va danser.» «On va faire ce que tu veux.» C'est ce qu'ils avaient dit à Noël, un trémolo dans la voix, en planifiant la célébration qui se devait d'être mémorable. J'avais joué le jeu. La fiesta! Une foire! La débauche, un coup parti. Et ça se passerait dans un bar, depuis le temps que je souhaitais y entrer en toute légalité. J'espérais que les dobermans aux longs crocs, les biceps de porte pompés aux stéroïdes me demandent mes cartes, ce soir-là. Je me promettais de les leur flanquer sous le museau de toute façon.

Brusquement, il y a trois semaines, tout avait changé.

Ma tante m'avait un jour expliqué qu'un accident d'avion, c'était comme un casse-tête. Un accident, ce n'était pas juste un énorme bloc d'erreurs ou de hasards qui te tombait sur le crâne par un matin pluvieux. Non. Un accident, c'était une multitude de petits morceaux qui s'imbriquaient patiemment les uns dans les autres pour former un tout. La plupart du temps, le pilote venait poser la dernière pièce. *Vlan*. L'accident arrivait. Elle le savait, elle, parce qu'elle en avait eu un. Un vrai. Dans le plus grand silence, elle m'en avait montré les photos. Son avion sur flotteurs était devenu un grotesque tas de ferraille jaune et blanc. Les ailes de tôle désormais plissée, à l'angle anormalement obtus, m'avaient fait penser aux jambes de ce skieur dont j'avais vu la démentielle chute au journal télévisé : difformes. Fortement impressionné, j'avais réussi à demander à Caro comment elle s'en était sortie, tout en continuant de scruter ses photos à la loupe, cherchant sa silhouette féminine dans chaque contre-jour, mais seule apparaissait la carcasse qui dégoulinait au bout d'une grue et, quelquefois, la moue revêche de son instructeur ou le sourcil inquiet d'un technicien. Ma tante avait répondu qu'elle ne le savait pas trop, très sincèrement, et m'avait alors confié : « Quand ce n'est pas ton heure, Nicola, ce n'est pas ton heure. Toi et moi, on a ça en commun. » Et moi, de hocher la tête bêtement, gravement. Je n'avais pas compris. J'avais fait semblant d'avoir compris. Les gens font tellement semblant. Une bande d'hypocrites ! On grandit et ils nous apprennent à faire semblant. Maintenant, je comprenais. C'est pour cela que j'avais annulé leurs préparatifs. C'est pour cela que je les avais tous conviés ici, chez Caro, à ma fête. L'histoire de notre vie, c'était comme un accident, un gros casse-tête. Moi, j'avais finalement trouvé le morceau manquant.

Du babillard, je détachai le bulletin au papier gondolé par l'humidité, à la couleur fanée par les ans, le pliai en quatre et le fourrai dans ma poche, pour la route. Il me tiendrait compagnie.

Les invités allaient débarquer dans quelques minutes. Une singulière tare familiale les ferait tous arriver à l'heure. Je tamisai les lumières, puis filai au salon pour mettre de la musique. Le libre-service, sur la table, était prêt : scotch, rhum ambré de la Jamaïque, Jack Daniels, Coke, 7 Up, jus de fruits, quartiers d'oranges et de citrons dans un bol, cerises au marasquin dans un autre. J'avais mis le paquet. À défaut de se rendre au bar… Il y avait même des verres en plastique : personne ne se taperait la vaisselle ce soir. La majorité ne s'atteint qu'une seule fois.

La sonnette retentit. Ma tante avait dû la changer, car d'inaudible qu'il avait toujours été, le niveau de décibels de la sonnerie frôlait désormais la limite de l'agression auditive. Je me précipitai vers l'entrée. Le coin de la tablette en verre du corridor me retint le bras au passage, ce qui eut pour effet de me faire arriver à la porte en sacrant. Je jetai un coup d'œil par le judas :

— Ah oui ! bougonnai-je.

J'ouvris, l'humeur encore un peu écorchée, en tâtant mon pantalon à la recherche de mon portefeuille.

— C'est pour toi, la *pizz* ? grommela le visage mal rasé sous le capuchon bordé de faux poil.

— Oui. Donne, dis-je en prenant les six boîtes odorantes. Attends, je vais aller les déposer dans la cuisine.

Le livreur, du genre senteux, fit le pied de grue à la porte.

— Y'as-tu un party icitte à soir ?

— T'es observateur, lançai-je à la blague, d'un ton un brin sarcastique.

L'homme se renfrogna, insulté. Je lui payai sans piper ce que je lui devais tout en le gratifiant d'un généreux pourboire. À la vue de ce butin bien sonnant, il fit disparaître la face de bœuf qu'il avait adoptée depuis ma réplique et se tira sans plus attendre.

Le carillon — il devait vraiment avoir le son le plus strident et désagréable sur le marché — attaqua derechef, à répétition. Mon oncle Fred devait avoir rivé son index au bouton.

— Entrez ! Entrez, répétai-je. Bienvenue chez toi, tante Caro. Salut papa, grand-maman, grand-papa.

(Ils défilaient en rang serré, grouillant comme des gamins à qui l'on permet enfin de pénétrer dans l'école les matins de froidure.) Fred, tu n'as pas emmené ta nouvelle copine ?

— Elle arrive avec ton gâteau, assura-t-il.

— Tu t'es déniché une pâtissière, cette fois-ci ? lui glissai-je en sourdine.

— C'est en plein ça ! fit-il en se palpant mollement le ventre.

Quand le vestibule fut bien embarrassé des manteaux familiaux posés en vrac à même le sol à deux pas des bottes blanchies au calcium, les copains se pointèrent : Chen, Noémie, Gi — Giovanni de son vrai nom, mais qui voulait s'appeler Giovanni au Québec ? — et Jade. Ma pierre précieuse me serra dans ses bras.

— On se calme, les amoureux, ordonna Fred, narquois.

Si au moins cela avait été le cas… Tout alors aurait peut-être été différent. Ma décision, cette fête, ma hargne intérieure. Possiblement.

— Devrions-nous repartir tout de suite ? railla ma tante. En fait, je crois que nous n'étions pas invités… C'est un party *très* privé.

— Si c'est ça, on se pousse avec le gâteau, renchérit Fred en effectuant un demi-tour digne d'une parade militaire américaine, au moment même où sa timide petite amie se risquait enfin à franchir la porte.

— Ça sent la pizza… on apporte la pizza aussi ! déclarèrent Chen et Gi en chœur.

À ma grande stupéfaction, Jade me colla un léger baiser sur la bouche pour terminer, ce qui alimenta d'autant plus leurs moqueries.

— Bande de jaloux ! leur lança-t-elle. Il faut bien qu'au moins une fille l'embrasse le jour de son dix-huitième anniversaire, non ?

— D'accord avec ça, intervins-je en riant, déboussolé et encore ivre du trop chaste contact.

Le sourire innocent de mon amie d'enfance me confirma cependant que rien n'avait changé entre nous, absolument rien.

La soirée se déroula comme toutes les fêtes en famille — auxquelles mes amis étaient d'ordinaire invités — chez nous. Chen, qui adorait ma parenté, avait un jour calculé que nos réunions se composaient précisément de vingt-cinq pour cent de blagues, de trente pour cent de conversations sans queue ni tête, de quarante pour cent d'anecdotes revampées, de vingt-cinq pour cent de jeux, de dix pour cent de jérémiades de la part du mauvais perdant de naissance et d'un maigre cinq pour cent de discussions intelligentes. Il imputait le total du pourcentage supérieur à cent au fait que nous parlions toujours tous en même temps.

Pour l'occasion, mon père, vidéaste amateur plus talentueux que bien des professionnels, nous avait concocté un montage délirant sur mon enfance. Gros plan sur une séance d'épluchage de nez, accéléré sur un tournesol que je regarde pousser tout un été, fondu enchaîné sur ma perruche qui mange dans mon bol de céréales pendant que nous écoutons la télévision, ralenti sur mon premier accident de vélo à quatre roues dans la rue, flash-back sur tous mes costumes d'Halloween. J'étais de tous les rôles. Le générique m'attribuait le titre — pompeux, vu l'enfance que j'avais eue — de cascadeur. Les commentaires que la projection suscita, de la post synchro à son meilleur, n'augmentèrent toutefois pas le pourcentage de conversation sensée.

Si mon père semblait de son côté un peu plus détendu qu'à l'accoutumée, mon cœur à moi, au fur et à mesure que les heures s'égrenaient sur ma montre, avait adopté un tempo rapide et désordonné. Un instant, le régime du moteur était maîtrisé, et l'autre, il s'emballait. Il y avait pourtant un bon bout de temps que je réussissais à dominer mon anxiété. Elle était, à ce moment comme à toutes les fois, bien malvenue.

Vers la fin de la soirée, on me présenta le gâteau en me chantant le refrain éculé de circonstance. Je n'oubliai pas de remercier la nouvelle blonde de Fred : c'était sans conteste le meilleur et le plus beau témoignage culinaire que ma famille m'ait servi à ce jour. On en profita pour rappeler à mon oncle le gâteau Duncan Hines qu'il m'avait fait pour mes quatorze ans… avec de l'huile de sésame ! La seule huile dans son garde-manger, avait-il pathétiquement plaidé tandis que nous recrachions tous nos bouchées d'un mouvement aussi involontaire que synchronisé.

Alors que je m'apprêtais à prendre la parole, non sans avoir d'abord été me ressaisir à la salle de bain, mon père me dama le pion et s'avança au centre du salon :

— Nicola, tu sais, on était pas mal surpris que tu nous invites à *ton* anniversaire. On aurait aimé ça te l'organiser, mais…

Chen et Gi approuvèrent bruyamment. Ils s'étaient fiché des quartiers d'orange sous les lèvres en guise de dentier. Noémie et Jade leur flanquèrent des coups de coude dans les côtes.

— ... quand on devient un adulte, on veut enfin décider. C'est correct. T'avais bien raison d'en faire à ta tête, ajouta papa en se grattant la barbe. On veut juste te dire qu'on... t'aime.

En temps normal, j'aurais déjoué la mièvrerie par une pitrerie.

— Et que l'on t'a fait un cadeau... même si tu n'en voulais pas, conclut hâtivement mon père.

Un murmure d'encouragement parcourut le petit groupe, comme si papa parlait vraiment pour eux tous. Grand-maman et Caro, enlisées dans le canapé mou, affichaient un air de contentement absolu. Embarrassé par la tournure de la situation, je ripostai :

— C'est parce que j'avais dit de ne pas...

J'abhorrais ce contretemps.

— On le sait, maudit tannant, t'es-tu chialeux, râla Fred en me coupant la parole.

Sa copine fut secouée d'un fin rire émerveillé. Celle-là était amoureuse jusqu'au bout des incisives.

— Pis on a pas pu trouver plus petit, assura Gi.

Mon père s'approcha de moi et me remit, avec un inhabituel décorum risiblement exagéré par le magistral roulement de tambour de batteurs aux ridicules râteliers orangés, une gigantesque carte de souhaits. Une mince pochette contenant une carte bancaire avait été collée à l'intérieur, au beau milieu d'un salmigondis de signatures.

— C'est ton compte en banque, intervint mon père en guise d'explication. J'y dépose de l'argent tous les mois depuis que t'es petit, et celui que tu recevais en cadeau... Ben, jusqu'à ce que tu comprennes il y a quelques années que t'avais aussi le droit de le dépenser...

Mes grands-parents ricanèrent.

— Pour ta fête, tout le monde en a ajouté, compléta mon père.

Je demeurai platement bouche bée.

— Tu ne voulais pas de paquets à déballer, mais on a pensé que t'aurais besoin d'un petit montant pour t'acheter un char ou… ce que tu veux ! Je ne te dis surtout pas quoi faire avec ton argent, se défendit papa nerveusement.

Ils n'auraient pas dû. C'était difficile. Plus que je ne l'avais imaginé. C'est que je n'avais stupidement pas prévu, déconnecté comme je l'avais été ces dernières semaines, qu'ils auraient tant tenu à m'offrir un présent.

Reprenant mes esprits, je les remerciai un à un. Grand-maman m'étreignit tellement fort que je me demandai si elle n'avait pas un malaise. Je passai prestement à Noémie, qui exhalait un nouveau parfum. Lorsque je fus rendu à elle, Jade me chuchota : «Il est toujours temps de changer d'idée, Nic.» Mais ni ma famille, ni mes amis, ni une somme d'argent n'auraient réussi à me faire modifier mon plan de vol, si imprécis et incomplet fût-il, à ce point.

Je m'éclaircis la gorge, tout à coup enrouée :

— C'est vraiment gentil. Mon père… économe ? C'est un nouveau concept, ajoutai-je sur un ton qui se voulait badin.

L'assemblée s'esclaffa. Mon père était un dépensier notoire. Moi, j'étais tout le contraire et ce que j'avais réussi à amasser dormait désormais au fond de mon sac à dos.

Avant de continuer, je pris une lente et longue inspiration pour calmer les frénétiques battements de mon cœur.

— La raison pour laquelle je ne voulais pas de cadeaux, en fait, c'est parce que je ne voulais pas m'encombrer de trucs inutiles. J'ai pris une grande décision, annonçai-je avec une assurance surprenante vu l'état de panique intérieure dans lequel je me trouvais.

Chen et Gi, au bar, arrêtèrent de se servir. Caro dévisagea mon père.

— Je sais que ça va vous faire tomber de vos chaises. Mais, parfois, dans la vie, on apprend des affaires qui nous… jettent par terre, n'est-ce pas ?

Un silence lourd nappa l'assemblée.

— Moi, il y a trois semaines, j'ai découvert quelque chose que vous aviez toujours voulu me cacher.

Toute ma famille baissa la tête. Ironiquement, cela aiguillonna ma détermination, cristallisa ma résolution. Mes copains, eux, se regardèrent. Sauf Jade. Elle savait.

— Ne me demandez pas comment je l'ai appris, ajoutai-je. Et ne vous en faites surtout pas : il n'y a absolument personne ici qui s'est ouvert la trappe, qui me l'a dit…

Le ton de ma voix, sans le vouloir, avait monté d'un cran :

— C'est ça qui m'a le plus fait capoter, sincèrement. Que ce ne soit pas vous, papa, grand-maman, Frédéric, Caroline, qui me l'appreniez ! Tante Caro, il me semblait que tu me disais tout ? Moi, je t'ai toujours tout confié. Je pensais même qu'à ma fête, pour mes dix-huit ans, c'est ça la surprise que vous me feriez : me raconter *mon* histoire. Mais il fallait être naïf !

Mon père se leva lentement :

— Nicola, je te l'aurais dit…

— Papa, tu ne me l'aurais jamais dit, l'interrompis-je. Même pas sur ton lit de mort. Vous avez tous voulu faire semblant que rien ne s'était passé, qu'il n'était rien arrivé. Je pouvais bien me poser mille questions pendant toutes ces années.

— On pensait que c'était mieux pour toi.

— Vous avez eu tort, rageai-je.

Je fis une pause, rassemblai mes esprits. Sur le canapé, Caro avait glissé son bras autour des épaules de grand-maman. Grand-père se curait nerveusement les ongles.

— Écoutez. Ce n'est pas pour vous accuser que je dis ça. Pas du tout, complétai-je d'un ton radouci. C'est surtout pour vous faire comprendre qu'il y a des raisons pour lesquelles je pars.

Et le silence de renapper la pièce.

— Tu pars ? bafouillèrent papa et Caro.

Fred s'était retranché derrière sa copine qu'il avait enlacée comme pour se protéger d'une tempête depuis longtemps annoncée.

— Oui. Mon sac à dos est prêt. Il attend dans le bain à Caro, caché derrière le rideau. Tout ce qu'il y a de plus prêt, répétai-je comme pour m'en convaincre. Je vais aller voir du pays un peu…

— Tu ne nous as jamais dit que tu voulais voyager, bredouilla mon père.

— Tu ne nous as jamais dit, ironisai-je avec méchanceté, en voilà une bonne ! Après, quoi ? Nous serions allés passer l'été dans un grand chalet en Gaspésie ? Vive la famille ! Je vais vous dire, j'ai toujours voulu décamper, depuis que j'ai quinze ans… mais vous étiez tous tellement bons avec moi. J'avais peur de vous faire de la peine, que vous preniez ça comme un échec, comme un coup de poignard.

— Tu vas où, au juste ? murmura papa.

Enfin, une question pertinente !

— Je ne sais pas trop, vers l'ouest.

Chen et Gi, qui me fixaient à la fois surpris et admiratifs, trinquèrent en silence. Noémie avait adopté son adorable moue triste et posé sa tête contre celle de Jade.

— Pour combien de temps ? continua papa.

— Aucune espèce d'idée. Aussi longtemps qu'il me faudra…

— Et l'école ? ajouta mon grand-père, fidèle au seul sujet de conversation qu'il avait jamais vraiment eu avec moi.

Je haussai les épaules. L'école ! Leur sempiternelle vision de moi en universitaire m'avait toujours donné la nausée. Je me tus, par respect.

— Tu ne vas pas faire du pouce, j'espère ?

L'interrogatoire soutenu m'agaça au plus haut point.

— Oui. Et je n'en mourrai pas, narguai-je un peu trop insolemment.

Grand-maman, instigatrice de la question, n'avait pas mérité le cynisme de cette réponse. Il était temps que je file. La soirée avait assez duré. Ce n'était plus d'une fête que je voulais, mais d'une vie.

Je m'éclipsai vers la salle de bain, où m'attendait mon barda. Je fis couler l'eau du robinet, me rinçai la figure puis pris momentanément appui sur le bord du fragile lavabo. Dans le miroir, un ex-adolescent crédule devenu un homme aux traits bousculés auscultait mon âme, mais l'image qu'il cherchait de lui-même ne se trouvait pas dans son reflet. Mon sac rebondit sur mon dos, faisant du coup éclater la bulle d'anxiété qui m'entourait depuis tant d'années. Je partais. Je me libérais. Il était trop tard pour reculer.

— Votre cadeau est génial. Il va certainement m'être utile, leur dis-je en réapparaissant.

Je fis mes salutations. Je commençai par grand-maman, lui promis de l'appeler, tout en n'ayant aucune idée de la possibilité ou de mon réel désir de tenir une telle promesse en cours de voyage. Je serrai la main calleuse de grand-père, qui me remit un billet de cinquante dollars en marmottant :

— Fais pas de bêtises. Fais attention.

— Tu es mieux de m'envoyer des centaines de cartes postales, Nico, pour mon babillard, plaisanta Caro en tentant d'atténuer la tension plus que palpable.

— Il est déjà plein, lui répondis-je du tac au tac.

J'omis de lui mentionner que j'avais chipé son bulletin de la sécurité des vols.

— Je débarrasserai celui-là ou j'en achèterai un autre, tiens, répliqua-t-elle aussitôt comme par défi.

Je la laissai avoir le dernier mot.

— Téléphone à frais virés, peu importe l'heure, me dit-elle au creux de l'oreille en m'enveloppant de ses ailes.

Je saluai Chen et Gi, leur rappelai de veiller sur les filles. Je humai à fond le léger parfum vanillé de Noémie. J'embrassai Jade.

— Allez, va parler au beau grand mec de ton cours de philo, invite-le au cinéma, lui murmurai-je.

Elle était la seule qu'il me peinait vraiment de quitter.

J'étais étonnamment décontracté et sûr de moi. Puis papa s'avança pour me donner l'accolade, une accolade chargée de dix-huit ans de vie commune. Après de longues secondes, je lui chuchotai la réplique que j'avais répétée depuis quelques jours :

— Papa, j'ai besoin d'air. J'ai besoin de réfléchir, de faire le point.

Mon père, sous le choc, hocha simplement la tête. Moi aussi, j'avais été sous le choc, ces dernières semaines.

— Je savais que quelque chose n'allait pas. Je l'avais senti, confessa-t-il d'une voix cassée. J'avais peur que ce soit exactement ça, Nicola, mais... c'était pas mal dur pour moi. On dirait que j'ai toujours voulu te protéger après, de tout, tu comprends ?

Je ne changerais pas d'idée, même si ce départ était pénible. Je hochai la tête à mon tour puis relevai le collet de mon parka et franchis le seuil de la porte sans me retourner. On disait chez nous que ça portait malheur. J'entendis seulement mon père me crier :

— Deux, sept, six, quatre : c'est ton numéro, Nicola.

Je fis un effort conscient pour me dénicher une synapse encore fonctionnelle. Deux, sept, six, quatre.

Bizarrement, personne ne rouvrit la porte, ne courut vers moi, ne me cria : «Arrête, attends, écoute, réfléchis, comprends», comme dans les films. Ils devaient penser que je serais de retour le lendemain.

Ils avaient tort.

Je priais pour qu'ils eussent tort.

Début moins onze

En marche vers l'autoroute en cette nuit glaciale de février, je surveillai sans cesse mes arrières, anticipant à tout moment l'arrivée inopportune d'un membre de ma famille. Au fond de ma poche, ma main droite s'accrochait à un bout de papier tel à un morceau d'épave.
178 secondes.

Trois semaines auparavant, j'étais sorti avec Jade. Dans l'autobus quasi désert qui nous ramenait du centre commercial, elle m'avait dit :

— J'aimerais te faire un cadeau, à l'avance…

J'avais riposté.

— Ma famille a dû t'appeler pour te dire que c'est ma fête bientôt et qu'ils veulent me faire un gros party ! Avoue !

— C'est parce qu'ils t'aiment…

Je m'étais penché vers elle.

— Jade, ils m'aiment, mais ils m'étouffent. Tu connais ça, toi, cet amour-là ? lui avais-je soufflé.

Elle s'était avancée, imperceptiblement, et avait chuchoté :

— Non, chez nous, l'amour est plutôt décousu, comme des petits bancs de brume légère… tellement ténue que parfois on se demande s'il y en a vraiment ou si c'est juste une illusion.

Puis elle avait ri, et son rire était tombé sur mes lèvres trop chaudes telle une neige trop fine.

— Moi, il me semble que je marche dans de l'amour brouillard… aussi épais que de la purée de pois.

— Je ne sais pas ce qui est mieux, avait répliqué Jade en rabattant ma tuque en polar sur mes yeux.

À un coin de rue de notre arrêt, l'autobus freina brusquement et la bouche pulpeuse de mon amie s'immobilisa à trois centimètres de la mienne. Je résistai difficilement à l'envie de faire le reste du chemin. Preste, Jade se leva et poursuivit sur un ton enjoué :

— Tu te souviens ce que ma mère m'a payé en novembre dernier, parce qu'une de ses amies avait offert ça à sa fille et qu'elle ne voulait pas être en reste ?

— Une soirée à la tireuse de cartes, je crois, répondis-je en m'engageant à sa suite.

— En fait, madame Colombe est cartomancienne et liseuse d'aura…

— Les cartes, l'aura, les feuilles de thé, les lignes de la main, le caca d'oie, le principe est le même. Moi, je peux te prédire la journée qu'aura mon père en regardant s'il y a du marc de café dans sa tasse le matin, ajoutai-je à la blague.

Je dévalai les marches de l'autobus.

— Attends, je suis sérieuse, poursuivit Jade en me faisant face sur le trottoir.

De graciles mèches de cheveux ondulées par l'humidité s'échappaient de sa tuque en mohair bleu pâle et semblaient inviter mon index à une lente valse. Comme elle était belle !

— C'est vrai que je ne voulais pas y aller... Je trouvais ça tellement ridicule ! Mais tu te rappelles comme je t'en avais parlé par la suite ? demanda-t-elle.

Je levai les yeux vers le ciel. Le reflet d'une poignée d'étoiles, terni par les pollutions lumineuse et atmosphérique, m'accueillit sans enthousiasme. Décevant rappel à la réalité !

— Oui, bien sûr...

— Eh bien, ce soir, je t'ai pris un rendez-vous.

Je la regardai, incrédule.

— Écoute... si je te l'avais dit avant, tu aurais refusé, argumenta Jade en m'entraînant par le bras. Je te jure, Nic, que ça ne peut que t'aider à y voir plus clair. Tu es tellement mêlé en dedans.

Cette ultime affirmation n'était pas fausse. Depuis des mois, un flou malsain s'était installé dans ma tête. Ni mon passé ni mon avenir ne me paraissaient plus ancrés dans rien. Qui étais-je ? Où allais-je ? Le sol meuble de mes certitudes était devenu sable mouvant. J'avais même dû censurer mes confidences à Jade, mon cœur insolent oscillant désormais entre amitié pure et amour malvenu.

— Tu sais, ce qu'elles te racontent, ces femmes-là, tu en fais ce que tu en veux, poursuivit mon amie. Tu veux que ça t'aide, ça t'aide. Tu veux que ça te nuise, ça te nuit. Moi, je prends ce qui me plaît et je bâtis avec.

Nicola chez la voyante : Chen et Gi se bidonneraient pendant des heures sinon des jours, des mois. Ils en riraient sûrement encore à mon quart de siècle. Jade m'enlaça à la taille et cette étreinte dissipa comme par magie mes dernières réticences.

— Il n'y a que toi qui pourrais me convaincre, marmottai-je.

Nous avions trotté jusqu'à l'appartement de sa vieille excentrique. Je n'avais cependant pas ménagé mes efforts pour soudoyer ma copine en chemin, lui promettant de lui payer le cinéma et de l'y accompagner — même si Di Caprio ou Pitt me heurtaient la rétine — en lieu et place de cette sortie aussi ruineuse que futile. Sans succès. « Tu n'as aucun avenir au barreau », me confirma Jade, peu attendrie par ma décevante rhétorique. Avocat était bien une profession qui ne m'avait jamais allumé… ce qui n'était en soi pas très différent de toutes les autres. Cela n'avait jamais inquiété ma famille, qui m'assurait qu'au cégep, je découvrirais ma voie.

Je n'avais pu m'empêcher de sourire quand la tireuse de cartes avait ouvert la porte : elle avait tellement l'allure de l'emploi que la supercherie en devenait patente. Elle avait l'air d'une gitane perdue au Canada, sous son avalanche de foulards et de colliers. Ses cheveux blancs, soyeux, qu'elle portait en auréole autour de sa tête, complétaient parfaitement l'ensemble. Je m'attendais à tout moment de voir bondir sur son épaule un chat noir doué de parole. Elle nous avait invités à entrer.

L'intérieur de son antre ressemblait à la section « forêt tropicale » du Biodôme de Montréal et je ne pus m'empêcher de me demander, pragmatique, comment elle réussissait à faire pousser ces plantes avec si peu de lumière naturelle. Le rayonnement de son demi-sourire lui donnait tout de même un air bienveillant. Cet inutile présent serait inoubliable.

Jade avait attendu dans le petit salon en écoutant de la musique sur son baladeur neuf, gracieuseté d'un Père Noël inhabituellement généreux. Je l'avais assurée qu'elle pouvait assister à la séance si elle le voulait, mais elle avait catégoriquement refusé.

Je m'étais installé sur la chaise en bois au dossier haut et droit, choisie sans nul doute pour son inconfort exceptionnel. La dame-sorcière s'était placée à ma gauche. La table, devant nous, était recouverte d'un tapis en velours vert olive sur lequel reposaient différents paquets de cartes. Je l'avais remarqué, car mon père détestait la sensation de ce textile sous ses doigts et ce tissu avait été banni de notre environnement aussi implacablement que le beurre d'arachide dans la demeure d'un allergique ! Pour un bref moment, je m'imaginai dans un film fantastique et m'attendis à ce que les objets se déplacent seuls. Autour de nous, une vingtaine de bougies blanches, du genre de celles que l'on met sous le plat de fondue au chocolat, donnaient à la pièce son faux air mystérieux. Quelle mise en scène ! pensai-je. Il ne manquait que la boule de cristal et le décor était complet, digne des productions cinématographiques d'Hollywood, celles à petit budget.

Pour plaire à Jade, je pouvais bien rester une heure là, à écouter une diseuse de bonne aventure baragouiner des âneries sur ma vie passée, présente et future… Qui sait, avec un peu de chance, elle me prédirait mon union prochaine avec une amie de longue date et m'indiquerait quelle option choisir à l'école !

La femme avait commencé par scruter le dessus de ma tête :

— Jeune homme, tu as une aura très perturbée.

Ma connaissance de l'aura étant pour le moins limitée, cela ne m'affola pas outre mesure. C'est plutôt de ne plus savoir où regarder alors que quelqu'un m'examinait ainsi qui m'incommoda. Je déplaçai lentement mes yeux vers les siens, mais il se trouva qu'il était passablement déconcertant de l'observer en train de m'« étudier ». Changement de tactique, remise des gaz : je fixai le mur pêche en face de moi. Cela ne fonctionna pas plus. Enfin, je fis atterrir mon regard sur la surface plane de la table et lui coupai momentanément les gaz afin de tenter de l'immobiliser.

— Tu n'aimes pas porter des choses autour du cou, toi.

Je hochai la tête avec réserve, quelque peu abasourdi. Pourquoi Jade lui avait-elle révélé cet anodin détail de ma personnalité ? Le large col rond de mon chandail ne pouvait me trahir de façon aussi élémentaire.

— C'est à cause de ta mère, mon garçon.

La gitane fit une pause.

Ma mère ? Je n'aimais pas que l'on évoque ma mère et supportais encore moins qu'une étrangère me parle d'elle comme si elle la connaissait.

— C'est parce qu'elle a essayé de te... poursuivit la femme.

J'en avais assez entendu. Pouvions-nous payer et déguerpir de cette cave à l'atmosphère suffocante ? Je fis grincer les pattes de ma chaise sur le plancher afin de signifier mon inconfort.

— Je vois à la fois quelque chose sur ta bouche et sur ton cou. C'est ta mère, le problème.

Je me raidis plus encore, serrai les dents, voulus hurler mon désarroi à la copine insensible qui m'avait traîné ici et fredonnait nonchalamment les paroles du succès de l'heure dans l'autre pièce. La vieille enchaîna :

— Elle a essayé de te… un accès de folie meurtrière, mon enfant. Tu étais petit. Petit, répéta-t-elle en me tapotant le bras.

Ma mère ? Quoi ? Folie ? Folie ! Foutaises.

Ébranlé malgré tout par son ton absolu, secoué par ses paroles, le sceptique en moi balbutia :

— Ma mère, elle est morte en me mettant au monde…

La femme m'observa un instant, le corps comme dans un virage à faible inclinaison :

— C'est sa tête qui est morte. Ne la cherche pas. Elle ne te servirait à rien, conclut-elle d'un ton sec.

À ces mots, je souhaitai que le virage se transforme en spirale et que cette demeurée s'écrase au sol à haute vitesse. Incapable de m'enfuir, je fuguai mentalement. Dans un état second, je lui désignai des cartes, à sa demande, ne suivant ses dérangeants propos qu'à demi.

— Tout va bien. Tu es entouré d'amour. Trop étouffant.

Pourquoi Jade lui avait-elle raconté ces secrets ? Mes secrets ?

— Tu vas faire un voyage. Il va être éprouvant, mais tu dois le faire, poursuivit-elle.

Sa voix caverneuse. J'avais peine à la comprendre, ne le voulais pas. J'étais resté sous le coup de sa nébuleuse déclaration au sujet de ma mère. Était-ce ça ? La réponse à mes questions ? La réponse à ma vie entière ? La réponse unique à mes myriades de questions ? Impossible ! Et si Jade ne lui avait rien dit sur moi ? Et si…

— Je vois une réunion de famille. De l'argent, le gros lot.

Ses mains à la peau parcheminée effleuraient les cartes.

— Fais attention à l'eau. Il y a un problème dans l'eau. Non… une solution.

Je me répétai cette phrase, comme un mantra, sans y accorder aucun sens.

— Tu vas rencontrer une femme. Noire. Je vois des corbeaux. Des corbeaux protecteurs. Et une belle forêt lumineuse. Son cœur est bon. Tu vas faire beaucoup de rencontres. Fais attention à toi.

Je ne la suivais plus.

— N'en veux pas à ta famille.

Les cartes aux symboles obscurs s'étalaient devant moi, étendant leurs tentacules sur la surface veloutée.

— Je vois des avions. Beaucoup d'avions. Tu es entouré d'avions. Il y a des ailes au-dessus de ta tête.

— J'ai toujours aimé les avions, confessai-je, brisant volontairement son monologue.

Je ne savais plus si je devais, ou désirais, me confier ou me barricader de l'intérieur. Dans ce mouvement de roulis désordonné, je fus pris de nausée psychologique. La femme ne semblait pas s'en douter malgré son supposé don divinatoire.

— Tu vas quitter l'école, mais tu vas y revenir.

En retard sur le propos, je levai les yeux vers le plafond pendant une fraction de seconde, les sourcils en accent circonflexe, dans l'espoir d'apercevoir la paire d'ailes à la Astérix apparemment fichée sur mon crâne.

La femme s'arrêta un moment, puis me souffla :

— Tu vas avoir une belle vie quand tu vas renaître, mon garçon. Une belle et longue vie. Pleine d'amour.

Je voulais lui demander ce que signifiait ce «quand tu vas renaître», mais elle m'ordonna soudainement :

— Ferme les yeux.

Méfiant, je l'interrogeai du regard.

— Je vais équilibrer tes chakras, expliqua-t-elle comme si la chose allait de soi.

Vu sa fragilité physique évidente, je me dis qu'il ne pouvait rien m'arriver de bien grave. J'obtempérai à sa requête. La séance tirait de toute évidence à sa fin. Tant par mégarde que par curiosité, je risquai une œillade rapide en plein milieu de l'harmonisation de ce qu'elle appelait mes chakras. Ce bref clip discrédita le peu de valeur que j'avais pu concéder à cette gitane empruntée. La femme se trémoussait alors frénétiquement à mes côtés, d'où ce perceptible froufroutement de tissus, les mains élevées au-dessus de ma tête comme ces prêcheurs de pacotille américains à la télévision le dimanche matin. «Retiens-toi de rire», me commandai-je le plus sérieusement du monde. La docteure en spiritisme ne s'aperçut de rien. Je l'entendis se rasseoir. Je ne rouvris les yeux que lorsqu'elle s'éclaircit la gorge. Elle avait posé ses deux mains à plat sur la table et lissait — plus par habitude que par nécessité — le velours du tapis. La femme se leva sans autre explication. Trois pas feutrés plus tard, elle avait atteint l'évier de la cuisine. Le robinet rugit avant d'offrir son liquide transparent. La cartomancienne but une grande gorgée d'eau.

Devinant que la visite était terminée, je bondis sur mes pieds, replaçai ma chaise et rejoignis Jade. Mon amie m'attendait, fin prête au départ. Le laçage de mes bottes me parut interminable. Jade glissa un «Merci, Madame Colombe» dans l'entrebâillement de la porte puis nous sortîmes en silence. La femme avait parlé pendant une heure entière, me confirma Jade. Étourdi par sa première déclaration, j'avais retenu si peu, quelques phrases à peine.

Errant sans but, nous marchâmes dans les rues de la ville encore animée malgré l'heure tardive. J'avais besoin de m'aérer l'esprit. Cette femme était un imposteur de premier ordre, voilà ce que j'en concluais. La déférence de mon amie envers mon mutisme finit cependant par m'oppresser.

— Bon, tu veux savoir ce qu'elle m'a dit? lui balançai-je finalement avec une pointe d'agacement dans la voix

— C'est ton cadeau, t'es pas obligé de partager.

Bien sûr que je le voulais! N'était-ce pas pour cela que j'avais accepté ce présent? Seulement pour cela! Je débitai donc à Jade, pêle-mêle, telle une longue liste d'épicerie notée à la hâte, ce que la Colombe m'avait dit, en omettant la sarabande finale dont j'avais été malencontreusement témoin.

— Tu sais, Nic, faut pas tout croire.

C'était elle, maintenant, qui m'envoyait ça! La remarque de mon amie ne m'apaisa pas, au contraire. Je ne savais plus trop que déduire de cette expérience.

— Je pense à la fois qu'elle m'a dit n'importe quoi et qu'elle m'a révélé des… vérités cachées. Moi, je croyais qu'elle allait me raconter des choses qui pourraient s'adresser à n'importe qui. Mais, quand j'y pense, Jade, elle n'aurait pu dire ni à toi, ni à Chen, ni à Gi, ni à

Noémie qu'ils détestaient avoir des choses autour du cou... Et, au sujet de ma mère...

Je me tus. Je doutais de tout maintenant. Ma mère... Ma mère, mon iceberg éternel, tantôt refuge, promontoire, terre d'exil sur les eaux troubles de mes océans intérieurs ? Cette mère dont je ne savais pratiquement rien.

Jade, sentant mon désarroi, me prit la main. J'aurais aimé qu'il ne fasse pas si froid afin de pouvoir toucher sa peau au lieu de ses mitaines de laine.

— Tu te rappelles ? Moi, elle m'avait dit que je rencontrerais un beau blond. Ça allait être dans les prochains jours... Et ça ne s'est jamais produit, mentionna-t-elle dans l'espoir de me changer les idées.

Je m'en souvenais. Certains soirs, j'avais même songé à me teindre les cheveux.

* * *

J'en avais eu assez de leur cocon, de leur protection. Il me semblait que j'avais passé ma vie à me faire gaver de vers de terre prédigérés, à me faire ébouriffer les plumes, à me faire chauffer au fond du nid. Douillet. Toujours que de la douceur, jamais de mots durs ou de prises de bec. Pas de crise d'adolescence. Pourquoi aurais-je eu besoin de me rebeller ? L'insurrection arrivait peut-être sur le tard ? Un retour en force ! Je levai gauchement le pouce.

Voooum. Un vent violent rabattit mon capuchon sur ma nuque et me projeta vers le fossé dans un tourbillon de sable, de sel et de neige granuleuse. Un poids lourd s'arrêta en avant de moi sur le bas-côté. J'avançai avec entrain vers la cabine, encouragé par la célérité du service. Comme j'agrippais la poignée montoir, un homme m'apostropha rudement de l'arrière du camion.

— Aye ! S'tie, qu'est-ce que tu fais ? Débarque de là.

Je lâchai la barre de métal et reculai aussi vite que je le pus en montrant patte blanche tandis que l'homme s'approchait de moi d'un pas vif.

— Je faisais du pouce. Je croyais que tu t'étais arrêté pour moi, défilai-je sans reprendre mon souffle.

L'homme, constatant que j'étais inoffensif, égrena un chapelet de sacres avant de marmonner :

— Trouve-toi une autre *ride*. J'prends pas personne.

Après avoir inspecté les ancrages de sa cargaison, il se remit en route.

Je suivis des yeux sa bruyante accélération, confondu par cette abrupte et bizarre expérience. La trace de mes pas, désormais en partie effacée par le passage du poids lourd, semblait me conseiller un sage repli vers le couvoir familial. Mais de longues minutes d'introspection me confirmèrent qu'une fois quitté, l'endroit n'exerçait plus aucun attrait.

La lumière aveuglante de puissants phares suivie d'un coup d'avertisseur pneumatique me rebalancèrent dans l'immédiat. Un semi-remorque venait de s'immobiliser à une vingtaine de mètres de moi. Vu que je n'avais pas encore levé le pouce, cette fois, je trouvai cela suspect. J'osai à peine me diriger vers la portière quand celle-ci s'ouvrit d'elle-même. Le chauffeur me cria :

— Tu fais du pouce ?

Je m'approchai à grandes enjambées, tentant de réfléchir à haute vitesse.

— Mmm, ouais… répondis-je en grimpant sans souplesse naturelle sur le marchepied.

— Vers où, hein ?

La voix était sympathique. Vite, il me fallait une carte mentale du Canada. Si j'avais soigneusement planifié mon départ, je n'avais pas trop songé à «l'après-départ», aux détails du voyage, ayant décidé en cela de me fier tant au hasard qu'à mon intuition. Il fallait bien un début à tout ! Tout juste avais-je prévu le contenu de mon sac à dos, un peu d'argent… et l'achat de chauds vêtements sportifs aux frais du paternel.

— Toronto ? balbutiai-je.

— Tu peux embarquer, je vais par là. Mets ton sac en arrière.

J'hésitai. Après l'épisode précédent, cette reprise frôlait l'absurde. J'avais vu mon lot de films sordides. Était-ce cela l'aventure, la vraie ? Ce pincement au cœur, cette fraction d'indécision où le pendule oscille entre deux points égaux, entre le néant d'un futur et le boulet d'un passé ? Il faisait froid, trop. J'aurais pu attendre l'été pour partir. Cela n'aurait pas eu le même effet, ils auraient cru à des vacances. La réalité était plus incisive à moins seize degrés Celsius. L'habitacle serait chaud. Et puis, c'était bien le but de mon départ… C'était ce que je m'étais imaginé : la sortie d'autoroute, l'attente, le camion qui s'arrête, la route vers ailleurs, la liberté, Kerouac et le Che ; sauf que dans ma planification, c'est moi qui levais le pouce, c'est moi qui commandais l'arrêt.

L'homme me regardait maintenant d'un air un peu embêté. Je l'étais tout autant, empêtré dans mon indécision tel un poisson dans un filet qu'il se serait tissé lui-même. Franchir la porte de l'appartement de ma tante avait été beaucoup plus facile que de passer celle-ci. Avant de faire le saut, je lançai :

— Pourquoi vous êtes-vous arrêté ? Je ne faisais pas de pouce...

Le chauffeur s'esclaffa :

— Écoute, y'a que les pouceux pour marcher le long d'une sortie d'autoroute passé onze heures du soir, en février, à Laval. Les pouceux ou les timbrés.

— Je ne suis pas malade, répliquai-je sèchement.

Du moins, je l'espérais.

— Ben, moi non plus ! Ça te range donc dans la première catégorie. La route est longue et la compagnie, ça aide toujours à me garder éveillé. Et puis de nos jours, il y a de moins en moins de pouceux. Les *truckers* n'ont plus le droit, les pouceux ont peur...

— Les *truckers* n'ont plus le droit ? répétai-je, sceptique.

— ... d'embarquer du monde, à cause des assurances... La plupart ne sont plus couverts pour ça.

Ah ! La cohérence de ses explications me rassura. J'aimais la logique, ça avait été mon module préféré en mathématiques. Si $A = B$ et $B \neq C$ alors $A \neq C$. Je me hissai sur le siège du passager. Quelle drôle de sensation ! Haut perché ainsi, je me retrouvais illico promu au rang de « maître de l'asphalte ». C'est certain que, de là, il n'y avait pas beaucoup de voitures qui pouvaient nous effrayer. J'avais désormais une autre perspective sur les accidents de la route que je voyais à la télévision.

Le chauffeur était de nouveau concentré sur sa conduite, le temps de réinsérer son mastodonte dans le rapide et mince filet de véhicules. J'examinai la cabine. Le tableau de bord me fit penser au poste de pilotage du Cessna de ma tante. Un cadre fleuri de marguerites

40

détonnait toutefois sur la console. Je me demandai quelle colle lui permettait de conserver sa position : il ne cillait pas d'un iota malgré la vibration du moteur. À l'intérieur, une photo. Sa femme et sa fille ? La petite devait avoir trois ans, estimai-je sans connaître grand-chose aux marmots. La femme avait l'air triste. Son camionneur s'absentait-il trop souvent ? De nombreux dessins d'enfants décoraient l'habitacle. L'arrière abritait une couchette, un four à micro-ondes, une télévision à écran plat et des espaces de rangement.

L'homme paraissait content que je m'intéresse à son bureau roulant.

— Je ne me suis pas présenté. Moi, c'est Joe. Joe Donnet.

— Nicola, enchanté.

— Un beau camion, hein ?

— Oui… Je ne pensais jamais que ça pouvait être aussi spacieux à l'intérieur.

Le compliment l'enorgueillit et il ne lui en fallut pas plus pour s'engager sur la voie de la conversation.

— Tu peux même ajuster ton siège, sur le côté. J'ai un frigo, mais pas de toilette. Si tu veux un café, tu t'en fais un. La bouilloire est sur le comptoir, près du micro-ondes ; dessous, il y a le garde-manger. C'est la porte avec le dessin de chien.

L'homme parlait aussi vite qu'il usait ses pneus.

— C'est un chien mauve avec des oreilles jaunes et un ballon rouge. C'est ma fille qui l'a fait. Elle est vrai-ment bonne, hein ! Une vraie artiste, poursuivit-il plein d'enthousiasme.

— Elle a quel âge ?

— Cinq ans maintenant…

« Déjà », ajouta-t-il en soupirant. Finalement, je n'étais pas très doué pour évaluer l'âge des enfants. Il enchaîna :

— Quand elle est née, j'étais au Kansas. T'as jamais vu un gars faire la route Kansas-Montréal aussi vite. J'aurais volé par-dessus les douanes de Lacolle, si j'avais pu. C'est parce qu'elle est née prématurée. Elle a toujours été pressée de tout faire. En ce moment, elle veut apprendre à écrire. À écrire ! T'es né prématuré, toi ?

Je cherchai en vain dans ma mémoire.

— Aucune idée, lançai-je pensivement.

— Bah ! répondit-il, une bribe de déception dans la voix.

Au bout d'un moment, il grogna :

— T'es pas en fugue, au moins, hein ?

Qu'était la définition exacte d'une fugue ?

— Non.

Il opina du menton, soulagé.

— Qu'est-ce que ça aurait fait ?

La question avait fusé sans que je puisse la retenir.

— Je t'aurais dit d'appeler tes parents sur mon cellulaire, pour les rassurer. Je suis un père avant tout, moi ! proclama Joe avec fierté.

Il poussa un juron bien senti à la Toyota noire qui venait de nous couper imprudemment avant de continuer :

— Un jour, j'ai pris un petit fugueur, il avait seize ans. Je l'ai emmené jusqu'en Caroline du Nord et je l'ai ramené à Montréal après. Ça a été assez pour lui. Mais maintenant, ça ne se fait plus.

— Ne t'en fais pas, ils étaient tous à ma fête, tout à l'heure, quand je leur ai dit que je partais.

— Ben, t'as du cran ! C'est ta fête ?

Je vérifiai l'heure sur sa console.

— Non, c'était hier. Aujourd'hui, j'ai dix-huit ans et un jour.

— Bonne fête, s'exclama-t-il en trompetant joyeusement de l'avertisseur à mon intention.

Le son assourdi par la cabine résonna dans la nuit, égayant le petit gars en moi. Lorsque j'avais neuf ans, Caro m'avait confié qu'elle avait dû un jour, en courte finale de la piste d'atterrissage à l'aérodrome de Lachute, effectuer un virage serré afin d'éviter d'emboutir deux piétons qui avaient décidé de traverser la voie sous son nez. Elle avait alors dû poser son planeur en catastrophe sur le gazon en bordure de piste. « Oh ! si j'avais eu un klaxon ! » répétait-elle, mi-figue, mi-raisin. Pour la faire rire, à son anniversaire suivant, j'avais installé un klaxon de vélo dans son Cessna. Elle ne l'avait jamais enlevé. Ses passagers en raffolaient.

— Merci, dis-je simplement à Joe qui ne pouvait saisir ce petit bonheur venant de me traverser l'âme plus que les oreilles.

Le défilé de lumières m'hypnotisa sans trop que je m'en rende compte. Montréal avait cessé de m'éblouir. Nous avions passé un panneau annonçant « Ottawa-Rigaud » via une route secondaire. Rigaud : mon père avait un disque avec une chanson sur ce village... Je croyais d'ailleurs que c'était à l'autre bout du monde. Voilà que j'étais à côté ou presque ! Puis, une demi-heure plus tard, nous avions franchi la frontière psychologique de l'Ontario.

Je ne savais que dire à cet homme, père au service des fugueurs et voyageurs qu'il ramassait. J'avais tant de choses en tête en ce moment. Joe, en routier d'expérience, avait dû se douter du cafard qui recouvrait mes pensées : il me laissa réfléchir. Après un certain temps, n'en pouvant manifestement plus, il rompit le silence :

— T'es au pays des Anglais maintenant, mon homme.

Je ris.

— *Yes.*

Ça ne ferait pas très différent de certains quartiers de Laval.

— Tu parles anglais, hein ? demanda Joe.

— Non, admis-je avec gêne. Enfin, un peu, ce que j'ai appris à l'école.

— Faudrait, c'est ben pratique, les langues. Deux, moi ça me suffit, mais y en a, il paraît, qui en parlent sept. Sept, je ne peux pas croire ça !

Je pensais à Gi et Chen, qui en utilisaient trois couramment. Une langue, ça donnait au moins un but tangible à mon voyage.

La route devint aussi sombre qu'une soirée de panne électrique en plein milieu de janvier. J'avais toujours cru que la transcanadienne était illuminée d'un bout à l'autre. Joe m'assura que je pouvais dormir, si je le voulais, tout en spécifiant qu'il ne détestait pas la conversation non plus. Si je n'avais pas eu inconsciemment si peur qu'il ne s'assoupisse lui-même, alors que nous filions à cent vingt-cinq kilomètres à l'heure, j'aurais volontiers donné congé à mes paupières fatiguées.

— Je nous fais un petit café ? proposai-je.

— T'as peur que ton chauffeur aille brasser la gravelle, hein ! se moqua Joe.

Je réussis à nous concocter un café relativement fumant, assez odorant et tout à fait buvable en un rien de temps. Le repaire était décidément bien équipé. Je revins prendre place sur mon siège.

— Beaucoup de crème, pas de sucre, tel que commandé, fis-je en tendant sa tasse à Joe.

Il goûta la mixture.

— Pas méchant… La dernière fois que l'on m'a fait un café, il était aussi épais que de l'huile à moteur. Le plus drôle, c'est que le jeune Portugais qui l'avait préparé l'avait trouvé à son goût !

Joe déposa sa tasse dans le porte-verre.

— Tantôt, en fait, j'ai cru que t'étais un étranger, quand je t'ai vu sur le bord de la route.

— Comment ça ?

— Ben, j'ai déjà vu un jeune faire du pouce avec l'index levé, un autre en agitant la main comme s'il appelait un taxi… À chacun son style ! Pancarte, pas de pancarte ; pouce en haut, pouce en bas, pas de pouce…

— C'est vrai que tu dois en voir de tous les genres !

Joe vint pour commenter mais il fit une pause et prit une gorgée de café à la place.

— Toi, tu lis ? lança-t-il ensuite en guise d'hameçon.

— Parfois, répondis-je sans trop mentir, mordant à moitié.

J'étais plus préoccupé par la chaleur de mon café noir que par la lecture à cet instant.

— Alors, vas-y, prends deux livres en arrière. Il y a comme un genre de bibliothèque… C'est une idée de ma femme. Elle dit que c'est pour quand j'ai « rien à faire ». Elle dit qu'on devrait toujours avoir au moins un livre avec soi, au mieux deux, au cas…

— Au cas… ?

— Au cas qu'on resterait pris sur une île déserte.

— Elle est drôle. Les îles désertes, au Canada, ça ne pleut pas ! remarquai-je. Mais toi, Joe, tu ne les lis pas ?

Il secoua vivement la tête.

— Moi, quand je ne roule pas, je me repose. J'ai les yeux ben trop brisés, expliqua-t-il. Ça lui fait vraiment plaisir quand je lui dis qu'un jeune est parti avec un livre. Prends-en une couple…

Je restai perplexe, le café en attente au bord des lèvres.

— Tu veux que je te les renvoie ou que je les lui renvoie ? demandai-je, estimant mentalement le coût de la chose avant d'accepter la proposition.

— Ben non ! Tu les refiles à un autre ! Pis si t'en as que t'as fini dans ton sac, mais ça m'étonnerait parce que t'es juste au début de ton voyage, tu les laisses ici.

Je détachai ma ceinture à nouveau puis m'installai devant l'étagère au ras du sol avec ma tasse, prêt pour une méticuleuse consultation. Il était bon de pouvoir se forger une nouvelle identité, plus vraie. Je m'étais complu dans cette image de l'adolescent boudant la lecture, alors que je n'avais jamais vraiment, au fond, détesté m'évader dans un bouquin. Mon père préférait l'art cinématographique, je l'avais imité. Mais chaque pas que je faisais désormais était le mien.

Cette courte étagère était beaucoup moins intimidante que la grande bibliothèque. Il n'y avait rien de pire pour l'ego que cet interminable défilement de rangées débordant de connaissances. Voilà tout ce que tu ne sais pas, semblait toujours se glorifier le sacro-saint lieu où m'emmenait mon grand-père tous les samedis

46

quand j'étais petit. Si je possédais ma propre bibliothèque un jour, elle serait délibérément modeste.

Honoré de Balzac, mais qui avait bien pu mettre ça
là ? C'est mon prof de français de secondaire trois qui
aurait capoté. Jean Grignon et Marguerite Andersen,
connaissais pas ! Danielle Steel, c'était pour Jade. Michel
Tremblay. Florent Vollant — le chanteur ? —, je ne savais
pas qu'il écrivait. Il y en avait décidément pour tous
les goûts. *Guide de réparation du vélo*, *La survie sous tous
les climats*, *Les nœuds rendus faciles* : je devais me trouver
dans la section « Références ». Je dénichai deux titres qui
me dirent vaguement quelque chose : *Volkswagen Blues*
de Jacques Poulin et *Le Prophète* de Khalil Gibran. Jade
m'avait parlé de ce dernier. « Lis ça, c'est génial ! C'est
court… » avait-elle argué en désespoir de cause.

— Ceux-là ? lançai-je en réapparaissant auprès
de Joe.

Mon chauffeur ne se retourna même pas.

— Tu prends ce qui te plaît, conclut-il.

— Il y des bons livres, là-dedans.

En fait, ce n'était pas tant que je pensais que sa
femme y mettait des *bons* livres, que je la trouvais sympa
de le faire !

— Elle en choisit « pour la route », qu'elle dit.

— Ça ne la dérange pas que l'on parte avec, tu es
certain ?

— Ben non, c'est son côté « Mère Teresa ».

L'expression, que je ne connaissais pas, me fit sourire. Joe me donnait le goût de rencontrer ces deux
femmes. Cette « Teresa » — Dieu sait qui elle était — avait
dû être une super bonne mère pour qu'on la cite en réfé-
rence, vins-je pour lui faire remarquer, mais je me retins

de glisser vers ce sujet de conversation. Le moins serait le mieux, m'étais-je dit avant de partir.

— Ta femme vient avec toi, de temps en temps ? demandai-je.

— Non. Il y a la petite, ajouta-t-il en guise d'explication.

— Pourquoi ne l'emmènes-tu pas ?

Sa réponse gifla l'air de la cabine comme si c'était d'une évidence que le plus niais aurait pu saisir.

— Jamais de la vie ! Il y a ben de trop de fous au volant… trop dangereux ! objecta-t-il sur un ton grave qui me rappela mon ancien prof d'histoire.

Joe s'était tu. Sa famille devait lui manquer. Pas moi.

Je descendis un peu mes fesses dans le siège, accotai largement mes épaules sur le dossier. La position était confortable. Joe avait empoigné son émetteur et appelait un collègue sur le canal un. Leur conversation me fit penser à une chanson à répondre. Je clignai des yeux.

La quatre cent un se déroulait sous nos pneus comme un interminable tapis roulant, un tapis volant dans la nuit noire : Ali Baba était devenu camionneur… Je m'enfuyais avec un butin. Mon père tentait de me rattraper, le film de ma jeunesse à la main. Il criait, mais je ne l'entendais pas. Le cheval de ma grand-mère m'attaquait. Ma mère me… Je me réveillai en sursaut. Je n'aimais pas rêver.

— C'est quoi ce gros complexe illuminé à gauche ? grognai-je, la bouche empâtée.

— C'est l'usine de GM, nous sommes à Oshawa. Bien dormi ?

— J'ai dormi… longtemps ? interrogeai-je, surpris par la question.

Joe rigola :

– Un petit trois heures et demie…

Je me redressai sur mon siège.

– Quoi ? Tu aurais dû me réveiller !

– Je ne pouvais pas, moi aussi je ronflais… plaisanta-t-il.

Les pancartes en anglais, en blanc sur fond vert, me confirmèrent que j'étais bel et bien en route vers ailleurs. Cela, je ne l'avais pas rêvé.

Ne pouvant feindre de ne m'être que momentanément assoupi, je me vautrai dans un état semi-comateux. Il était près de six heures du matin et le soleil pointait ses arrogants rayons dans mon rétroviseur. Comment Joe faisait-il pour continuer à conduire ? Je ne lui avais finalement pas servi à grand-chose !

Mon chauffeur me claironna notre position : Toronto. «Ici, le centre-ville», semblait fanfaronner la tour du CN dont on apercevait la longiligne silhouette à notre gauche.

– Tu veux aller aux États ?

Chez les Américains ? Il m'aurait fallu un passeport !

– Non. Je crois que je voudrais faire le tour du Canada.

– Le Canada ! C'est grand, hein, d'est en ouest… Pour l'instant, commence donc par Toronto. Il faut au moins que tu voies le lac Ontario. Je te débarque ici, prévint-il en se mettant à ralentir notre monture. Tu pourras prendre l'autobus jusqu'en ville. Bonne chance !

Je baragouinai des remerciements confus à Joe avant de refermer la porte du camion. Celui-ci s'éloigna aussitôt et je demeurai planté sur l'accotement tel un sapin de Noël défraîchi attendant la cueillette postapothéose. Que faire maintenant ? Je me dirigeai, hagard, vers le

Tim Horton pour réfléchir à la suite. Je manquais de sommeil. Comme il était loin cet anniversaire... et ce baiser de Jade.

Toronto. Nous avions failli nous y rendre en voyage organisé avec l'école, pour visiter le Centre des sciences, mais surtout pour assister à une partie des Canadiens contre les Leafs. Faute de fonds, nous avions dû déclarer forfait avant la mise au jeu et affronter le musée Pointe-à-Callière à la place. Finalement, la Ville Reine, en ce matin de février, se révélait glaciale et grise, pas du tout chaude et enfiévrée comme je me l'étais imaginée. Un froid humide, même dans le wagon de métro qui m'amenait au centre-ville, y régnait en tyran, annihilant toute sociabilité potentielle chez ses habitants.

Je déambulai le long de Bay Street, telle une tache rouge, à contresens de la mouvance de pardessus noirs. Ils se hâtaient vers leurs bétons, je glissais vers l'eau. J'atteignis les quais, escaladai une passerelle. Un voilier amarré semblait en appeler à l'aventure. Malgré les rigueurs de l'hiver et les stalactites d'eau gelée qui pendaient à ses amarres, le deux-mâts avait l'air en partance. Une hélice à la poupe créait un remous dans l'eau, empêchant ainsi la glace d'avoir prise sur la coque à cet endroit. *« Get-a-Way »* affichait impudemment la proue, près d'un symbole d'hippocampe stylisé. Mais... je n'avais jamais eu le pied marin, en dépit de mon signe astrologique pour le moins aquatique. Le seul intérêt que je pouvais concéder à cette embarcation était le fait que sa voile fonctionnait sur le même principe qu'une aile d'avion, concept que m'avait expliqué ma tante lors d'un cours d'aérodynamique pour les nuls donné sur un napperon de papier en mangeant un sundae au caramel.

Le lac Ontario, immense étendue, n'était pas totalement dénué d'intérêt. Il permettait surtout au regard de porter plus loin, irréversiblement plus loin. Immobile, je le contemplai. Il me rappela ma solitude. Je n'avais pas encore la force de penser à tout ce qui était arrivé dans les dernières heures, dans les derniers jours, dans les dernières semaines. Je devais — je préférais — bouger, pour me dégourdir ; continuer d'avancer, au cas où le magnétisme de ma famille aurait encore quelque emprise sur moi. Je trempai les doigts dans l'eau, saluai en silence le voilier puis poursuivis mon exploration du centre-ville.

Je visitai la tour du CN sans y monter, vu le prix du billet proportionnel à la hauteur de la structure ; et le Centre Air Canada sans assister à une partie de hockey, aucune rencontre n'étant à l'horaire. Ma journée se déroula étrangement, sans encombre ni émoi. Je croisai des milliers de visages, des centaines de vitrines, des dizaines de boulevards, mais ne rencontrai pas une seule raison de m'attarder. Fatigué par ma trop courte période de sommeil de la nuit précédente et par le froid trop omniprésent, je me révélais mû par une inertie intrinsèque plus que par une action délibérée. Ce soir-là, je m'endormis tôt, l'esprit embrouillé, le corps exténué, sans plus réfléchir, dans la cage d'escalier d'un immeuble d'habitation dont la porte était débarrée. Au diable la sécurité ! Si j'avais à mourir, aussi bien que ce soit en début du voyage !

Le lendemain matin, je me réveillai avec stupeur au milieu d'autres vagabonds qui, comme moi, avaient trouvé l'entrée du palais de fortune… Ils ronflaient tous encore lourdement lorsque je m'éclipsai à pas de loup, havresac sur le dos, en roulant maladroitement mon sac de couchage, non mécontent de fuir l'odeur nauséabonde qui polluait désormais l'atmosphère close, heureux de m'en tirer vivant et me promettant d'être tout de même plus prudent dans mes choix de gîtes dorénavant. Lorsque je m'arrêtai pour laisser passer les voitures à l'intersection, une fierté toute légitime me monta à la tête.

Engloutissant un bagel mouillé de chocolat chaud, assis sur un muret de ciment, je tentai d'envisager — planifier aurait été prétentieux — la suite de mon itinéraire, sinon de ma journée, tout en regardant défiler les passants. L'année précédente, j'avais fait une étude sur le « Groupe des Sept », à l'école. Un concept original d'un enseignant à lui seul plus passionné que l'ensemble de ses élèves. Il avait eu l'idée d'acheter vingt-six calendriers différents, lors des soldes d'après Noël, de les emballer un à un et de nous les distribuer de façon aléatoire au retour en classe. Déjà, recevoir un cadeau de la part d'un prof nous avait surpris, mais la suite, encore plus : « Ce modeste présent — que vous n'avez pas le droit d'échanger, soit dit en passant — contient le thème de la dissertation que vous devrez me remettre le dix-sept février… et celui de votre présentation orale du mois suivant », nous avait-il expliqué non sans une certaine émotion festive. Même si la raison sous-jacente nous avait fait râler, nous avions tous fébrilement déballé nos paquets, véritables colis piégés. Moi, j'avais hérité d'un calendrier sur le « Groupe des Sept et Tom Thomson ». De manière plutôt inattendue, le sujet m'avait vraiment intéressé, en dépit du travail qui y avait été associé. Je savais ainsi, maintenant, que le musée de ce groupe de peintres canadiens se trouvait dans les parages de Toronto, au creux d'un obscur patelin du nom de Kleinburg. Le bureau d'information touristique en saurait sûrement plus à ce sujet.

Après plusieurs heures à rouler dans un camion, une journée à déambuler dans la ville, une fin d'après-midi à regarder le soleil se coucher sur l'horizon en mangeant un imposant hot-dog accompagné d'un café Starbucks *extra-large* et une nuit à dormir dans une cage d'escalier, je n'avais pas très fière allure, me confirma le regard hautain de la coquette agente touristique que j'abordai. Pourtant, son dédain manifeste ne me découragea pas : j'étais trop proche de mon sujet de dissertation pour passer à côté de cette occasion. Après tout, je ne voulais pas voir que le bitume canadien ! La fille m'indiqua comment me rendre jusqu'à Kleinburg dans un français incompréhensible en dépit de l'affiche vantant le service bilingue. J'avais aussi prévu lui demander si je pouvais prendre une douche quelque part, mais n'osai finalement pas.

En route vers l'arrêt d'autobus, mon frugal déjeuner déjà oublié, je fis une halte dans un casse-croûte qui ne payait pas de mine et commandai un œuf sur muffin anglais en pointant la photo correspondante au mur. Vérification faite après ce festin — ayant épuisé tout ce que j'avais dans les poches et peu motivé à l'idée de vider mon sac à dos en public afin d'en retirer le magot caché au fond, j'avais effectué ma première visite au guichet bancaire — le compte que j'avais reçu en cadeau était bien garni. Je n'aurais donc pas à me priver de tout comme je l'avais prévu au départ. Il s'en était d'ailleurs fallu de peu pour que la machine ne gobe ma carte : ce n'est qu'après deux essais infructueux que je m'étais souvenu du numéro d'identification personnel lancé par mon père... Deux, sept, six, quatre. Ce contretemps m'avait fait louper l'autobus, prolongeant mon attente, et je m'amusai à réfléchir à la façon dont chaque détail influençait le cours de notre vie, chaque décision, chaque seconde... Plus jeune, la nuit venue, c'était un de mes jeux préférés pour m'endormir. Je refaisais le trajet de ma journée en me disant «et si». Et si ma mère avait été vivante. Et si elle avait préparé mon lunch. Et si cette fille avait trébuché en entrant dans la classe et m'était tombée dans les bras. Et les «si» s'enfilaient au gré de mes humeurs tels des moutons par-dessus les haies, jusqu'à ce que le sommeil m'emporte. Mon grand-père détestait les «si» lorsque j'argumentais avec lui, il répliquait toujours : «Avec des *si*, on va à Paris», une expression que je n'avais jamais bien comprise. Un jour, je lui avais répondu qu'au Québec on disait : «Si les chiens avaient des *si*, y'aurait pu d'poteau» et, au lieu de se fâcher, il avait rigolé.

Le numéro treize m'emmena jusqu'à Kleinburg, au nord de Toronto, moyennant le un dollar cinquante requis. Perdu dans mes pensées, incertain du trajet de l'autobus, je ratai l'arrêt du musée, descendis au suivant et dus revenir sur mes pas à pied le long de la rue principale. Le centre du village était très beau, d'un chic raffiné, au décor étudié. Les maisons ancestrales — de vrais manoirs victoriens comme les aimait Jade — arboraient des devantures colorées aux balcons invitants. Les enseignes en bois peintes, aux lettrages dorés, suspendues à des crochets en fer forgé, donnaient un charme vieillot à l'endroit. Les tarifs sur les menus affichés devant les restaurants me confirmèrent cependant mon intuition : le charme avait un prix... et ce n'était pas le mien !

J'atteignis enfin le panneau identifiant le lieu : « McMichael Art Collection ». Le chemin me mena au stationnement, presque vide à ce temps de l'année, puis, après quelques minutes de marche, à l'entrée principale. Cette lente arrivée me fit l'effet d'un pèlerinage. J'avais tant étudié le sujet pour terminer mes deux travaux. Ce peintre, Tom Thomson, et sa mort nébuleuse, lors d'une randonnée en canot, avaient alors stimulé mon imaginaire... Pourquoi ? Comment était-il mort ? Simple accident ? Suicide ? Homicide ? D'où provenait ce coup à la tête qu'il avait reçu ? J'avais scruté les liens qui unissaient les peintres, émis mes propres hypothèses. Thomson était mort en mil neuf cent dix-sept, soit trois ans avant l'officialisation en tant que telle de la petite bande d'artistes désireux de s'affranchir de la tradition européenne, d'où le fait que son nom soit toujours accolé et non associé au *Group of Seven*. Pourtant, c'était l'audace de son style qui symbolisait le mieux ce courant quasi mystique qui les avait tous emportés. Au bout du compte, les reproductions du calendrier m'avaient simplement servi d'improbable tremplin vers un surprenant lac de connaissances inattendues. J'y étais, en ce lieu unique qui rassemblait la plus grande collection de leurs œuvres. Niché au fond d'une forêt de pins centenaires, au bout d'une allée sinueuse : le musée.

Je profitai du tarif étudiant — l'étais-je encore ? — un faramineux douze dollars, soit ma plus importante dépense à ce jour, et me dirigeai vers les galeries. Au moins, j'allais pouvoir dire que j'avais vu ça ! Auparavant, le préposé à l'accueil me recommanda avec un sourire entendu de me délester de mon bagage, arguant que je serais plus à l'aise… Je devinai qu'il avait surtout peur que j'accroche une toile, affublé ainsi.

Les tableaux s'avérèrent, à ma grande surprise, cent fois plus extraordinaires que ce que j'avais découvert lors de mes recherches dans les livres et sur Internet : les couleurs étaient plus vives, les ombres plus nettes, les effets plus saisissants, les paysages plus sauvages, les troncs plus tordus, la lumière plus poignante, l'impression plus prégnante. Le calendrier n'était donc qu'une lamentable imitation des originaux. De plus en plus ému, je dus m'asseoir.

Il y avait bel et bien une raison pour laquelle je devais partir de chez moi. Et c'était pour cela, pour cette gorgée de réalité. Tout, depuis mon exil, était plus vrai. Des tableaux des peintres à l'odeur du métro de la ville étrangère, de la langue des passants au froid de l'hiver quand on ne sait pas où l'on va coucher le soir… Tout, tout était plus vrai depuis mon départ, y compris le lien qui m'unissait à ma famille, s'il en restait un. Je ne savais pas exactement où j'allais, mais j'avais pris conscience que la route était à faire.

Le système d'interphone annonça la fin des visites. Le sablier du temps, ici, s'était arrêté et c'est à peine si j'avais souvenir de ce groupe d'écoliers turbulents ayant traversé mon horizon à la hâte. J'achetai un 7 Up et un sandwich au jambon à la cantine. De cet endroit, la vue était étonnante. Vu les pentes du terrain et la conception du bâtiment, on avait l'illusion, au cœur même de la forêt, d'être suspendu entre ciel et terre. Il m'était difficile de croire, entouré ainsi d'une nature si calme, que je me trouvais en Ontario, à deux pas de la grouillante mégalopole. Une employée vint me tirer de ma contemplation, me rappela de ne pas oublier de prendre mon sac à la sortie.

Une croix, sur le plan du site, indiquait le lieu de repos des peintres. Il semblait être sur le chemin que j'avais emprunté lors de mon arrivée, sans que je ne le remarque pourtant. Quatre heures : le soleil déclinait déjà. Il fallait que je parte pour ne pas me retrouver en plein milieu de nulle part à la nuit tombée. Les *bed and breakfast* que j'avais croisés ce matin à Kleinburg n'étaient pas dans ma fourchette de prix, c'était le moins que l'on puisse dire. J'avais terriblement le goût d'un lit digne de ce nom ce soir et, encore plus cruellement, d'une douche. Pour me dénicher une place dans une halte de camionneurs, comme me l'avait conseillé Joe, il ne me fallait pas trop tarder ! Je bifurquai tout de même vers les tombes. Par un étrange jeu de luminosité, cet endroit me rappela précisément les toiles de la collection. La lumière, les arbres, la beauté de la scène, la paix qui s'en dégageait. Quelque chose, en ce lieu, me retint, me fit un drôle d'effet. Je ne pus m'empêcher de déposer mon barda sur le sol recouvert d'une couche de neige immaculée et compacte. Je m'accroupis. Devant moi, six stèles, disposées en demi-cercle au milieu d'une radieuse éclaircie, donnaient l'impression qu'elles se parlaient. Comme si les compagnons avaient été placés là pour l'éternité, afin de pouvoir continuer à se raconter des histoires. Ils avaient dû le faire si souvent, au coin du feu, avant. Les inscriptions sur les pierres étaient quasi

illisibles, grugées par les éléments. Six rochers. Amis.
J'assistai à leur conversation muette, communiquai
avec eux.

Emporté par un raz-de-marée d'émotion en cette
deuxième journée de quête de moi-même, je me dévoi-
lai à ces comparses avec qui j'avais passé l'après-midi,
mais aussi une partie, si anodine soit-elle, de mon adolescence. Je fouillai frénétiquement dans mon sac, à la
recherche de mon calepin, jetai mes gants à mes pieds
et griffonnai naïvement :

Dans le cercle
Au creux de vos bras ouverts
Je me libère
Portez-moi
Longtemps
Vous m'appelez
Je vous entends
Vous guidez mes pas
Je le sens

Je humai l'air odorant. Autour de nous se dressaient
des pins hauts et majestueux. Le soleil couchant bros-
sait les pierres de denses rayons. Au bout d'un moment,
j'entendis les oiseaux, découvris les écureuils sautant
d'arbre en arbre, aperçus les suisses filant au sol. Les
minutes passèrent. Je faisais maintenant partie de leur
monde. Six âmes éternelles, aussi solides que le roc,
et moi.

Un corbeau vint se percher sur une branche, ses
yeux à la fois moqueurs et curieux posés précisément,
très précisément, sur ma pathétique personne. Il me

rappela la tireuse de cartes. Dans son élément, c'était un oiseau très beau. Le plumage reluisant, la patte prompte, la posture intrigante. S'il avait pu, à cet instant, me parler? Aurais-je eu droit à ces fabuleuses légendes amérindiennes du temps où les siens étaient vénérés? J'avais entendu à la télévision que les corbeaux étaient l'espèce d'oiseau la plus intelligente, le bas de cette échelle étant, selon l'étude citée, occupé par nos «volailles de table». Nous nous toisâmes pendant une bonne minute. Je me sentais à la fois invité et étranger, bienvenu et mis en garde, accepté et examiné. Cette rencontre me donna le sentiment d'être sur le bon chemin. En quittant, je me retournai une dernière fois, fis au revoir aux peintres, comme on salue des copains.

Je me trouvai une chambre à une halte routière. C'est une automobiliste se rendant à la ville de Barrie qui m'y déposa. *«I am going to the next truck stop»*, avais-je crié pour couvrir le bruit des voitures. Me comprenant du premier coup, elle avait hoché la tête : mes exercices répétés de cette phrase avaient payé! La conductrice et son passager avaient ensuite poursuivi leur conversation comme si je n'avais jamais existé, les regards suspicieux de la femme dans son rétroviseur me laissaient cependant savoir qu'elle ne m'oubliait pas. Leur bavardage me tint l'esprit occupé tandis que je tentai de réchauffer, avec le peu d'air tiède qui m'atteignait à l'arrière, mes doigts gourds. *«Thanks»*, bredouillai-je faiblement en sortant.

Le bol de chili chaud et épicé, servi au comptoir du resto, eut raison de mes derniers frissons. Je le savourai avec contentement et c'est ragaillardi que je gagnai enfin ma chambre. La douche du fond du corridor s'avéra aussi ténue que bouillante. La simple odeur du savon me rendit stupidement heureux et je me frottai avec vigueur comme pour me soulager d'une couche de peau superflue. Ensuite, de retour dans ma chambre, je m'installai dans le lit étroit. Il y avait longtemps que je n'avais couché dans un tel lit. Le mien avait toujours été double, un fait propre à épater mes amis, d'autant plus que mon père se contentait du format solo et de la plus petite chambre de l'appartement. À comparer, c'était toutefois mieux que le siège du camion et que la cage d'escalier. Quel bêta ! Une cage d'escalier ! Après coup — c'était toujours ainsi — j'estimai ma décision idiote. Surtout que je savais maintenant qu'en faisant attention, j'avais assez d'argent pour voyager quelques mois sans avoir à vivre comme un clochard. Leur argent était bien tombé, mais, même sans ce confort, je serais parti. Le confort est souvent inutile.

Je dus me contenter, la pièce étant dépourvue de lampe de chevet, de la lumière crue du plafond pour écrire un peu. Moi qui avais voulu tenir un journal de mon aventure, de ce que j'apprenais sur moi-même, de ce que je visitais et des gens que je rencontrais depuis le début... Je n'avais gribouillé qu'un simulacre de poème jusqu'à maintenant. J'écrivaillai un peu plus, notai quelques détails sur Joe. Toute autre rencontre initiale aurait peut-être anéanti mes espoirs, cassé mon assurance. Cet homme n'avait jugé de rien, au plus m'avait-il donné l'impulsion de poursuivre ma démarche. Le lac Ontario, la tour du CN, le centre-ville de Toronto, les quais, le complexe Harbourfront, le voilier-maison y passèrent, sous la forme d'une longue liste relatant seulement l'essentiel. L'habillement austère et le pas rapide des Torontois y trouvèrent aussi leur place. Puis, enfin, ce fut le tour de Kleinburg et de ma visite au McMichael. C'était le cimetière des peintres qui m'avait fait le plus d'effet. Même en fermant les yeux dans cette chambre impersonnelle, ils étaient là.

J'entendais leur murmure
Dans les pins et sapins
Qui nous entouraient
De leurs protectrices épines
Allez, parlez, disaient-ils
Nous apaiserons vos tourments
Nous amplifierons vos joies
Nous assourdirons vos propos
Afin que les secrets demeurent
Car les aveux
Les confidences
Les silences
Nous les recueillons ici
Nous les gardons ici
Ils n'appartiennent qu'à ce lieu

Depuis qu'une psychologue à la polyvalente — consultée en douce alors que je vivais une mauvaise passe — m'avait conseillé de jeter mes états d'âme sur papier, mes calepins s'étaient succédé à une cadence régulière. J'avais cependant rarement été pris d'une telle rage d'écrire, d'un besoin aussi impérieux de noircir le papier. À leur manière, les peintres m'avaient inspiré.

Je déposai mon carnet au sol et saisis, au hasard du tâtonnement, l'un des livres que m'avait prêtés Joe. Le sort voulut que je tombe sur *Volkswagen Blues* de Poulin.

Au bout de quelques pages, je m'arrêtai. C'était un peu troublant, tout de même, de lire l'histoire d'un voyageur alors que l'on était soi-même sur la route. Ce n'était pas comme d'être dans le luxe de son salon, à rêver de partir... Le personnage principal cherchait son frère. Moi, je cherchais quoi ?

Début moins dix

178 secondes.
Était-ce le temps que ma mère avait tenu ?

Dans les jours qui avaient suivi ma visite surprise chez la cartomancienne, j'avais été de plus en plus bouleversé. Au début, lors de mes discussions avec Jade, j'en riais encore, me rabattant sur l'image de la transe finale pour décrédibiliser ma sorcière. Néanmoins, dès le premier soir, j'avais mal dormi, m'étais réveillé chaque heure de la nuit, en sueur, la pressante amertume d'un mauvais rêve au bord des lèvres. J'avais parlé dans mon sommeil, m'avait le lendemain affirmé mon père. Qu'avais-je livré ? Sirotant son café au bout du comptoir, absorbé par la feuille de chou qui lui maculait les doigts tous les matins, il s'était contenté de hausser les épaules. Puis, les questions s'étaient mises à fuser dans ma tête, tels des feux d'artifice explosant sans faire de lumière. Pourquoi ? *Paf.* Comment ? *Paf. Paf.* Qui ? *Paf. Paf. Paf.* Que le sifflement de la trajectoire, que cet écho de pétarade, que ce relent de soufre brûlé. Pourquoi n'avais-je jamais vu de photo de ma mère ? Notre premier appartement avait flambé peu après mon baptême, m'avait-on répété. Ma mère était morte à ma naissance.

On ne m'avait cependant jamais emmené sur sa tombe. Pourquoi sa famille à elle, mes autres grands-parents, n'étaient-ils jamais venus me voir ? Savaient-ils même que j'existais ?

Je m'étais toujours dit que ma mère était possiblement en fugue — n'avais-je pas moi-même songé à déserter mon cocon mille fois ! — et que mon père, âgé de vingt ans seulement lors de ma naissance, désirait peut-être la protéger d'une famille abusive. Au fil des ans, mon esprit s'était forgé autant d'histoires explicatives, à la fois rocambolesques et plausibles. Ne voyait-on pas de tout à la télé ?

À treize ans pourtant, j'avais voulu en avoir le cœur net. Jusque-là, je m'étais contenté de leurs dires, sans trop les remettre en doute. Entouré, enveloppé, endormi d'amour, je ne m'étais jamais senti le besoin de poser les questions qui auraient ébranlé mon petit monde. La confrontation — si l'on pouvait l'appeler ainsi — eut lieu le matin de Noël. On était en train, mon père et moi, de se monter une mégapiste de course, notre cadeau commun, dans le salon. N'être que deux gars dans notre famille avait ça de bon : on s'amusait comme on le voulait, quand on le voulait. Il n'y avait absolument personne pour nous dire qu'il fallait, sitôt levés le vingt-cinq décembre, faire la vaisselle de la veille, mettre les papiers aux poubelles, ranger, se laver, s'habiller, s'endimancher pour un autre repas… Mon père avait posé sa tasse de café ébréchée sur le plancher. Agenouillé entre la table du salon et la chaîne stéréo, il tentait de trouver l'angle parfait qui permettrait à nos autos de s'élancer sur la grande côte du canapé sans quitter la piste. Son air détendu me fit croire que le moment était propice.

« Parle-moi donc de maman, papa », avais-je envoyé sur un ton léger. Mes paroles eurent toutefois l'effet d'une bombe, version cinq et demi à Laval de la déflagration de Nagasaki. Soudain empêtré dans une chape de plomb, mon père avait commencé par renverser son café, puis, retenant un juron, il avait maugréé : « On a juste le temps de faire une commission avant d'aller chez grand-maman. Elle m'a demandé de lui trouver du pain frais. Du pain frais, aujourd'hui ! On se dépêche, d'acco-dac… » D'acco-dac, c'est ça qu'il disait, ça voulait dire d'accord. Nous étions allés nous habiller à la hâte, aboutissant en fin de compte chez grand-maman les mains vides de pain. C'est là que j'avais réalisé que je l'avais bouleversé. Le fort avait succédé à la bière, au grand désespoir de ma grand-mère qui ne réussissait à trouver les mots pour arrêter le fils à la dérive, sous le regard pantois de Fred et Caro. Mon père avait bu comme un trou, lui qui ne picolait plus depuis que j'avais trois ans. Dix ans d'abstinence, ce n'était pas rien ! Maudite question. Je savais que c'était ma faute. En début de soirée, mon oncle Fred était allé reconduire mon père à notre appartement. Moi, j'avais dû rester chez grand-mère. Tard le soir, en finissant d'écouter un film, je lui avais admis : « Je sais pourquoi papa a fait ça. C'est à cause de moi… parce que je voulais en savoir plus sur maman. » Ma grand-mère avait soupiré : « Tu n'es pas responsable, voyons ! C'est juste que ça lui a fait de la peine. Les adultes… » Sentant soudain une menue brise, de celle qui annonce l'entrebâillement d'une porte, je m'étais propulsé tête première vers l'ouverture. « Toi, grand-maman, tu me parlerais de ma mère ? », avais-je supplié d'une voix mêlée de scepticisme et d'espérance. Ma grand-mère avait baragouiné qu'il était tard et qu'une vieille grébiche fatiguée comme elle ferait mieux d'aller se coucher.

Les lumières s'étaient rapidement éteintes, me laissant seul avec ma question tel un poisson rouge dans un aquarium asséché. Assis sur le divan-lit, j'avais vérifié ce que signifiait « grébiche » dans le dictionnaire, mais ça ne m'avait pas aidé. Par la suite, amer, je n'avais plus jamais effleuré le sujet. Si ce n'est d'une fois, alors que j'avais demandé à ma tante si elle savait où était la tombe de ma mère — une question aussi simple et directe ne pouvait être ni mal prise ni mal comprise. Caro avait bafouillé, peu loquace : « Je te jure que je n'en ai aucune idée ».

Il y a deux semaines, j'étais donc allé fouiller dans les affaires de mon père. Sacrilège ! Entorse majeure au principe sacré de la cohabitation (plus encore de la cohabitation masculine, à ce que m'avait affirmé Jade qui perquisitionnait elle-même sans gêne les tiroirs de sa mère). Mais, à ce moment-là, nos conventions prenaient un peu le bord. Il y avait plus urgent que le respect des règles tacites, il y avait l'absolu besoin de vérité, le besoin de savoir, le besoin de comprendre.

Coincée dans l'une des extrémités de la garde-robe paternelle, une ancienne malle de voyage en fer recelait peut-être, derrière son cadenas rouillé et verrouillé, un trésor de réponses. La clef, refoulée au fond du tiroir de caleçons et de chaussettes de papa, fut facile à repérer : ce que devait contenir cette malle n'était forcément pas très secret. Je me sentis moins traître. Ayant avancé le mastodonte de quelques centimètres afin que son couvercle ne râpe le mur, je l'ouvris précautionneusement.

Il faudrait tout remettre à la même place pour que papa ne s'aperçoive de rien. Au dernier moment, au moment où le couvercle arriva à la hauteur de mes yeux, j'eus un certain remords.

Sur le dessus, comme s'ils y avaient été placés pour qu'on les admire au premier coup d'œil, s'alignaient sagement d'hétéroclites objets de bébé : des bottines en cuir blanches et molles ; une couverture bleue méticuleusement pliée et surmontée d'une minuscule tuque de laine — un bonnet de pouponnière ? — de couleur assortie ; un peigne pas plus long que mon pouce ; trois peluches : un ours polaire, un lapin brun et un lion… Une idée saugrenue me traversa l'esprit… Y aurait-il eu un autre bébé ? Oui ! Un jumeau ! Voilà qui aurait pu justifier le mutisme de ma famille ! Ma mère n'était peut-être pas morte ! Peut-être vivait-elle en fait avec mon frère ! Un frère jumeau ! Cela aurait expliqué ce grand vide que j'avais toujours ressenti au fond de moi. Les jumeaux étaient capables, affirmait-on, d'éprouver des émotions identiques, même à distance. Papa aurait pu faire un film de nos retrouvailles… Génial ! Emporté par une surréelle effervescence, je soulevai délicatement le papier de soie sur lequel reposait le petit trousseau et découvris une autre rangée de souvenirs. Un faire-part de naissance à l'odeur de poudre attira mon attention. Je le lus, plusieurs fois, le cœur submergé d'espoir. Mais il n'annonçait que moi, sans aucune trace d'ambiguïté dans la formulation. Je n'avais pas de jumeau. L'accablement soudain qui m'envahit me fit réaliser l'importance que j'avais donnée à cette lubie en une fraction de seconde. Une boîte de cigares en chocolat : il n'en restait qu'un seul, de même que dans la boîte de vrais cigares placée à côté. Un petit sac de dragées en tulle bleue faisait office de souvenir de baptême : celui-là, je l'avais déjà vu chez grand-maman. Le feu était arrivé juste après. La cafetière, branchée en permanence sur le comptoir, avait causé un court-circuit dans les fils électriques. Depuis, mon père utilisait une cafetière – italienne, disait-il ; de camping, le narguait Noémie – allant sur la cuisinière. La mère de Gi, elle, appelait ça un percolateur.

Sous ces deux étages de layette et de souvenirs de bébés s'entassaient des livres. Ou plutôt, des albums… Il y en avait neuf, divisés en trois piles égales. La tranche des épaisses reliures laissait deviner des pages tantôt noires, tantôt blanches. Des albums de photos, impeccablement conservés, aucunement abîmés par la fumée ou le feu : intacts. Les seuls clichés que j'avais jamais vus d'avant «moi», étaient ceux chez grand-maman et Caro, mais ils ne dataient jamais de ce moment précis sur lequel je tentais de faire la lumière : moi, avant six mois. Papa m'avait bien dit qu'il s'était passionné pour la photographie lorsqu'il était adolescent. Des photos, j'en avais tout à coup des centaines à portée de la main. Je consultai ma montre. Plus que trente minutes avant le retour du paternel. Avec un peu de chance, la tempête de neige aidant, il y aurait congestion sur l'autoroute et papa mettrait plus de temps que d'habitude pour rentrer du travail. Je pris un album, à tout hasard, un jaune, le cœur battant à en disloquer les charnières de la malle. Je me risquai.

Ce ne pouvait être qu'elle, en première page. Elle. Elle était là, avec mon père, flamboyante sous sa rousse chevelure ondulée. Elle avait des yeux verts pareils aux miens, ou était-ce le contraire? Elle était mince, pas très grande. Elle paraissait plus vieille que mon père, enfin, un peu. Lui, il avait l'air... il avait l'air de moi, exactement, n'eût été des yeux, qu'il avait bruns. Notre ressemblance physique me donna un frisson. J'avais toujours supposé que j'avais les traits de ma mère, même si mes copains soutenaient que j'étais le portrait craché de mon père. Je tournai les pages en tremblant. Le scénario de leur rencontre se déroulait sous mes yeux, les endroits où ils avaient été, les lieux qu'ils avaient visités : le Mont-Royal, les Laurentides, Montréal, le parc d'Oka. Je les connaissais tous! On m'y avait emmené. Mon père apparaissait enjoué, épanoui, amoureux. Abandonné. Elle était souriante mais réservée, avait le regard clair mais mélancolique. Puis, son ventre grossissait et, au lieu de resplendir, son visage se renfrognait de photo en photo. Vers la fin, elle ne souriait plus. Après ma naissance, on la voyait le ventre plat, le visage éteint. Elle me tenait dans ses bras comme elle l'aurait fait d'un vulgaire sac d'épicerie en papier, ne regardant ni son bébé, ni l'objectif de l'appareil. Mon père, au contraire, donnait l'impression d'être plus grand, plus décidé. Même s'il avait l'air gauche lorsqu'il me berçait sur certaines photos, je respirais, dans ses bras, la paix.

Puis, les photos s'arrêtaient dans l'album. Les feuilles demeuraient vides et ce silence parlait plus fort encore que les images elles-mêmes. Je vérifiai méthodiquement chaque page, jusqu'à la fin, confiant d'y découvrir un indice supplémentaire qui m'aurait permis de comprendre. Sur la dernière photo, où nous figurions tous les trois, mes parents avaient l'air de sortir d'un enterrement; moi, ridicule avec ma bavette rose attachée autour du cou. Je devais avoir quelques mois, tout au plus.

Les autres albums ne renfermaient que des photos prises par papa, vraisemblablement avant l'arrivée de ma mère dans sa vie. Le temps avait filé. L'heure butoir était déjà passée. Je m'empressai de tout replacer, de reverrouiller, de repositionner la malle, de refermer les portes de la garde-robe, de recacher la clef entre deux paires de chaussettes grises.

Lorsque mon père franchit le seuil de la porte – claqué par sa journée de travail et la conduite dans ces conditions météo difficiles –, je l'attendais, mine de rien, en débarrassant bruyamment le lave-vaisselle. J'aurais pu le confronter, mais je ne voulais pas qu'il se remette à boire, et surtout pas ce soir, à cause de moi, à cause d'une simple question. Je me couchai tôt, en récapitulant les seules conclusions que je pouvais tirer de mon indiscrétion : il n'y avait pas eu de feu et ma mère n'était pas morte en me mettant au monde. Je n'écartai cependant pas totalement l'hypothèse du jumeau.

* * *

Ma nuit dans la petite chambre m'avait retapé. Je me réveillai en pleine forme. Les chiffres lumineux sur ma montre indiquaient dix heures trente-quatre. Je me demandai si la pile n'avait pas rendu son dernier électrolyte. Non, l'instrument était en bon état de marche. Aucune goutte de lumière n'entrait dans cette pièce, ce que je n'avais pas remarqué la veille. Vérification faite, la minuscule fenêtre était complètement masquée par du carton sous le rideau d'une autre époque.

De toute façon, je n'avais pas à me lever. Il n'y avait pas de course… Il n'y en avait plus. J'étais en vacances, en cavale, en sabbatique, en ce que je voulais… La chambre se trouvait dans un fouillis à peine concevable vu ma présence si brève. Mon sac était à moitié éventré ; ma trousse de toilette, éparpillée sur le sol ; mon manteau et mon polar, étalés sur le lit, car il avait fait froid la nuit dernière. Mes livres, mon portefeuille et mes carnets — un entamé et deux vides — occupaient le reste de la place. Comble de l'anarchie, le billet de cinquante dollars que grand-papa m'avait offert le soir de ma fête — et que j'avais temporairement égaré — trônait, plein d'arrogance, au pied du lit, en roi du fatras. Ma motivation à me lever s'estompa. Je me calai au creux des draps, fermai les yeux. Se rendormir… Pourquoi est-ce que j'étais là ? Qu'importait ! Je sombrai dans un demi-sommeil délicieusement ankylosant.

— *A body in there ?* gueula une voix masculine.

L'ours allait défoncer la porte.

— Oui, *yes*, haletai-je en me redressant d'un bond.

— *It's time to leave. Unless you wanna pay for another day !*

Que disait-il ? Quelle heure ? Je regardai ma montre : près d'une heure avait passé. Payer pour une autre journée ? Pas question !

— *No, no, I leave*, hurlai-je à la hâte.

— *Hurry up then.*

Je me grouillai. Une douche ? Il n'avait pas précisé ce détail. Je supposai qu'il n'avait besoin que de la chambre… Je bourrai en catastrophe mon sac à dos et ouvris la porte, espérant ne pas rencontrer la bête face à face. La salle de bain était libre. Je m'y engouffrai. La douche était aussi bouillante que la veille, mais avec la pression en plus. Je ne pouvais pas me plaindre. Qui sait quand je retrouverais la prochaine ?

Le resto promettait un gargantuesque déjeuner. La serveuse me sourit :

— *Woke up late, eh ! So, what can I get you ?*

Ce que je voulais, c'était retourner me coucher…

— *Eggs and ham*, baragouinai-je.

Je crois que j'avais prononcé un « h » devant le mot *eggs* mais pas devant le mot *ham*.

— *How do you want your eggs ?* répliqua-t-elle en appuyant sur le dernier mot, débarrassé cette fois de la consonne superflue.

Comment j'aimais mes œufs ? On ne m'avait pas appris ça à l'école ! Comment lui dire : « tournés » ? À défaut du terme correct, je répondis :

— *Cooked.*

Elle rigola de ma bourde.

— *OK, overeasy. You must be from Quebec*, la belle province. Je parle un peu français, poursuivit-elle en étirant suavement ses syllabes.

— Merci. *Thank you.*

Elle pratiqua son français avec moi tout en me servant mon assiette et plusieurs cafés. Elle était plutôt belle avec ses cheveux tirés et son maquillage léger, léger comme celui de Jade. Je réalisai en sa présence que mon anglais était vraiment pourri.

— *Your eggs, overeasy !* me cria-t-elle de la porte de la cuisine lorsque je quittai enfin.

— *Thank you.*

Overeasy. Dessus facile. Il faudrait que je m'en souvienne. Il fallait que j'apprenne une deuxième langue. Joe avait raison.

Je me rendis sur le bord de l'autoroute et levai le pouce. Les voitures semblaient être engagées dans un concours à savoir laquelle passerait le plus près de moi sans me toucher et sans ralentir. Je me sentis un peu débile. Qu'est-ce que je faisais là ? Jade me manquait, sa présence, son odeur, sa voix. Pendant un moment, j'avais bien pensé tenter de la convaincre de devenir ma blonde, mais Gi, qui avait commis l'erreur avec une autre amie, m'en avait dissuadé. « Tu devras mettre une croix sur votre amitié, si ça ne marche pas », m'avait-il expliqué. Moi, j'aurais toujours besoin de Jade dans mon ciel. Il me fallait quelques étoiles fixes pour garder le cap. J'avais donc opté pour l'amitié à vie, espérant secrètement que ma verte et douce pierre fasse un jour les premiers pas. Si son baiser n'avait pas été si prude, ses lèvres si sèches, le soir de mon départ, j'y aurais peut-être cru.

Maintenant, où est-ce que j'allais ? Pour combien de temps ? Tout à coup, mon voyage me parut absurde. Il faisait froid. Je m'assis sur mon sac, le pouce en l'air, puis le baissai définitivement après une éternité. Il ne pleuvait pas des « Joe » en Ontario... Cette histoire de couverture d'assurance me chicotait. Quelle malchance ! En fait, j'avais juste le goût de me retrouver au McMichael, mais pas dans les salles d'exposition : au cimetière des peintres, couché entre deux pierres, à même la neige, avec eux pour toujours. Fatalement. J'étais transi. Une automobile s'arrêta, me réveillant de ma torpeur. Je me levai, l'œil fixe, titubai sous l'effet du pernicieux engourdissement qui avait envahi mon corps. Faux espoir : c'était une voiture de police. L'agent ne prit même pas la peine de sortir. Il descendit la vitre :

73

— *Jump in the back.*

Je n'osai désobéir et m'installai à l'arrière avec mon air de cadavre congelé. Mon voyage se terminait tout compte fait assez mal.

— *Do you know you can't hitchhike on the highway ?*

Pas de pouce sur l'autoroute…

— Oui.

J'avais perdu le peu d'anglais que je savais.

— T'es Québécois ? se moqua l'homme.

Je hochai la tête.

— Écoute, mon gars, c'est dangereux. C'est plein de cinglés sur les routes. Je vais te déposer à l'arrêt d'autobus. T'es chanceux que je ne te donne pas une amende. Retourne chez toi. T'as quel âge ?

Le ton commandait une réponse que je lui fournis aussitôt. Le policier me ramena à l'endroit d'où j'étais parti. Je ne lui mentionnai pas ce détail.

— Pas de pouce, ordonna l'homme aux grosses lunettes noires.

Je bafouillai un remerciement stupide.

De peur que la serveuse ne me prenne pour l'imbécile du siècle, j'évitai le restaurant et me rendis au guichet de la compagnie d'autobus régionale qui se trouvait à deux pas. La carte affichée sur la vitre indiquait les circuits possibles de la ligne, de même que les diverses destinations. Le prix des billets me fit grimacer. Je n'avais cependant pas le goût de revoir un policier, surtout que le prochain pourrait se révéler moins sympa et détester les pouceux. Je pris un aller simple pour Thunder Bay, sachant à peine où c'était, et encore moins ce qu'il y avait à faire là-bas, mais c'était plus à l'ouest — cent soixante et un dollars plus à l'ouest — et pas encore au Manitoba. Je n'étais pas prêt à quitter une province dont je n'avais vu que la capitale. Je m'approvisionnai ensuite au dépanneur le plus proche. L'autobus ne partait qu'en début de soirée.

La balade, au départ, se fit mieux qu'en auto ou en camion. Ce moyen de transport me laissait le temps de relaxer, d'écrire, de m'évader une fois de plus dans le cimetière du McMichael...

Je me trouvais là, méditant chacun de mes pas
Ceux passés, ceux futurs
Puis le présent m'envahit
Ils étaient là
De leurs funèbres lits
Portant mon poids de mortel
J'étais leurs yeux sur le monde

L'odeur corporelle âcre — mêlée à celle plus étouffante de la cigarette — de l'homme qui avait pris place sur le siège voisin du mien, à Orillia, eut raison de mon désir d'écrire. Je rangeai mon carnet et collai mon nez contre la vitre glacée de l'autobus.

J'étais leurs yeux sur le monde...

Le paysage avait quelque chose d'irréel et de terriblement beau, sous cette lumière de lune. Les sapins étaient lourds de neige; les flocons, cristallisés en masses scintillantes par le froid. Les lacs gelés, astiqués par une nature méticuleuse, ressemblaient à de gigantesques patinoires. Gi et Chen auraient adoré y jouer au hockey. Moi, je n'avais jamais joint une équipe. On était non-hockeyeurs de père en fils dans notre famille.

Je me demandais ce qu'ils faisaient, eux, à la maison. Comment avaient-ils réagi à mon exil volontaire ? Peut-être n'avaient-ils même pas bronché ! Ils avaient dû ranger l'appartement et retourner au travail le lundi matin après avoir passé la journée du dimanche à se questionner sur mes motivations profondes et sur ce qu'ils auraient pu faire de différent. Je souhaitais tout de même que papa ne soit pas parti sur une brosse, comme quand j'étais adolescent. Grand-maman avait probablement pleuré, de retour chez elle, à Mirabel. Quant à grand-papa, je me le figurais installé dans sa chaise berçante, à la fenêtre du salon, sitôt de retour du travail, espérant me voir arriver au coin de la rue. Là même où mon père prenait l'autobus quand il était petit, en bousculant ses camarades, en frappant le gravier du bout de ses souliers. Ma tante devait attendre mon appel. Dix-huit ans de mensonges. Ils avaient de quoi réfléchir.

Début moins neuf

178 secondes.
Était-ce le temps que ma mère avait tenu ?
Avait tenu l'oreiller ?

Malgré la découverte des albums photo, je n'avais pas élucidé la question : «Qu'était-il arrivé exactement ?» Le lendemain, durant mon cours de français, je planifiai la suite de mon enquête. Une perquisition chez grand-maman ? Sa maison était, joli ramassis de vieilles choses, dans un tel fouillis qu'elle recelait à coup sûr une piste, sinon une pièce du casse-tête. Néanmoins, la tâche, vu la superficie et l'état du terrain, me parut pour l'instant surhumaine. J'eus l'idée d'aller vérifier chez grand-père. Chez lui, c'était ce qu'il y avait de plus en ordre. S'il avait caché quelque chose, c'était forcément dans son bureau, qu'il barrait à clef… ladite clef étant posée au-dessus du cadre de la porte de la pièce : pour ce qui est de l'art du camouflage, le père et le fils n'étaient pas plus doués l'un que l'autre ! La fouille chez grand-père, à défaut d'être fructueuse, serait rapide. Quoique je ne savais pas non plus vraiment ce que je cherchais… En désespoir de cause, il me faudrait m'attaquer au tas de boîtes de grand-maman. Je n'avais pas l'impertinence d'aller fouiner chez mon oncle, ni chez ma tante... Chez Fred, dont l'appartement baignait dans le minimalisme japonais pur, à moins d'éventrer un à un les bambous de son décor, je ne vois pas ce que j'aurais pu y dénicher d'intéressant. Chez Caro, c'était trop gênant : avec elle, rendu à ce point, il faudrait que je change de stratégie, que j'opte pour l'interrogatoire en bonne et due forme, la boîte de chocolats miniatures de Laura Secord devenant alors ma meilleure alliée.

La fin de semaine suivante, je me retrouvai donc chez mon grand-père. Lorsqu'il quitta enfin la maison pour aller acheter du lait, en milieu d'après-midi, je me rendis aussitôt dans son bureau. J'écumai les dossiers de son tiroir-classeur, en commençant par la fin. Je me doutais que mon prévisible grand-père avait dû reléguer toute information sensible le plus loin possible de la vue. Il y avait là, bien archivés, quelques photos, son testament dans une enveloppe scellée, son passeport, ses états financiers, mais je ne m'attardai pas à ces détails. L'une des chemises, nommée prosaïquement «Divorce», me surprit. Je n'avais jamais connu mes grands-parents autrement qu'en bons termes et séparés, et ce rappel d'une autre réalité, passée, était inattendu. Je jetai un coup d'œil à cette paperasse, par curiosité. Puis, dans une chemise marquée «Coupures de journal», je tombai enfin sur ce qui m'apparut comme un filon. C'était une page de l'hebdomadaire «Allô Police», datée du dix juin de l'année de ma naissance. Le titre m'accrocha, mais je n'eus pas le temps d'en lire plus, car grand-père était de retour. Je glissai le papier dans ma poche et sortis du bureau en douce.

*

La seule fois de ma vie où j'avais dérobé quoi que ce soit, j'avais quatorze ans, c'était peu après ma fête. J'étais avec Gi. En flânant dans un magasin, j'avais aperçu une montre qui n'avait pas de dispositif de sécurité et je l'avais simplement mise dans mon manteau. Ce n'était même pas un modèle que je voulais. Au moment de sortir, mon cœur allait défoncer les portes. Le système d'alarme ne s'était pas déclenché, mais j'avais eu la frousse de ma vie. Secoué, j'avais dit à Gi, en lui montrant mon butin :

— Regarde.

— T'as pas volé ça ? s'était étouffé mon copain.

J'avais nerveusement acquiescé de la tête.

— Nic, t'es pas con ? T'aurais dû me le dire, je te l'aurais payé. Mon père, il a assez de fric pour acheter toutes les montres du magasin, y compris celles pour les filles.

La marche avait été longue jusqu'à la maison. Je n'en avais jamais parlé à mon père, Gi non plus. Des mois plus tard, une montre, emballée, avait traîné sur un banc public durant le temps de Noël, tel un embryon de révolte enrubanné.

Non, ce n'était pas du vol. Rien qu'une page dérobée d'un vieux journal à l'encre défraîchie, me répétai-je. C'était peut-être, enfin, la réappropriation méritée, long-temps due, d'un fragment de ma vie. Après la colla-tion, où je m'étais contorsionné sur ma chaise afin de ne pas froisser le document, je me rendis à la salle de bain, mentalement prêt à subir le texte. Je plaçai la main dans la poche de mes jeans. En trame de fond, grand-père faisait la vaisselle. Je craignais, par-dessus tout, ma réaction. Déjà, ma cage thoracique s'était mise à écraser lentement mais inexorablement mes poumons, oppressant ma respiration. Et je n'avais même pas lu la première ligne, le premier paragraphe, la première colonne. Il me fallait aller ailleurs, là où je ne serais pas dérangé. La bibliothèque, à proximité, était l'endroit neutre tout désigné.

Les flocons de neige mouillée qui tombaient lourdement me retinrent de parcourir l'article pendant ma marche. Ce n'est que lorsque je fus installé dans un fauteuil, la respiration régulière, que j'extirpai la page de journal de sa cache. «Quand je suis entrée, il était sur la table...»

– Je peux prendre ce magazine? m'interrompit une voix.

Je regardai en direction de la table basse que me désignait la femme plantée en face de moi. Devant mon air hébété, l'intruse répéta sa question. À l'euphorie quasi maladive de mon état succéda un agacement carnassier.

– Oui, répondis-je agressivement, tel un prédateur dérangé dans les secondes suivant la capture de sa proie.

Cette abrutie en quête d'attention ne pouvait-elle deviner mon besoin de paix? La femme s'empara de l'indigeste périodique et je repris ma lecture, électrisé, entre colère et nervosité. «Elle tenait un oreiller sur sa tête... Je lui ai enlevé le bébé... J'ai vérifié s'il respirait et j'ai appelé la police... Elle est partie marcher... Je l'ai sauvé.»

Sur la photo, la concierge, un imposant trousseau de clefs à la main, posait dans le cadre de porte de ce qui avait dû être notre appartement. En contre-jour, on apercevait une table de cuisine en bois et des chaises déplacées.

Une pluie de sable fin crépitait sur ma tête, ruisselait le long de mon corps, m'ensevelissant lentement. Je ne pouvais croire à ce que je venais de lire. J'avais les yeux secs, désespérément secs, tandis que tout en moi voulait pleurer de honte, de peine, de désarroi. L'esprit et le cœur ensablés, je rêvai de disparaître à jamais. À tout jamais. Au fil des heures, les grains se virent balayés par le mouvement de la foule de lecteurs évoluant dans mon espace désertique. La dune s'effondra peu à peu et je restai seul avec mon doute. Seul avec mes certitudes.

* * *

Thunder Bay. La Baie du Tonnerre ! J'étais rendu, après dix-huit heures de route. L'ambulante odeur pestilentielle était débarquée à Sudbury, j'avais donc pu faire les douze autres heures du trajet dans un confort relatif. Je profitai de chaque arrêt pour me dégourdir les jambes et m'aérer l'esprit. Seule l'escale à Sault-Sainte-Marie, aux petites heures de la nuit dans un froid digne de l'ère glaciaire, avait eu raison de ma détermination. Je n'avais pas mis le nez dehors à cette étape.

L'autobus nous déposa en face d'un café. Je m'y engouffrai aussitôt, à la recherche de quelque chose de chaud à manger. Mes dépenses des deux derniers jours avaient été importantes. Il me faudrait d'ici peu trouver du travail pour renflouer mon coffre, qui, de plein à craquer, fondrait comme la calotte polaire si je n'étais pas prévoyant. Et puis, il y avait cette impression désagréable que je dépendais encore d'eux, que cette carte bancaire était un moyen de plus pour me retenir, pour me dissimuler la vérité, pour me rattacher au nid.

Le babillard du restaurant, devant lequel je dégustai une crème de brocoli trop chaude épaissie non par l'abondance de légumes mais par un insipide féculent, était tapissé de petites annonces disparates. C'était l'endroit idéal pour me dénicher un emploi temporaire. Je parcourus les grands titres. Un vélo à vendre ? Quelle idée à ce temps de l'année ! Des motoneiges, encore plus de motoneiges, des offres de service de garde d'enfant, de réparations et de rénovations en tout genre... Une affiche sur le regroupement francophone de la ville attira mon attention. Des francophones ? Ici ? Une association ? Je savais qu'il existait une minorité francophone à l'extérieur du Québec, mais de là à penser qu'ils étaient en nombre suffisant pour former une association au creux même de cette contrée ! Je plaçai leur carte dans mon manteau : en cas d'urgence.

Un jeune fit irruption à mes côtés, un bol de soupe fumant à la main. Je l'avais aperçu dans l'autobus, écrasé sur le banc du fond. Il entreprit de me faire la conversation et, ne comprenant rien à son propos, je dus l'interrompre. L'avertissement sur la médiocrité de mon anglais ne découragea cependant pas le moins du monde mon interlocuteur. Il continua de discourir en détachant distinctement ses mots. Je finis par saisir qu'il était très heureux parce qu'une tempête de neige commençait. Effectivement, ça floconnait dru.

— *Why are you happy ?* parvins-je à lui demander dans un anglais assez respectable.

— *Because it means money*, articula-t-il le plus sérieusement du monde.

Le lien entre la neige et l'argent ne m'apparut pas de prime abord, surtout que mon père m'avait répété au moins un million de fois que l'argent ne tombait pas du ciel. Le jeune m'enjoignit de le suivre jusqu'à la quincaillerie, à quelques minutes de marche de là. À la rangée des pelles, il s'arrêta :

— *With money, you buy this and you shovel.*

Près de nous, un homme d'âge mûr étudiait les modèles avec une minutie d'ingénieur. Prendrait-il jamais une décision ?

— *Shovel ?* répétai-je d'un air interrogateur.

— *Yes, shovel*, fit mon copain de fortune en empoignant deux pelles à rabais.

C'est vrai que, vu sous cet angle, la neige pouvait se convertir en un précieux liquide. J'avais toutefois sous-estimé l'effort qu'il faudrait y mettre. Tard en soirée, exténués d'avoir déneigé une interminable série d'entrées, nous avions ramassé un impressionnant deux cent quarante dollars. Puisque nous n'avions commencé à offrir nos services qu'à l'heure du souper, c'était un profit incroyable. Sam cognait aux portes et sortait son baratin : quinze dollars par entrée double, déblayage de l'auto et du chemin d'accès à la maison inclus… Il m'expliqua que le fait d'être un soir de semaine jouait en notre faveur, la plupart des gens n'ayant ni le temps ni le désir de sortir leur souffleuse de la remise. La neige poudreuse, aussi légère que le duvet qui s'était une nuit échappé de mes oreillers lors d'une mémorable bataille avec les copains, nous avait facilité la tâche. Personnellement, j'avais surtout eu la chance de tomber sur un gars pas mal plus dégourdi que moi. À la fin de la soirée, mon vocabulaire en anglais s'était encore enrichi et ma prononciation, améliorée.

— *Do you have a Youth Hostel card ?* me lança Sam en prenant une pause au bout de la dernière entrée.

Je me demandai s'il avait froid avec ses mitaines de laine tricotées à la main.

— Non. *A what ?*

La lumière des lampadaires conférait aux cristaux qui descendaient joyeusement une touche magique dont je ne m'étais jamais lassé depuis l'enfance.

— *Come with me*, m'intima Sam.

Je le suivis. Sam m'expliqua ce qu'était cette carte d'auberge de jeunesse en question et l'univers des voyages me parut s'élargir encore davantage. L'auberge où nous allions était située au nord du centre-ville, à un autre dix minutes de marche, sacs au dos, pelles à la main. Le repos serait mérité.

La petite façade de bois, avec sa porte cramoisie, s'était parée d'éphémères guirlandes blanches. Plus que toute autre, elle avait su attirer et garder sur ses corniches les flocons devenus pesants. Je donnai deux coups de pelle aux courtes marches, par déformation semi-professionnelle. Après avoir enlevé ses mitaines mouillées, Sam sonna et nous entrâmes sans plus de cérémonie. Un homme âgé nous remit chacun une clef après avoir récolté nos deux billets de vingt dollars. Même si la chambre était affichée à un dollar de moins, taxes comprises, on ne revit pas la monnaie.

Le lit était d'aplomb ; les draps, propres ; la douche, potable. Sam tambourina sur ma porte au moment même où j'aspirais à une hibernation prolongée : *«Eh !*

buddy, come in the lounge with us !» D'abord réticent à l'idée de passer du temps dans une assemblée anglophone, je me laissai convaincre malgré l'heure inusitée. Trois filles et deux gars se trouvaient déjà dans le salon communautaire. Intimidé, je reluquai la guitare posée dans un coin. En fait, j'étais crevé et je ne comprenais pas comment Sam faisait pour tenir debout. Il paraissait frais et dispos, prêt pour une longue nuit de bavardages. Il avait pourtant trimé plus fort que moi par moments. Les jeunes se présentèrent à tour de rôle et me parlèrent un peu. J'appris encore quelques nouveaux mots d'anglais. Une raison bien particulière amenait chacun dans cette maison en plein mois de février. Le couple d'Australiens faisait même un tour du monde en passant par ce bled. Ils étaient allés à Churchill voir des ours polaires, un de leurs souhaits de toujours, expliquèrent-ils. Les ours polaires ! Je n'avais même jamais songé à me rendre les admirer dans leur habitat naturel. Sans compter que je croyais que leur territoire se limitait au pôle Nord... Le discours de ces deux kangourous sur la probable extinction prochaine du plus grand carnassier d'Amérique du Nord nous galvanisa, puis nous laissa soucieux. Paloma, la fille au regard aphrodisiaque, au sourire ensoleillé et au rire cristallin, venait d'Espagne. J'aurais bien troqué la chaleur de son pays pour le froid du mien...

Au contact de ces jeunes allumés, je me pris — il était peut-être un peu tard — à rêver de folies, moi aussi. Je n'avais toujours rêvé que ce qu'on m'avait permis. Rien de trop dangereux, de trop difficile, de trop exigeant. C'est pour cela que j'avais été en administration au cégep. L'administration, ça me puait au nez, mais

ma famille semblait être d'accord pour dire que c'était
«une avenue pleine de possibilités». Au diable mes
talents naturels et mes goûts ! Je n'avais pas été mieux :
paresseux de nature, habitué à me faire chouchouter, je
n'avais pas bronché. Jusqu'au jour où je les avais tous
remis en doute. Jade savait-elle que la liseuse d'aura
changerait ma vie ? Ou est-ce moi qui avais accepté de
voir ma vie chamboulée par cette gitane ? La séduisante
Paloma lisait-elle dans les lignes de la main ? Je les lui
aurais bien réchauffées, tant ses lignes que ses mains.
Jade était si loin. Pour me risquer, cependant, il m'aurait
fallu une confiance que je n'avais pas.

Mentalement épuisé par l'effort que réclamait cette
immersion en langue étrangère, mais pas encore tout
à fait prêt à quitter ce cercle inspirant – qui sait si l'Espagnole ne viendrait pas me faire la conversation dans
son français succulent – j'empoignai la guitare. Quand
la fille de l'Alberta me vit m'installer dans un coin, elle
me rejoignit :

– *Please, play for me.*

Alors que tous se ruaient sur sa province, la brune
Albertaine fuyait le troupeau, dégageant vers l'est.

– *I do not play very well, you know*, lui répondis-je.

Cela ne la rebuta pas. Elle s'affala sur un fauteuil
défraîchi, l'oreille critique en attente.

J'aurais aimé savoir jouer d'un instrument de musique correctement, mais mon père n'avait jamais voulu
me payer de cours. Il haïssait la musique, disait-il. Ne
voulant pas le contrarier, j'allais donc rendre visite à
mon amie Noémie la fin de semaine afin que son frère,
musicien confirmé, m'apprenne à gratter sur l'une de
ses guitares. Il jurait que j'avais une excellente oreille

et de très bonnes mains. Moi, j'aimais juste le son qui résonnait sur mon cœur.

Je jouai « *Stairway to Heaven* », ma partition préférée et l'une des seules que je connaissais vraiment par cœur, avec une certaine facilité en dépit de mes doigts raidis par le froid et le pelletage. Lorsque j'effleurai la dernière corde, je m'aperçus que toutes les discussions, sous l'envoûtement de ce langage universel, avaient cessé.

— *You play very well, Nic.*

Le feu dans l'âtre ne crépitait plus assez fort. Je me levai, embarrassé.

— *Time to bed*, répliquai-je.

— *No, it's « time for bed »*, me reprit Sam en riant afin de détourner un peu l'attention.

Le lendemain, je m'éveillai tard en matinée, après une nuit sans cauchemars. Bon sang, il fallait que je règle l'alarme sur ma montre ! La gérante de l'auberge m'avertit que le déjeuner était terminé. Je pris mon sac, puis hésitai et revins le déposer en consigne avant de courir vers la promesse d'un bon déjeuner. Je mourais de faim.

— *Easyover*, commandai-je, suffisant comme un prince.

La serveuse m'apporta des œufs brouillés.

— *That is not easyover*, rouspétai-je.

— *Didn't understand ya*, me cracha-t-elle avec un mépris certain.

Je pestai : si elle ne m'avait pas compris, elle aurait pu le dire ! Soit… Je m'inclinai, peu enclin à commencer une guerre des mots où je me savais vaincu d'avance.

Cette serveuse n'était sûrement pas membre de l'association francophone. Les œufs seraient brouillés...

Je passai l'après-midi à errer sans but dans la ville. Les images du soir précédent, que je ressassai sans fin, furent tranquillement remplacées par celles des étonnantes murales que j'aperçus sur les bâtiments. Je me rendis jusqu'aux berges du lac Supérieur pour mettre les doigts sur ses eaux gelées. Le paysage enneigé calma mes pensées. Devant mes yeux, au loin, une formation rocheuse se détachait sur le plat horizon. Des panneaux indiquaient qu'il s'agissait du « Sleeping Giant ». La légende racontait que le grand esprit Nanibijou, voulant récompenser les Ojibwés de leur loyauté, leur aurait indiqué l'emplacement d'une riche mine d'argent. Il exigea en retour que l'existence de ce gisement ne soit pas révélée aux Blancs. Or, un Sioux découvrit le secret et le dévoila. Aussitôt, tel que prédit, la tribu ojibwée fut engloutie par les flots du lac tandis que Nanibijou se métamorphosait en péninsule de pierre. Le géant endormi, au regard éternellement tourné vers le ciel, paraissait en paix. Son sort était finalement peut-être enviable. Un autre géant avait aussi, ici, terminé sa course : Terry Fox.

Après avoir avalé, en guise de souper hâtif, une assiette débordant de ragoût de bœuf accompagnée de pain maison — l'endroit qui ne payait pas de mine se targuait d'être le meilleur restaurant familial de la ville, avec raison, je dus admettre —, je décidai de faire un tour par l'auberge. Avec un peu de chance, les jeunes de la veille seraient de retour. Je n'avais pas revu Sam et j'aurais aimé savoir ce qu'il allait faire ensuite. Cela me donnerait sans doute des idées. Et puis, l'Espagnole serait peut-être là.

La gérante vint m'accueillir dans le vestibule, le tuyau de l'aspirateur à la main. J'essayai de lui expliquer que je cherchais «les autres», mais elle ne comprit pas grand-chose à l'anglais qui sortit de ma bouche paralysée par le froid. La patate chaude s'était métamorphosée en frite congelée. La femme me répondit, en continuant son ménage jusque sous mes pieds, que Marc avait laissé un message et pointa une feuille jaune fluo sur le babillard de la cuisinette.

«*Driving to Portage-la-Prairie. Pick up at 1700 sharp, Thursday. Marc Lavoie.*»

Je remerciai la femme. Marc? Le nom ne me disait rien et la destination ne figurait pas sur ma rudimentaire carte mentale des grandes villes canadiennes. Je décidai d'attendre pour voir de quoi il en retournait.

Début moins huit

178 secondes.
Était-ce le temps que ma mère avait tenu ?
Tenu l'oreiller sur ma bouche, pour m'étouffer ?

L'escalier en fer résonnait quand on y posait les pieds, telle une vieille tôle de métal que l'on heurte au détour dans une cour de débarras. Il y avait bien un ascenseur, mais je ne supportais pas les ascenseurs. Et puis… monter les marches était un excellent exercice ! Je gravis lentement les étages, ralenti par le poids du courage que me demandait cette ascension quasi éveresque. Pour occuper mon esprit qui flageolait sinon plus que mes jambes, je m'attardai à distinguer les paliers. Le premier, c'était celui du mulot mort – refoulé dans un coin par une botte lourde. Le deuxième empestait la flaque d'urine desséchée. Le suivant nous accueillait avec un immense graffiti, superbe d'ailleurs, qui se lisait : « Caliméro ». Je me souvenais vaguement de ce personnage. Mon père, nostalgique amateur de dessins animés, en conservait un exemplaire en format VHS. Le dessin représentait un poussin pas mal déformé, témoignant de la vision artistique du graffiteur. Au quatrième, rien ! Aucun repère, que de la vieille peinture écaillée, ce qui augmenta mon malaise face à ces marches ajourées. Au cinquième étage, une affiche sur le mur, au niveau de la poignée, ordonnait «Pas de colporteurs». Un message ridicule : comme si les colporteurs se rendaient jusqu'à cet étage par l'escalier. J'empruntai cette ouverture et débouchai sur un corridor inondé de lumière blanche et crue. La surabondance de luminosité donnait le goût de dévisser quelques ampoules, histoire, tout au moins, de diminuer les coûts d'électricité. Le numéro de l'appartement que je cherchais se terrait au fond du corridor. À gauche de la porte, le clone de l'avertissement «Pas de colporteurs» faisait le guet.

Je vacillai, ne sachant plus ni que dire ni que faire. Mon cœur battait la chamade, prêt à capituler. Il voulait sortir de sa cage, partir à courir, redescendre les escaliers à toute vitesse. Un cœur en fuite, voilà ce que j'avais dans la poitrine...

Après ma lecture de l'article, j'avais d'abord désiré croire que le reportage n'était que balivernes. Les journaux à potins ne rapportaient-ils pas n'importe quoi ? Le journaliste avait sûrement enjolivé son texte et la concierge, son histoire. Pour m'en convaincre, quelques jours plus tard, j'avais fait des recherches sur Internet, scruté les microfiches des journaux à la bibliothèque, mais n'étais toujours tombé que sur cette page du «Allô Police». Pour les quotidiens, il aurait fallu plus de sensationnalisme, du sang, un rite quelconque, un décès. Au-delà de l'absolue véracité du récit, une chose était certaine : je n'étais pas mort. Restait cette femme ordinaire racontant ce moment de sa vie qui la rendrait extraordinaire. C'est elle que je devais rencontrer. Vingt-neuf «suis-je bien chez Marie-Thérèse Gauthier, l'ancienne concierge du quatre-vingt-onze rue Sainte-Anne ?» plus tard, je l'avais retrouvée. Lorsque la voix avait acquiescé, j'avais raccroché, pétrifié.

Prenant de longues respirations, je m'évadai sur une plage de sable chaud, à mille lieues du corridor de cet immeuble, imaginai le soleil sur ma peau et les vagues léchant le rivage. Si je n'avais jamais été dans le Sud, cette technique de visualisation avait toujours réussi à calmer mon esprit en déroute, lors de mes crises d'angoisse.

De toute façon, la femme refuserait peut-être de me recevoir. Ce serait son droit. Le seuil de son antre, à la peinture défraîchie, à la serrure maganée, aux moulures abîmées, n'était pas des plus invitants. Je cognai. Aussitôt, des pas s'approchèrent, mais la porte ne s'ouvrit pas. Je réitérai ma présence par deux autres coups quasi retenus.

On fit jouer serrures, crochets et chaînes afin d'entrebâiller la porte :

— Savez pas lire ? sermonna une femme se dérobant au regard, le ton bourru.

Il y avait trop de lumière subitement et pas assez de tunnels où se terrer.

— Oui, répliquai-je d'une voix faible.

— Que voulez-vous ?

Je ne le savais plus.

— Je...

Le reste de ma phrase, verbe au conditionnel et complément, se figea dans ma bouche ouverte. Sans plus attendre, la femme entreprit de refermer. Je suppliai :

— Un instant... s'il vous plaît, je veux juste vous poser des questions.

— Je ne réponds pas aux sondages, ronchonna-t-elle.

Les gonds rouillés émirent un gémissement plaintif. À la dernière seconde, risquant le tout pour le tout, je glissai ma coupure de journal dans le mince filet qui nous unissait encore :

— C'est vous ça, Madame ?

Une main noueuse mais leste attrapa le papier qui chutait lentement de l'autre côté de la porte, avant de condamner l'ouverture. Déterminé, j'attendis. Je ne partirais pas sans mon bien, d'autant plus qu'il ne m'appartenait pas.

— Que me veux-tu ? C'est toi qui as téléphoné avanthier ? demanda la dame en ouvrant cette fois assez grand pour pouvoir me toiser de la tête aux pieds.

— Je veux… juste vous parler.

Elle me regarda avec plus d'attention puis hasarda, en levant le menton et en fronçant les sourcils :

— C'est toi ?

— Oui, bredouillai-je.

Doutant de ma réponse, elle reprit :

— C'est toi, le fils que j'ai sauvé ?

Mes yeux s'emplirent de larmes, à mon grand étonnement puisque cela ne m'arrivait jamais. Un jour, mon père m'avait même fait consulter un médecin pour cela. Celui-ci en avait conclu à l'absence de causes physiologiques. Tremblante, la femme me fit entrer dans son repère en me tirant le bras. Elle referma la porte et barra à double tour.

— Que viens-tu faire ici ?

— Je viens comprendre, murmurai-je.

— Comprendre quoi ? lâcha-t-elle en soupirant de découragement.

La femme tripota nerveusement le cahier de mots cachés posé sur sa console.

— Ce qui s'est passé, risquai-je.

— Il n'y a rien à comprendre. Rien, marmotta ma geôlière.

Voyant ma mine déconfite, elle demanda :

— Que veux-tu savoir ?

— Pourquoi ? Comment ? Tout, admis-je au bord du désespoir.

L'innocent, prisonnier, suppliait qu'on lui jette une clef.

— Pourquoi ? Pourquoi… bien ça, ce n'est pas une question à mon avis. J'ignore pourquoi on veut tuer un enfant, moi.

Sa réponse me déconcerta. Étais-je prêt à une telle franchise ? La femme m'avait conduit vers le salon et, sans même attendre que nous soyons installés, s'était mise à parler.

— Comment ? Pourquoi veux-tu savoir cela de toute façon ? Cela ne te donnera rien, Nicola.

Elle avait prononcé mon nom.

— Je n'ai pas de café. Peut-être qu'il me reste un vieux fond d'instantané ? Mais je ne te le recommanderais pas, j'aurais dû m'en débarrasser il y a longtemps. Tu bois du thé ?

En dépit de ma gorge sèche, je n'avais pas soif du tout.

— Non, pas d'habitude. Il y a une première fois à tout. Je prendrai un thé si vous en prenez un, fis-je, amadoué par sa simplicité.

— C'est bien, dit-elle avec entrain.

Elle fila à la cuisine, d'où un impressionnant tinta-marre eut tôt fait de retentir. Chaudrons, poêle, frigo, armoires, la dame avait dû bousculer le contenu entier de la petite pièce... Elle en ressortit au bout de longues minutes avec un plateau garni de deux tasses en por-celaine fine, d'une théière et d'une montagne de sucres en cube. «Je reviens», lança-t-elle en déposant son char-gement sur la table à café. Ces tasses me parurent trop fragiles. J'avais les mains pleines de pouces dès que je touchais à de la vaisselle, j'aurais dû l'avertir... mon père blaguait à peine lorsqu'il disait qu'il ne pourrait jamais se débarrasser de nos verres et assiettes en plas-tique incassable! Trop tard pour avouer ce détail à mon hôtesse. Je suai rien que de penser au désastre. La dame réapparut enfin, tenant à la main une assiette garnie de quatre biscuits glacés à l'orange.

J'écarquillai les yeux :

— Mais ce sont... ces biscuits, ce sont...

La femme opina de la tête, ravie de son effet.

— ... mes préférés. Ceux que je t'ai envoyés à Noël pendant longtemps, compléta-t-elle.

— Mon père disait que c'étaient des biscuits d'ange, confiai-je. La veille de Noël, c'étaient ceux-là que l'on mettait dans l'assiette pour le Père Noël, accompagnés d'un verre de lait... les petits Chamonix.

Elle servit le thé, sourire aux lèvres, visiblement réjouie de ma réaction.

— Vous avez cessé d'en envoyer juste avant mes treize ans. Je m'en souviens.

— Bah, oublie ça. Vivre dans le passé, c'est malsain.

Je pris un Chamonix.

— Je n'en ai vu qu'une seule fois, dans une pâtisserie.

— Mange, va, souffla-t-elle.

Je me sentais finalement très bien et très calme chez cette inconnue. En sécurité. C'était peut-être un ange après tout, avec ses beaux cheveux argentés et sa peau diaphane.

Elle prit une gorgée de thé brûlant. Moi, j'attendis un peu. Mes papilles n'avaient manifestement pas sa tolérance aux boissons chaudes.

— Je vais te dire ce que je sais. Ce n'est pas grand-chose… Tu vas être déçu, ajouta-t-elle en reposant avec élégance sa tasse dans sa soucoupe. Mais bon, je me doutais bien qu'un jour, tu viendrais.

Je déposai deux carrés de sucre dans mon thé.

— Ils ne t'ont jamais rien dit, c'est ça, et là tu cherches des réponses ? Tu es sûr que tu ne veux pas aller parler à ton père ?

Je fis un bref non de la tête.

— C'est votre histoire que je veux entendre, répondis-je.

Si près du but, je frissonnai.

— Tu sais… hésita-t-elle. Tu étais un petit bout de bébé…

Elle s'interrompit :

— Prends du thé, mon fils.

Je sirotai sans conviction. À cette étape de mon enquête, un verre de whisky aurait eu le même goût, tous mes sens étant temporairement désactivés.

— Vous étiez arrivés tous les trois : ton père, l'autre et toi. En fait, tu n'étais pas vraiment encore là, c'était juste avant ta naissance. Moi, je restais en face de vous autres. Je me souviens du jour où ils t'ont ramené à l'appartement.

Ma tête me fit mal. Pouvions-nous tout arrêter là, mettre sur pause, reprendre une autre fois ? Je n'étais toutefois pas dans un film et en avais encore moins écrit le scénario.

— Il faisait froid, poursuivit la femme. Ton père avait garé l'auto devant la porte et il vous avait fait sortir. Il était resplendissant. Je te le jure, il était tellement fier... J'avais ouvert ma fenêtre pour vous regarder passer et il s'était époumoné : « C'est un gars ! Un gars ! » Et ça avait commencé...

Elle rajouta un sucre à son thé avant d'en reprendre une gorgée, puis enchaîna :

— Elle allait te promener tous les jours, entre une heure et deux heures trente, dans une poussette avec des grosses roues. Difficile de l'oublier, car ce carrosse datait d'une autre époque. Mais, elle avait l'air complètement partie.

Je tiquai.

— Partie ?

— Partie ! fit la femme en haussant les épaules. Je ne sais pas comment te le dire autrement !

— Pourquoi est-ce qu'ils se chicanaient ? demandai-je, me rappelant l'article de journal.

— Bien là, je n'écoutais pas aux portes, Nicola... mais ce que j'ai entendu, c'est qu'elle t'habillait en rose. Ça faisait damner ton père. Il lui répétait : « C'est un gars ». Ta mère ne semblait rien comprendre.

La vieille dame fit une pause, murmura mon prénom et croqua un minuscule bout de biscuit qu'elle fit fondre avec un peu de thé.

— Une fois, il y avait un sac de plastique devant votre porte. J'ai vérifié, on ne sait jamais... il n'y avait que du linge de bébé rose dedans. Ton père avait jeté tout ce qui faisait trop «fille»...

Je me remémorai la dernière photo de notre album de famille.

— Le lendemain, ils se sont encore querellés.

Je n'avais jamais envisagé que mon père ait pu se disputer avec ma mère.

— Tu pleurais beaucoup durant la journée, enchaîna la femme.

— Et mon père, lui, qu'est-ce qu'il faisait?

— Ton père? Il travaillait, affirma-t-elle comme si la réponse allait de soi.

Elle grignota son biscuit de nouveau, puis poussa l'assiette vers moi.

— Un jour, tu devais avoir trois mois, tu avais pleurniché à plusieurs reprises. Cette journée-là, elle n'était pas sortie. Pourtant, c'était une belle journée de printemps. Pas de nuage. Un beau ciel bleu.

Je n'avais jamais particulièrement aimé les ciels bleus, dégagés, insondables. Je préférais les repères, même mouvants.

— Il devait être cinq heures du soir. Ton père allait revenir dans une trentaine de minutes. Bien, je ne sais pas pourquoi, mais tu as arrêté de pleurer d'un coup et j'ai trouvé ça étrange. Je ne sais pas pourquoi, répéta-t-elle.

Elle y réfléchit un instant.

— Je suis allée à votre porte et j'ai écouté — comme une vieille mégère avec l'oreille sur la porte, tu sais? Là, je l'ai entendue qui marmottait des affaires très bizarres. Je ne comprenais pas trop. J'ai cogné et elle n'a pas répondu. J'ai cogné plus fort. J'avais un drôle de… pressentiment, je crois bien.

Un spasme me parcourut l'échine.

— Alors, même si une concierge ne fait pas ça d'habitude, j'ai ouvert avec mon passe-partout… J'ai dit : «Madame, ça va, madame ?»…

Mon cœur battait de plus en plus lentement maintenant, à deux doigts de l'arrêt total.

— Elle t'avait couché sur la table de cuisine et elle tenait un oreiller sur ta tête.

Ma lèvre supérieure se coinça entre l'étau de mes incisives. Je fixai désespérément le tapis gris à mes pieds, cessai de respirer.

— C'est tout, mon enfant, je t'ai pris, continua la femme en m'agrippant l'avant-bras comme pour me retenir d'une chute qu'elle seule avait pu sentir. Le cordon de ton pyjama était très serré autour de ton cou. Je l'ai arraché. Tu étais d'une drôle de couleur au début, mais tu es revenu vite à la normale… J'ai appelé la police.

Le poing plaqué sur ma bouche, mordant toujours ma lèvre, les yeux clos, je voulus me cacher, m'évanouir, me volatiliser. Mais la femme, qui serrait mon bras sans ménagement, m'obligeait à affronter la vérité. Tout en moi l'intimait de me laisser tomber. Elle ne semblait pas être à l'écoute. Ou l'était-elle trop ?

— Qu'est-ce qu'elle a fait, ma mère ? bafouillai-je enfin.

— Elle est allée marcher dehors en se frappant le crâne à deux mains, la maudite folle.

Je hochai la tête, inspirai douloureusement.

— Mon histoire à moi, petit, elle finit là, dit la femme en lâchant mon bras pour me tapoter la cuisse. Ton père est revenu de travailler. Il t'a emmitouflé dans une couverture et il est parti avec toi. Le lendemain, ta grand-mère est passée pour vider l'appartement. Je suis allée lui parler. Elle m'a remerciée. C'est elle qui me donnait votre adresse quand vous déménagiez, pour les biscuits. Elle m'envoyait une photo de toi, de temps en temps, c'est comme ça que je t'ai reconnu, tout à l'heure.

Tout s'expliquait. Trop.

— Pourquoi avez-vous paru dans le journal?

Elle haussa les épaules.

— Le «Allô Police»? Parce que le journaliste est venu à l'appartement… Il cherchait à faire une histoire, alors il m'a demandé ce qui s'était passé. Le journal m'a offert un peu d'argent. Ça tombait bien. Et si ça pouvait servir à quelqu'un…

Je la comprenais. J'aurais peut-être fait pareil.

— Tu sais, il y en a qui disent qu'il faut toujours se mêler de ses affaires, ne pas écouter les autres. Mais si l'on s'écoutait plus, si l'on s'aidait plus, moi je pense que ça arriverait moins. Je ne sais pas. C'est dur à dire… Hum.

Elle se tut.

Je ne savais pas quoi lui répondre. Elle avait raison, forcément. Forcément.

Le silence se glissa entre nos solitudes. Sur le mur, la grande photo encadrée d'un jeune garçon, saluant cérémonieusement dans son habit de judo blanc ceinturé de vert, penchait un peu. C'est la femme qui mit fin à notre entretien. Le ton de sa voix se teinta d'espérance.

— Tu es rendu un beau grand jeune homme. Tu vas faire une belle vie. Faut pas prendre de cochonneries. Ta vie, elle est précieuse.

Elle me serra dans ses bras, comme elle avait dû le faire lors de ce jour fatidique, avec tendresse et soulagement. Je la quittai en la remerciant. Le gémissement des gonds camoufla sa voix émue alors qu'elle refermait la porte. Je cognai de nouveau. Elle ouvrit cette fois d'un seul trait.

— Je voulais juste vous demander… pourquoi m'avez-vous appelé « mon fils » ?

Un nuage passa dans ses yeux pâles.

— Dans ma tête, je t'ai toujours appelé comme ça. Le mien, il est mort dans un accident de la route. Il s'est fait frapper par un ivrogne. C'était avant que tu naisses.

— Je suis désolé, dis-je faiblement.

— Hum.

— Merci encore. Pour tout…

* * *

Quinze minutes, en théorie, me séparaient de ce laissez-passer vers ailleurs… si ce Marc Lavoie tenait parole ! Restait encore à savoir où se trouvait Portage-la-Prairie. À mi-chemin entre Notre-Dame-du-Portage et Rivière-des-Prairies, au Québec ? Le cas échéant, je passerais mon tour. Moi, je voulais poursuivre vers l'ouest. Et puis, ça coûtait combien ?

Seul dans le vestibule de l'auberge, je reluquai le combiné à deux pas de moi, dans l'encoignure. Il semblait m'interpeller. Je devais avoir la berlue. La communication par trucs interposés n'avait jamais été mon fort, ni celui de mes copains. On préférait le face à face. Si Noémie et Jade clavardaient ensemble le soir, Chen, Gi et moi, on n'avait pas besoin de simili-conversations. Chen appelait ça de l'esclavage communicationnel. Jade m'avait bien demandé de la tenir au courant de mes déplacements par courriel lorsque je lui avais appris que je partais, mais j'avais refusé. Je n'étais pas un avion-jouet au bout d'une corde. Taraudé par cette singulière impression d'être parti depuis des lustres alors que nous n'étions que jeudi, je succombai à la tentation. Ma grand-mère accepta — le contraire m'aurait étonné — les frais d'appel.

— Je voulais savoir comment tu allais, dis-je d'un air enjoué.

J'étudiai en même temps l'imparfaite toile d'une araignée à courtes pattes d'un œil distrait. Araignée du soir…

— Comment *je* vais? Mais c'est plutôt à toi que l'on veut poser la question, Nicola! Toi, comment vas-tu? Où es-tu? Avec qui? défila-t-elle sans même reprendre son souffle.

Je lui narrai très brièvement mon aventure — qui n'était tout de même pas très excitante — jusqu'à ce jour. Grand-maman me demanda à plusieurs reprises si j'avais assez d'argent. «Ton grand-père veut savoir», précisait-elle chaque fois. Je lui répétai que je faisais bien attention. L'hôtel, le train en première classe, les sorties au cinéma… tout cela, et plus, était à la portée de ma bourse, me pris-je à rêvasser alors que grand-maman distillait à mon intention les derniers potins familiaux. Justement. Trop à portée… Cela leur aurait trop fait plaisir de savoir que je dépendais d'eux. Je me souvins que j'étais parti pour me libérer de leur moelleux carcan. Le klaxon d'une voiture mit un terme à mes divagations… et à la conversation. Je saluai précipitamment ma grand-mère et raccrochai.

— *Hi !* Bonjour ! *Are you waiting for a lift ?* Tu attends pour aller à Portage ?

Ce gars-là parlait bilingue !

— Euh… oui, confirmai-je, encore sous l'émotion d'avoir raté la dernière marche, glissante, de l'escalier.

J'avais le don d'avoir l'air idiot.

— Est-ce qu'il y en a d'autres, en dedans ? demanda le conducteur.

Son accent était différent du mien.

— Non, je n'ai vu personne. Écoute, veux-tu m'expliquer comment ça fonctionne, lançai-je un peu mal à l'aise en contemplant sa reluisante petite japonaise bleue.

Il coupa le contact du moteur de l'auto avant de poursuivre :

— C'est simple, je fais souvent la route Thunder Bay — Portage-la-Prairie. Je viens voir ma blonde. Au lieu de voyager seul, j'offre aux jeunes de l'auberge de les amener, gratuitement. Beaucoup veulent se rendre jusqu'à Winnipeg, c'est juste avant d'arriver à Portage.

Notre destination se trouvait donc au Manitoba.

Marc ajouta, d'une voix autoritaire :

— Mais, pas de drogues dans mon auto, pas de cigarette, pas de boisson. Si tu veux fumer un joint, tu attends à un arrêt. Compris ?

J'eus presque le goût de rire. On aurait dit ma grand-mère sermonnant mon père.

— Pas de problème, répondis-je.

— Embarque! commanda amicalement Marc. Il nous reste encore huit heures de route.

Marc venait de Thunder Bay. Cinq générations dans le même coin : cela m'épata. Chez nous, tout le monde avait bougé, tout le temps, à chaque génération sa patrie d'adoption. Pas de vraies racines. L'Italie, la France, le Québec… Jade — qui avait le pouce vert — me disait toujours que la beauté et l'intérêt d'une plante ne résidaient pas dans la profondeur de ses racines. Un jour que nous en discutions, elle avait déclaré : «Il y a de très belles plantes qui n'ont qu'un système racinaire en surface». Elle n'avait pu, sur le coup, m'en nommer aucune cependant… Moi, je ne connaissais que les cactus.

Mon conducteur n'était rien de moins qu'un aspirant-pilote des Forces canadiennes en chair et en os. «Depuis trois ans dans le système», confia-t-il avec le détachement de celui-ci qui en connaît déjà trop les rouages. Après avoir complété son entraînement d'officier, il avait dû attendre qu'il y ait une place pour lui à l'école de pilotage, deux longues années au cours desquelles il avait d'abord été affecté à Terre-Neuve en tant qu'officier des publications dans une escadrille de recherche et de sauvetage. Il avait ensuite visité Comox, en Colombie-Britannique.

— Un autre O.J.T., précisa-t-il comme si l'acronyme allait de soi.

— Un quoi? l'interrompis-je.

— *On Job Training*. En fait, tout ce que ça veut dire, c'est qu'ils ne savent pas quoi faire avec toi, alors ils te mettent quelque part pour faire un travail quelconque en attendant que ce soit à ton tour de poursuivre ton entraînement...

— Et à Portage-la-Prairie? le questionnai-je encore, curieux d'en savoir plus sur notre destination, enfin tout au moins sur la sienne.

Il me désigna du doigt la carte du Manitoba placée dans la pochette de ma portière.

— C'est la première phase d'entraînement des pilotes, un cours de quelques mois. Ils t'apprennent à voler tout en procédant à une sélection... Pendant ton apprentissage, s'ils voient que tu es trop mauvais, ils te mettent à la porte.

Je rejetai la tête en arrière, contemplai bêtement le plafond, tentant de comprendre le sens et les conséquences de cette donnée.

— Tu veux dire qu'ils te replacent dans un autre... métier?

— Non, tu es expulsé des Forces. *EXIT.* La sortie, par ici! fit Marc en pointant le toit ouvrable de son auto.

— Trois ans de vie bousillés? Wow, tu peux avoir bien fait pendant trois ans, tes cours et tout, et là ils te foutent à la porte? m'indignai-je.

Marc ne perdit rien de son flegme, jeta un coup d'œil à son rétroviseur puis dans son miroir latéral, avant de dépasser la minifourgonnette, au système d'échappement défectueux, qui roulait devant nous.

— Oui, c'est stressant. Mais ça a toujours été mon rêve, tu comprends. Alors, je me dis qu'au moins, j'aurais essayé... Rien n'est jamais perdu.

Quel optimisme délirant! Il me fallut quelques secondes pour intégrer cette information. Je réalisai cependant que cette démarche n'était pas plus bête que d'aller m'ennuyer en administration au cégep… C'était juste plus téméraire, beaucoup plus.

— Est-ce que ça va bien, ton cours ? risquai-je.

Son succès, tout à coup, me tenait à cœur.

— Ça a l'air que j'ai des bonnes mains, une excellente coordination et un jugement assez sûr. Je n'ai jamais eu de *« Red Corner »*.

— C'est quoi un *« Red Corner »* ?, demandai-je de façon automatique, concentré que j'étais sur le repliage de la carte.

— Ça indique que tu as de la difficulté à faire les manœuvres. Ils mettent un code de couleur dans le coin de la carte de progression qu'ils remplissent sur chacun de tes vols. Vert : c'est correct ; jaune : attention ; rouge : ça te rapproche du siège éjectable.

Je souris, visualisant le siège éjectable.

— Et là, dans ton cours, tu en es à la moitié ?

Marc s'enthousiasma :

— Non, presque à la fin, dans le dernier tiers. J'ai terminé la théorie et j'ai fait mon premier solo. Ça, c'était capoté.

Un premier solo, ma tante m'avait dit que c'était la sensation la plus folle d'une vie, à la convergence de la fierté, de la peur et de la puissance, précisément entre la fin et le début de tout.

— La théorie, c'était dur ?

— Il fallait étudier comme des malades, je te le jure, affirma Marc. Sur notre groupe de trente, cinq n'ont pas passé la partie théorique. Trois autres sont repartis avant le premier solo et quatre autres ont de la difficulté dans leurs vols en ce moment…

Mon étonnement et ma curiosité firent graduellement place à de l'admiration.

En dépassant un semi-remorque, nous reçûmes une
roche dans le pare-brise, directement sous le rétroviseur. Le bruit sec de l'impact nous glaça le sang. Marc
ne dit pas un mot, absorbé à dégager au plus vite la vitre
du crachat qui n'en finissait plus de la recouvrir. Les
essuie-glaces battaient une folle mesure. Heureusement,
aucune fissure ne se dessina dans la vitre.

— Tu viens toutes les semaines à Thunder Bay?
demandai-je à Marc, autant par intérêt que par inquié-
tude vu les risques inhérents à la route.

Marc tapota du pouce sur le volant, sans s'en rendre compte, plus pour marquer son embarras que son
impatience.

— Non, à peu près à toutes les deux semaines. Je t'ai
dit que je venais voir ma copine... En fait, confia-t-il,
c'est plutôt ma mère. Elle a le cancer...

Je voulus lui témoigner ma sympathie, mais Marc
ne fit aucune pause, ne cilla pas, comme s'il ne pouvait
à ce moment interrompre le flot des confidences.

— ... alors mon *course director*, notre tuteur, me donne
habituellement congé de vol le lundi matin pour que je
puisse aller la voir la fin de semaine. Il pourrait aussi
bien me faire chier et me faire voler tous les vendredis
après-midi et tous les lundis matin s'il le voulait. Il est
correct.

Je hochai la tête sans même le regarder, perdu dans
mes propres réflexions.

— Mais, sursautai-je, nous ne sommes pas la fin de
semaine!?

Marc sembla ennuyé.

— Ma mère ne filait pas fort. Puisque l'on annonçait une tempête pour le mercredi, j'ai demandé un congé spécial de deux jours. Je vole demain, en après-midi si la météo est belle.

— Et si l'avion n'est pas brisé… ajoutai-je afin de tenter de modifier la trajectoire de cette conversation trop lourde.

— Comment sais-tu cela ? questionna Marc, surpris.

— Ma tante est pilote d'avion aussi. Je sais que ça arrive souvent, surtout en hiver.

— C'est vrai. Ta tante pilote quoi ?

Le ton était devenu aussi léger que la neige qui tombait maintenant.

— Un Cessna Stationair sur flotteurs en été et sur skis en hiver.

— Je ne connais pas tellement les modèles, avoua Marc.

— Elle travaille pour une compagnie d'aviation à Laval qui organise des voyages pour les touristes. Des trucs de pêche, des survols de baleines, des aventures dans le Grand Nord québécois.

— Tu es déjà allé avec elle ? s'intéressa mon conducteur.

— Oui, souvent… C'est pas mal beau, vu d'en haut.

Je me souvins de la première fois où j'avais vu les maisons de mon quartier, à Laval, avec leurs piscines. À chacun son petit lac, blaguait ma tante, c'est dans le sang des Québécois, cet attachement à l'eau. Plus loin, plus au nord, les lacs, naturels, dans toute leur splendeur, m'étaient apparus.

— Tu as piloté ? demanda Marc avec enthousiasme.

Je hochai la tête.

— Et tu étais comment ? s'inquiéta-t-il.

— Pas mauvais… Personne n'a été malade, ajoutai-je pour le faire rire.

Je n'avais d'ailleurs jamais compris pourquoi j'étais aussi coordonné et à l'aise en vol tandis que j'étais si gauche de mes mains et si souvent pris de vertiges, au sol…

— Déjà, quand tu ne vomis pas toi-même, c'est bon signe… Je connais un gars qui rendait le contenu de son estomac à chaque vol, jusqu'à ce qu'il se mette à prendre des pilules de gingembre juste avant d'aller faire son inspection prévol, rigola-t-il. Et pouf ! Finis les sacs pleins, du jour au lendemain !

J'eus dû avoir l'air sceptique, car il ajouta aussitôt : «Je te le jure !»

— Tu pourrais devenir pilote ! déclara-t-il d'un ton convaincu et presque convaincant. Ça te laisse trois options.

— Que veux-tu dire ?

— Ton père est riche ? questionna Marc.

Je revis mon père assis sur sa chaise de bureau, après sa journée de travail comme presseur de vêtements chez un nettoyeur, interminablement occupé à mixer le son et l'image de sa dernière production, film qui n'aurait jamais de public autre que notre noyau familial.

— Non, dans une autre vie, peut-être…

— Dommage. Alors, tu es comme moi. Ça te laisse deux options abordables : le Collège d'aviation subventionné. Il y en a un au Québec, je crois que c'est un peu comme votre cégep, et il y en a un en Ontario aussi : le Seneca College à Buttonville. J'ai même entendu dire qu'à l'université de Moncton, ils ont un programme de bac pour devenir pilote professionnel.

— J'ai déjà entendu parler de celui du Québec. Mais là, ça fait trois, si je sais compter…

— Non, ça, c'est l'option « collège ». La meilleure, ça aurait été d'être un fils de riche qui peut se permettre les cours dans le civil…

Je souris. On avait donc tous rêvé un jour, de Laval à Thunder Bay, d'être un gosse de riche, pour pouvoir cracher sur son steak ou refuser son hamburger au resto parce qu'il n'était pas cuit à notre goût, pour pouvoir écraser du talon son nouveau jouet en sachant que papa en achèterait un autre sitôt notre crise passée ou garrocher la manette de notre jeu vidéo dans le gigantesque écran plat du salon lorsque l'on perdait la partie.

— L'autre option, ta deuxième, c'est les Forces. Tu devrais essayer de rentrer dans les Forces. Tu as un bac ? Ils aiment mieux ça pour les officiers ; mais, entre toi et moi, ça ne change pas grand-chose quand tu pilotes.

Je n'avais jamais sérieusement pensé faire des démarches pour devenir pilote, et encore moins dans le militaire.

— Non, je n'ai pas de bac… Il y a une semaine encore, j'étais au cégep, en administration. Je haïssais ça.

— C'est pour ça que t'es parti ? répliqua Marc en tentant d'ajuster le réglage du chauffage afin que les vitres latérales se désembuent.

— Non, pas vraiment. J'avais besoin d'air. Ma famille m'étouffait.

— C'est souvent ça qu'ils disent, ceux que j'embarque…, fit remarquer mon conducteur avec détachement.

Marc conduisait, assis droit comme un pique, une main vissée sur le volant. L'autre était en position d'attente, sur sa cuisse, prête à actionner le levier de l'embrayage au moindre problème. Il était alerte. Il devait être un sacré bon pilote.

— Ta mère, elle va mieux ? demandai-je.

— Si l'on veut. La chimio, c'est dur sur le corps. Mais elle était contente de me voir.

Les vitres avaient commencé à se dégager. De toute façon, dehors, il n'y avait rien à voir. Je craignis soudain que Marc ne me pose une question sur ma mère.

— Pourquoi ne demandes-tu pas de reprendre ton cours une autre fois ? le questionnai-je aussitôt. Là, ça diminue tes chances de réussite...

— Dans les Forces, c'est eux qui décident... de tout. Le cancer de ma mère, c'est mal tombé... Mais, on s'est promis, elle et moi, qu'on ne lâcherait pas. On se bat tous les deux en même temps. Je pense que c'est ça qui la fait lutter. Si elle abandonne, moi aussi.

Je restai songeur.

— Comme dit mon père, ajouta Marc, quand les cochons font le beurre, pis que les poules rentrent le bois...

Je ne saisis pas son expression.

— On doit faire ce qu'on a à faire, expliqua-t-il. Moi, c'est pilote. Pas autre chose. Tu veux un café ? envoya-t-il.

— Ce ne serait pas de refus.

Il arrêta à la station d'essence suivante. J'en profitai pour faire un tour aux toilettes. Nous reprîmes ensuite la route sans délai.

— Tu sais qu'il y a une association francophone à Thunder Bay ? dis-je en sortant la carte de visite de mon portefeuille, un peu pour l'impressionner.

Marc partit à rire :

— Oui... C'est mon père le président !

Je replaçai la carte à sa place en secouant la tête.

— Le monde est petit...

Sirotant silencieusement notre café, nous écoutâmes la radio.

La route filait dans le noir. De temps en temps, on croisait une patrouille de police postée sur le bas-côté. Marc roulait à cent dix-huit kilomètres à l'heure. «En bas de cent vingt, on est bon», commentait-il à chacune de ces rencontres. Puis Marc me parla de sa petite copine. «Elle mange le bord du châssis en m'attendant», rigola-t-il. J'adorais ses expressions. Il me faudrait les noter dans mon carnet. Il me raconta aussi ses aventures dans les Forces canadiennes. J'enviais ses récits de voyage aux quatre vents du pays. Mais, tout compte fait, je crois que je préférais le bleu gris de mon sac à dos au vert kaki du sien.

Winnipeg se montra le nez à l'horizon. On aurait dit une île de lumière en plein milieu d'un obscur océan.

— On arrive bientôt. Tu sais où coucher ? bâilla Marc.

Cela faisait déjà une heure que je réfléchissais à la question, me demandant si je devais lui dire de me laisser en bordure de la capitale ou continuer jusqu'à sa destination à lui.

— Aucune idée, admis-je.

— Tu peux venir dans les baraques pour ce soir. Il est tard, le commissionnaire a déserté. Si mon copain n'est pas rentré, je t'ouvrirai sa chambre.

— Tu as sa clef ? m'étonnai-je.

— On s'est fait des doubles...

— Et lui, il ne vole pas demain matin ?

— C'est un chaud lapin. Il couche dans sa chambre seulement quand il y est obligé par la gent féminine. Dernièrement, tout allait bien pour lui de ce côté, pouffa Marc.

Le lendemain, à mon réveil, une note avait été glissée sous la porte :

Salut,
Briefing météo dans dix minutes, je dois partir.
N'oublie pas de barrer la porte en sortant et de refaire
le lit.
Si tu veux sortir et rencontrer les gens du coin, il y a le
Club West. Évite le bar du centre-ville, celui de l'hôtel.
Les dîners au resto ukrainien de Portage (trente minutes
de marche) sont excellents. Mais les perogies, il faut les
prendre frits. Ils vont te demander «broiled or fried».
Dit : « fried», sinon c'est pas mangeable. Il y a un village
francophone plus loin, Saint-Claude. Bonne route. Marc.
P.-S. Garde la carte de mon père, ce sera notre contact.

Puisque je ne savais pas où était sa chambre, je lui déposai un message de remerciement sur le lit. Je me rendis ensuite au resto ukrainien. *Fried perogies.* Mon accent devait s'améliorer, car la serveuse me comprit sans problème. Je marchai toute la ville en un après-midi. Depuis mon départ, je n'avais pas connu un aussi grand dépaysement social et culturel. Je n'engageais pas vraiment la conversation avec qui que ce soit mais, du simple point de vue vestimentaire, je notais désormais des différences. À Toronto, tout le monde était à peu près habillé comme au Québec, sauf en plus noir. Dans le Nord de l'Ontario, les gens étaient vêtus simplement, sans fla-fla. Du chaud, du solide. Ici, c'était bien différent. D'abord, il y avait eu les chapeaux de cow-boys. Puis, ce groupe de femmes habillées de robes leur tombant aux chevilles, de robes juste assez courtes pour mettre leurs espadrilles en évidence. Des espadrilles, en plein hiver ! La rondeur de leurs visages était accentuée par le fichu qu'elles portaient toutes sur la tête. Devant ces femmes aux formes solides marchaient leurs hommes aux complets austères, chapeaux de feutre noir enfoncés sur la tignasse. J'avais aussi croisé nombre d'Amérindiens, vêtus de minces manteaux. Je zieutai ces êtres sans le vouloir, l'esprit pétri par une seule question : comment diable faisaient-ils pour survivre ? Car il ventait, ici, comme ce n'était pas possible. Un souffle glacial, présent jusque sous le capuchon, déterminé à venir à mater tout système vivant. Même si mon parka et mes bottes étaient pratiquement garantis pour l'Arctique, je commençais moi-même à avoir de plus en plus froid. Une humidité persistante avait remplacé la douce chaleur du début. Au centre commercial, le premier dans lequel je mettais les pieds depuis mon départ, je m'ennuyai de Jade. Je ne m'étais jamais enfourné dans ces enfers de boutiques que pour l'accompagner. Au moins, l'abîme, ici, était de dimensions réduites et presque vide.

Le Club West, dont m'avait parlé Marc, était tout près. Je me résolus à aller y faire un tour. J'avais le goût de voir à quoi ressemblaient les bars manitobains. Je pris un bon souper puis m'installai avec un café pour continuer *Volkswagen Blues*. Ayant perdu le fil du récit, je dus relire les trois pages précédant le papier de gomme à mâcher me servant de signet. Si je n'avais pas embarqué dans l'histoire lorsque j'avais entamé le roman, cette fois, je me retrouvais bel et bien en train de voguer sur une mer de mots qui me parlaient, à moi. L'impression étrange qui m'avait habité dès les premiers paragraphes avait fait place à un sentiment diffus de compréhension. L'errance, la fuite, la quête. Je saisissais, maintenant. Je nageais en plein dedans !

Lorsque je levai les yeux, il était tard. De l'autre côté de la grande rue, le stationnement du bar s'était rempli. Je refermai le livre, le glissai dans la poche de mon parka, ramassai mon sac à dos et sortis. Je traversai l'artère d'un pas vif. Avec un peu de chance, songeai-je, grisé de bohème, on m'offrirait éventuellement le gîte pour la nuit.

Le portier me dévisagea.

— *Leave your backpack here.*

Ça ne me dérangeait pas de me défaire de mon sac à dos, surtout qu'avec la carrure de ce molosse pour le garder, il y avait peu de danger pour qu'un crétin me le pique.

La place était presque pleine… de gars. Moche ! Je m'assis au bar, commandai une *draft* avec le moins de mots possible. L'ambiance n'était pas particulièrement agréable et, à la limite, s'avérait un peu inquiétante. Si Marc m'avait suggéré ce trou et non celui du centre-ville, je me demandais à quoi pouvait bien ressembler l'autre à cette heure.

Un gars tenta de me faire la conversation en commandant sa bière, mais, remarquant que mon anglais était plutôt maigre, repartit sans demander son reste, à mon grand soulagement. Puis, alors que je commençais à m'emmerder ferme, un homme d'une quarantaine d'années, au visage crevassé, vint s'écrouler sur le comptoir à côté de moi.

— *Sooo… you are a frooog ?*

Il était tellement saoul que je l'aurais compris même s'il avait parlé le néerlandais. Il cherchait quelqu'un à tabasser. Je m'emparai aussitôt de ma bière et tentai de changer de décor. L'homme me retint par le collet et, m'obligeant à me retourner, m'asséna un :

— *Don't go away, frooooggie.*

Je me réveillai au son de mille pimpantes clochettes et d'autant de brillantes étoiles.

— *Are you OK ?* aboyait le gros dogue.

Un rapide tour d'horizon me permit de constater que je me trouvais maintenant sur le bord d'une porte, à l'arrière d'un immeuble. Je me souvins du poing arrivant, contre toute attente, à vitesse fulgurante, vu l'état d'ébriété avancé de mon agresseur.

— *Yes*, bavai-je. *My bag ?*

Il me pointa du doigt mon sac à dos, qu'il avait pris la peine de rapatrier à mes côtés, indiqua qu'il était préférable que je parte et retourna à sa garde.

La porte de fer se referma lourdement. Le bruit résonna à mes oreilles. Ça empestait l'innommable, ici. Je me relevai péniblement, vacillai, me dirigeai en titubant vers l'immense canette de Coke illuminée qui éclairait tout le stationnement. C'est en canette de bière qu'ils auraient dû peinturer cet ancien silo à grain !

Je marchai, hébété, jusqu'à un bloc de ciment, m'y accotai afin d'examiner les dommages. Mon nez n'était pas
cassé, mais j'avais une coupure le long de la tempe. Mes
dents étaient encore droites et répondaient toutes à l'appel. Heureusement, car je détestais les dentistes et leurs
foutues bavettes jaune pâle. Je pressai ma paume sur
mon arcade sourcilière afin d'arrêter le sang. L'engelure
se présenterait-elle avant la coagulation? L'engelure…
L'idée me saisit à la gorge. Je lorgnai les alentours de
mon œil toujours valide. Plus loin, une racoleuse affiche
annonçait un hôtel. Ce soir, le luxe était de mise. Je ne
devais pas être le premier à me ramasser en fâcheuse
condition dans cet établissement car la réceptionniste
ne broncha même pas lorsque je me traînai les pieds à
l'intérieur. Sur l'ordre de la femme, je payai d'avance,
avec ma carte bancaire, le prix de la chambre. Deux
sept six quatre. La tête voulait m'exploser. Après m'être
assuré par trois fois que ma porte était bien verrouillée,
débarrassé de mes bottes et de mon manteau, je tombai
enfin sur le lit. Physiquement, j'étais une loque.

Début moins sept

178 secondes.
Avait-elle compté ?
Tout haut ?

Lorsqu'une voiture klaxonna derrière moi, une certaine crainte me retint de me retourner complètement.

— Salut… entendu dire qu'il y a un Franco qui s'est fait tabasser au West, hier. J'ai pensé que c'était toi. Ça va ?

Marc était en combinaison de vol.

— Ouais. J'ai mangé une bonne raclée, répondis-je en descendant mon capuchon afin qu'il puisse constater les dégâts.

Je grimaçai de douleur sans le vouloir. Le réveil s'était avéré encore plus pénible que l'évanouissement du soir. Marc siffla, mi-admiratif, mi-empathique.

— Monte, lança-t-il.

Je me dirigeai vers la portière, avide de chaleur humaine en ce matin glauque au beau milieu de nulle part. Je jetai mon sac sur la banquette arrière et m'écrasai sur le siège du passager.

— En tout cas, t'auras goûté à la médecine locale… commenta Marc.

Je partis à rire. *Ouch.*

— Tu parles d'une médecine ! Le seul problème, c'est que je n'étais pas malade…

— Qu'est-ce que tu fais maintenant ? me demanda le futur pilote en dévisageant plus sérieusement les dégâts.

« Je fais dur », voilà ce que j'avais le goût de lui répondre.

— J'ai pensé me rendre dans ce village de Francos, Saint-Claude, afin de voir s'il n'y aurait pas un peu de travail pour moi.

Marc réfléchit tout en embrayant en deuxième.

— J'en doute, mais ça vaut la peine d'aller voir, tant qu'à être dans le coin. Écoute, j'ai un vol tout à l'heure. Je n'ai pas le temps de me rendre jusque-là, mais je peux t'amener à l'aéroport. C'est sur ton chemin et ça te fera quelques kilomètres de gagnés.

L'offre tombait à point. J'avais eu, depuis le matin, toute la misère du monde à me motiver à faire quoi que ce soit. Y compris à respirer.

— Génial. Il fait assez froid ici !

Marc sourcilla.

— Tu n'as rien vu ! Attends un bon blizzard… Moi, je pensais que le Nord de l'Ontario, c'était froid, avant d'arriver dans les Prairies…

— Et moi, je pensais que Laval, c'était l'Arctique !

On passa sur le viaduc enjambant l'autoroute. Je suivis du regard la longue bande grise enneigée, balayée en permanence par les vents, qui s'étirait indéfiniment vers l'ouest, telle une promesse. Il faudrait éventuellement que j'en voie le bout.

— Tiens, je te dépose là, m'avertit mon chauffeur en arrêtant sa voiture sur l'accotement glacé. Saint-Claude est au bout de cette route, tu ne peux pas le manquer. Je dirais un bon vingt kilomètres. À quatre kilomètres à l'heure, tu en as pour tout l'après-midi. Mais un fermier va sûrement passer et te ramasser...

J'eus envie de lui dire que j'avais déjà été « ramassé » par quelqu'un. Je préférais user mes bottes ! À notre gauche, des petits avions blancs comme neige — une couleur difficile à apercevoir du haut des airs en cas de sauvetage m'avait un jour fait remarquer ma tante — poursuivaient leur ballet aérien dans un ciel bleu immaculé, nettoyé par le vent.

— Je vais m'arranger, t'inquiète pas, dis-je à Marc.

Je repris mon sac, en enfilai laborieusement les courroies :

— Eh bien... fais attention à toi. Merci pour tout. Bons vols et... bonne chance pour ta mère.

— Elle va se battre jusqu'au bout, répliqua Marc. Comme moi. *Take care*. Et repense à ce que je t'ai dit à propos du pilotage...

La portière claqua sous l'effet d'une bourrasque. Je regardai un moment Marc se diriger vers son avenir. En vol. Je commençai à marcher en sens inverse, vers Saint-Claude. Un village manitobain où je ne connaissais personne, où personne ne me connaissait. Peut-être les filles y étaient-elles jolies ? Jade était à la fois très présente à mon esprit, mais d'un souvenir de plus en plus évanescent. Tout ce qui appartenait à « avant » me semblait parfois devenir flou et un peu irréel. Le passé, après s'être fait trop présent, reprenait tranquillement sa place, laissant potentiellement la voie libre à mon futur ; du moins, l'espérais-je.

121

Mon sac à dos était pesant ; le vent, débilitant. Pourquoi donc ventait-il toujours autant ? De temps en temps, une voiture passait à deux pas de moi, ralentie seulement par un soupçon de curiosité. En fait, c'étaient surtout des camionnettes, aux boîtes impressionnantes. Il y a cent ans, on les aurait prises pour de monstrueuses machines extraterrestres. Elles me faisaient plutôt penser à des *Tyrannosaurus rex*, rapides, imbus de leur puissance, se préoccupant peu de la fourmi que je représentais. Je n'avais même plus la force de lever le pouce ! Leur passage envoyait danser la neige dans une gigue folle et désordonnée. Autour de moi, et particulièrement sous mon capuchon, les pas glacés de la blanche danseuse ne semblaient plus jamais vouloir s'arrêter.

Je n'avais jamais aimé les foulards. À ce moment, c'est pourtant ce qui me manquait le plus. Ici, il retrouverait sa raison d'être, son utilité première, son statut de besoin essentiel. Mes joues étaient frigorifiées. En fait, je ne les sentais plus du tout. Étaient-elles gelées, blanches, cireuses ? Et mon nez ? Je me vis défiguré par le froid, les pommettes rongées, le nez amputé par la morsure. Obsédé par cette image, je fis un pas, deux pas, dix pas... « Trop de films », aurait dit Jade. Mais je n'en avais pas écouté depuis un bon moment.

Je laissai tomber mon sac sur le sol et remuai ses entrailles. Mon chandail en polar ferait l'affaire : après avoir pris une très longue respiration, j'en nouai les manches derrière ma tête. Je poursuivis ma marche, plus lentement cette fois. Le morceau de tissu qui couvrait ma bouche et mon nez me donnait la très désagréable impression d'étouffer. Respirer, exhaler. Tranquillement. Inspirer, expirer. Calmement. J'avais vu quelque part qu'il fallait placer un sac de papier sur la bouche d'une personne en état d'hyperventilation pour rétablir sa respiration. Je n'avais pas de sac de papier. Profondément. Inspirer. Lentement. Exhaler. Le tissu se couvrit de givre, saturé d'humidité par mon souffle. Ce froid, cette chaleur humide et ce picotement douloureux enflammaient mes joues et le bout de mon nez. Il n'y avait de sensation plus désagréable… si ce n'était celle de manquer d'air.

Je tentai de me concentrer sur autre chose. Pour le reste, tout allait bien. Mon parka s'en tirait avec honneur, sans compter que j'avais mis ma combinaison la plus chaude sous mes jeans. J'avais quelque peu tergiversé à la boutique de sport avant d'acheter cet article au prix exorbitant. « Il y en a qui partent en Antarctique avec ça », m'avait affirmé le vendeur. Les pôles étant sous le joug du réchauffement, la rhétorique de vente me parut peu convaincante, mais je m'étais pressé de passer à la caisse avant le retour de Jade, qui aurait forcément voulu connaître la raison d'une telle dépense. Mes gants neufs aussi résistaient bien à ce démon de la plaine. J'étais tout compte fait assez satisfait de mon habillement, à la hauteur des rigueurs du climat.

Une camionnette ralentit brusquement devant moi, en plein milieu de la route, sans même prendre la peine de se pousser un tant soit peu sur le bas-côté. Je me dirigeai vers elle d'un pas rapide. Et dire que j'avais déjà eu peur de sortir de chez moi pour aller à l'école !

— *Where are you going ?* me cria-t-on par la vitre à demi descendue.

Je ne retirai pas ma protection de fortune, de peur que la couleur de mon visage n'effraie. Déjà que mon

œil au beurre noir était peu ragoûtant, mes joues cada-
vériques et mon nez bleuté ne devaient pas me donner
une allure très sympathique.

— Saint-Claude, lançai-je.

La portière s'ouvrit comme par magie.

— *Thank you*, caquetai-je.

— Laisse faire les *« thank you »*, je parle français, fit
l'homme en relevant sa casquette John Deere.

Une forte odeur de tabac imprégnait l'habitacle,
même si le fermier ne fumait pas.

— Comment avez-vous su que je parlais français ?

— Il n'y a qu'un francophone pour dire Saint-Claude
comme tu l'as fait. Un Anglais, ça dit *« Sïnte-Clôd »*.

Ah !

— Mon anglais n'est pas très…

— C'est correct, coupa l'homme.

Il me regarda un peu plus intensément lorsque je
découvris mon visage.

— Toi, tu as été faire un tour au bar et il y en a un
qui a pas aimé ton accent !

Je partis à rire, désarmé par sa perspicacité.

— Alors, qu'est-ce que tu viens faire à Saint-Claude ?
Tu parles d'une idée, marcher jusque-là ! Y aurais-tu
une belle qui t'aurait promis des affaires ?

— Ben, si au moins c'était ça, blaguai-je. Non, j'ai
décidé de me payer un cadeau pour mon dix-huitième
anniversaire (je tenais à lui laisser savoir que je n'étais
pas un mineur en fugue) : le grand tour du Canada.

L'homme, qui devait avoir l'âge de mon père,
gloussa :

— En passant par notre village ? Y a rien à voir là…
à part la grosse pipe.

— La grosse pipe ? répétai-je, amusé.

L'homme ajusta sa casquette sans offrir plus d'explications.

— C'est un gars qui fait son cours de pilote à Portage qui m'a dit que, chez vous, il y avait des Francos, expliquai-je. En fait, j'aimerais bien me trouver un petit travail pour une semaine ou deux. Je ne sais pas, au moins le gîte et le couvert en retour.

L'homme secoua la tête, de plus en plus découragé.

— T'es vraiment pas dans la bonne saison. C'est le temps mort sur les fermes.

Je ne sus que répondre. Il avait bien raison. Les champs qui défilaient sous nos yeux criaient leur inutilité saisonnière. En région agricole, à ce temps-ci de l'année, il ne devait pas y avoir grand-chose d'autre à faire que d'attendre le dégel. J'aurais dû y penser avant.

— Que sais-tu faire ? demanda l'homme.

J'hésitai trop longtemps.

— Tu viens de la ville ?

— Oui, de Laval.

— Ah… du Québec ! T'es travaillant ou pas ?

C'était le temps de me rattraper.

— Oui ! L'autre jour, à Thunder Bay, j'ai déneigé seize entrées en une seule soirée, déclarai-je en guise de faire-valoir.

L'homme opina pensivement de la calotte. J'en avais mis un peu… Mal à l'aise, je précisai :

— On était deux. À la pelle, ajoutai-je encore.

Nous étions arrivés sur ce que je devinais être la rue principale. À gauche s'élevait la grosse pipe. Elle devait être haute d'au moins dix pieds et longue d'autant… L'homme immobilisa son véhicule.

125

— Je te dépose chez Mama Lou, c'est le resto du coin, leur soupe est bonne. Leur pain aussi, si tu mets en masse de beurre dessus.

— Merci. Mon nom, c'est Nicola, dis-je en lui tendant la main.

— Paul, balança-t-il en retour. Je repasserai.

Mon irruption dans le restaurant eut l'effet d'une grenade lâchée dans un salon. Tout le monde se retourna, mais personne ne sut quoi dire. On attendait de connaître la position de la goupille. Seule la serveuse conserva son affabilité naturelle :

— Café ?

— Merci, dis-je en m'installant à la première place libre.

La fille, coquette, me servit en reluquant mon habillement et mon sac à dos. Puis, elle murmura :

— Pas chaud, *eh !*

— Oui, on gèle, admis-je à voix tout aussi basse en entourant la tasse chaude de mes deux mains. Je prendrai une soupe aussi, s'il vous plaît.

Un homme âgé entra, sans que son arrivée soit le moins du monde remarquée, cette fois. Moustachu, poivre et sel, il portait sa tuque sur le haut de son crâne à moitié dégarni. Il s'assit devant moi, souriant.

— Mon fils m'a raconté qu'on avait de la grande visite du Québec…

Les rumeurs allaient vite.

— Bonjour Monsieur Fortier, claironna la serveuse en rappliquant avec sa carafe. On dirait que quelqu'un a pris votre place, ce matin.

De glaçon, je passai, sous le feu de la remarque, directement à l'état gazeux : « sublimation », si je me souvenais bien de mon cours de physique.

— Ce n'est pas grave, lui répondit calmement l'homme avec un sourire entendu.

Les clients, qui avaient baissé le ton afin de mieux épier ce qui se disait à notre table, avaient recommencé à parler normalement. Les petits ragots de la place avaient retrouvé leurs chemins habituels, enrichis d'un nouveau sujet : moi ! En fait, l'idée ne me déplut pas. À Laval, on n'était toujours qu'un étranger dans la foule. J'étudiai ma tasse de café, la vitre givrée aux encoignures, les décorations murales datant de la Saint-Valentin, le mobilier vétuste. Pendant ce temps, le moustachu me jaugeait en silence.

Au bout de quelques minutes, visiblement satisfait de la première étape de son inspection, il engagea la conversation. Pendant plus d'une heure, nous discutâmes de Portage-la-Prairie — qui tirait son nom du fait qu'Amérindiens et voyageurs devaient faire un portage avec leur canot à cet endroit pour se rendre au lac Manitoba leur ouvrant la voie vers l'ouest —, du village et de ma vie au Québec. Il me posa des dizaines de questions à demi voilées. « T'as toujours été à l'école ? » Mes résultats scolaires l'impressionnèrent. « Parti depuis combien de temps ? » Je lui refis mon trajet. « Tes parents le savent ? » Je n'insistai pas sur la monoparentalité de mon père... Il n'y a que lorsqu'il me demanda : « Des projets ? », que je fus un peu ennuyé. Apprendre l'anglais et faire le tour du Canada. Ça sonnait tout de même un peu niais. J'en profitai pour terminer ma soupe qui refroidissait.

J'appris que c'était l'industrie laitière qui faisait vivre le village. Aujourd'hui toutefois, la coopérative locale avait été rachetée par une multinationale. Monsieur Fortier semblait pessimiste, m'expliquant une histoire de «quotas» et de «rachat par les Américains» que je compris à peine. Pour savoir si le beurre que nous mangions était fait avec du lait de Saint-Claude, il fallait vérifier le code sur l'emballage, m'indiqua le vieil homme. Je débusquai sur-le-champ le numéro en question sur le minuscule contenant ouvert qui traînait sur la table : trois mille neuf cent vingt-neuf... c'était une production locale.

Monsieur Fortier sortit sa pipe, la bourra, la rebourra. Il me regarda, satisfait, puis l'alluma enfin. Voilà l'odeur que j'avais sentie dans le camion !

— Tu fumes ?

— Ça coûte trop cher.

C'était la meilleure excuse que j'avais trouvée pour éviter les futiles discussions sur le sujet avec les fumeurs en quête de partenaires de boucanage. Au «Je t'en offre une si tu veux», je refusais, arguant que j'étais mieux de pas commencer, au risque de me transformer en perpétuel quémandeur. Au prix qu'étaient les cigarettes, les bons samaritains n'insistaient jamais longtemps.

Sa pipée terminée, monsieur Fortier me salua poliment et repartit d'un pas tranquille. L'endroit était désormais désert. Qu'étaient donc allés faire tous ces fermiers ? Tout en réglant mon addition, je demandai à la serveuse si elle connaissait un endroit où je pourrais travailler. Elle me conseilla de tenter ma chance à la ferme de champignons de la compagnie Campbell... à Portage-la-Prairie. Pas de veine, j'en venais !

Je sortis affronter le froid, mais n'osai, de peur du ridicule, remettre mon simulacre de foulard sur ma figure. La camionnette de Paul arriva au même moment en face de moi et s'arrêta, la vitre complètement descendue cette fois.

— J'ai parlé à mon père. Paraît que tu serais un bon gars ? J'aurais du travail pour toi… à moins que tu n'en aies déjà trouvé ? rigola Paul.

Je grimpai à toute vitesse dans la cabine surchauffée à souhait.

— Je ne te promets rien, mais… j'ai jasé avec ma femme. Elle est d'accord pour que tu restes avec nous pendant quelques jours. Tu sais peinturer ? On se cherchait justement quelqu'un pour ça. Moi, je suis déjà débordé avec la ferme. En fait, je déteste peinturer et j'avais juré à Chantale que ce serait fait avant Noël. Alors, là, je suis mal pris, tu comprends.

— J'ai déjà peint l'appartement de ma tante. Et le sous-sol chez mon grand-père, ajoutai-je, à la fois nerveux et surexcité.

— Ben là, si tu veux, ce sera un sous-sol… au Manitoba !

Dans les circonstances, c'était une vraie chance.

Leur domaine, un peu isolé, était situé à une centaine de mètres d'un chemin de fer. On y accédait par une route de terre bordée d'une mince ligne de buissons que l'on avait eu l'intelligence de sauvegarder en guise de coupe-vent. La maison était dissimulée par de magnifiques arbres aux troncs imposants. Des chênes ? Difficile à dire, en plein hiver. Jade l'aurait su. L'un d'entre eux abritait une cabane, du genre que l'on apercevait immanquablement dans les films de Walt Disney. Mon

regard ne put s'en détacher, ce qui ne passa pas ina-
perçu. Paul expliqua :

— C'est mon père, que tu as rencontré, qui nous
l'avait construite. Quand j'ai eu mes gamins, je l'ai un
peu améliorée, avoua-t-il avec le sourire entendu du gars
ayant profité du projet de rénovation pour s'amuser un
brin. Mais là… ils sont grands. Ils ont treize et onze ans.

C'est vrai qu'il devait y avoir des enfants dans ces
fermes reculées. À force de vivre en ville, on avait l'impression que tout le monde habitait près d'une école,
à côté d'un dépanneur et à trois enjambées d'un arrêt
d'autobus…

— Où vont-ils à l'école ? questionnai-je.

— À Saint-Claude. Un en anglais, il est en huitième ;
l'autre, en français, elle est en sixième. En français, ça
finit au primaire.

— La huitième, c'est comme la deuxième année du
secondaire, c'est ça ?

Une femme avait glissé son visage à la fenêtre.
Paul ne sembla cependant pas pressé de rappliquer à la
maison.

— On va aller voir la ferme avant de rentrer, dit-il
avec enthousiasme.

J'eus droit au grand tour. Paul m'expliqua les nouveaux bâtiments qu'il avait fait construire, plus loin de
la maison qu'auparavant parce que sa femme, Chantale,
n'aimait pas l'odeur des vaches, ce qui me parut sur le
coup très drôle. Une surprenante chaleur régnait dans
l'étable. C'était propre, paisible, et le relent n'était pas
si nauséabond lorsqu'on avait passé le choc initial. Les
installations étaient très — trop — modernes. Cette laite-
rie de deux cents bêtes avait tout de la salle d'opération

aseptisée, dégagée, artificiellement lumineuse et je regrettai presque l'étable sombre, aux planchers couverts de bouses, encombrée de pelles, de pioches, de sacs de grains et de balles de foins. J'avais trop écouté de télé…

— Tu veux appeler chez toi ?

La question de la femme de Paul me prit de court. Je ne trouvai pas d'excuse assez rapidement pour justifier une éventuelle réponse négative.

— Euh… oui. J'ai une carte d'appel, vous savez, ça ne vous coûterait rien, bégayai-je.

Elle me dirigea vers l'annexe qui abritait un bureau et une salle de bain. Paul n'avait pas le droit de mettre les pieds dans la maison proprement dite sans s'être auparavant récuré et changé, m'expliqua Chantale. Il est vrai qu'ainsi, ça ne sentait pas du tout l'étable à l'intérieur. Je refermai la porte qui séparait le sanctuaire du fermier du bungalow. De là, on apercevait, sur le mur de l'entrée, une plaque murale à l'air vieillot en bois sculpté — ou était-ce de la résine moulée ? — souhaitant la « Bienvenue ». Elle était ornée d'un profil de vache. La mère de Jade, collectionneuse de tout ce qui se faisait sur ces animaux, l'aurait adorée. Le silence et l'âme de la pièce m'intimidèrent. Je m'attardai un instant sur la collection de reproductions miniatures d'équipements et de tracteurs John Deere. Je ne connaissais l'utilité d'aucune de ces machineries, si ce n'était celle de la moissonneuse-batteuse dont on entendait plus souvent parler.

Qui contacter ? Grand-mère avait déjà eu de mes nouvelles et je n'avais pas le goût de ses sanglots mal réprimés. Même si cela me paraissait une éternité, je n'étais pas en cavale depuis bien longtemps. Je pouvais toujours feindre d'avoir fait un appel ou même prétendre à l'absence de mon interlocuteur, mais la sollicitude qui avait accompagné la proposition de Chantale m'en retint. Mon père, j'en étais certain, tout comme moi, n'était pas prêt. Il y avait encore trop de poussière en suspension dans notre environnement commun. Quant à mon oncle Fred, je risquai de mettre fin à ses batifolages avec sa blonde en lui téléphonant à cette heure... à toute heure, en fait. Pour ce qui était de mes amis, ils ne s'attendaient pas à un appel, si ce n'était pour les convier à trinquer au bistro du coin. Jade ? Je n'avais pas encore vécu assez de choses pour pouvoir lui raconter quoi que ce soit de vraiment intéressant. Je me frappai le derrière de la tête contre le dossier de la chaise. Pas vécu assez de choses ? Qu'est-ce que je m'attendais à vivre en fin de compte ? Je me trouvais dans le bureau de la maison d'une famille de producteurs laitiers d'un village francophone au Manitoba. Je réfléchis encore. Jade, je voulais surtout qu'elle s'ennuie assez de moi pour commencer à m'aimer... d'amour. Elle devrait patienter.

La voix rauque et endormie m'étonna :

— Allô ?

— Salut, Caro ?

Ma tante se réveilla d'un trait, comme si l'étincelle de sa bougie avait sans avertissement rencontré le mélange gazeux parfait. Combustion instantanée.

— Nicola, c'est super. Je pensais justement à toi aujourd'hui parce que j'ai fait de la tarte aux bleuets, la recette que tu aimes, avec le zeste d'orange et la cannelle dans la pâte.

Wow! le piston n'avait pas pris de temps à s'emballer! Caro ne devait pas dormir depuis bien longtemps.

— Dommage que j'aie manqué ça, blaguai-je, me retenant de lui demander pourquoi elle avait fait une tarte aux bleuets en plein milieu de l'hiver alors qu'elle réservait habituellement ça à la fin de l'été. Ça va?

— Oui, toi? Attends… laisse-moi me réveiller. Désolée.

Deux secondes auparavant, elle avait pourtant l'air bel et bien sortie des bras de «Murphy», comme elle disait toujours. La loi de «Murphy» était la seule phrase en anglais que m'avait apprise ma tante : *«If something can go wrong, it will»*. Si quelque chose peut mal tourner, ça va mal tourner. Dans l'aviation, affirmait-elle, cette loi était au moins aussi importante que celle de la gravité de Newton.

— Il est quelle heure? demandai-je en consultant du même coup ma montre.

— Dix heures.

— Ah oui, il y a une heure de différence, je n'y avais pas pensé, admis-je.

Je lui racontai mon court périple.

— Est-ce que ça va? ajouta-t-elle avec sérieux.

Elle ne parlait, je le devinai, plus de mon intégrité physique, mais de ce qui se passait dans ma tête.

— Affirmatif, je me sens… libre. Tu vas trouver ça bizarre que je te dise ça, mais pour la première fois, aujourd'hui, j'ai mis un foulard pour me protéger du froid…

Je l'entendis déglutir.

— C'est vrai que tu n'as jamais aimé ça… Ton père a eu tellement de difficulté quand tu allais à l'école. Les enseignantes rouspétaient après lui. Parfois, tu faisais des crises impressionnantes lorsqu'il essayait de t'enrouler un foulard autour du nez. Tu disais toujours que ton capuchon et ta tuque, c'était assez.

— Je m'en souviens.

— La mère d'une de tes petites copines t'en avait même donné un pour ton anniversaire, croyant que ton père manquait d'argent ou d'instinct paternel…

On en rigola un peu, puis un court silence s'immisça dans notre conversation. Je le rompis :

— Je pense que ça va aller de mieux en mieux.

— On s'inquiète, mais on sait que tu es intelligent et que tu vas te débrouiller…

Ils pouvaient bien dire ça, maintenant.

— Qu'est-ce qu'il a fait mon père quand je suis parti ? marmonnai-je.

Caro se racla la gorge.

— Il a dit : « Il devient un homme » et il s'est mis à pleurer.

Ce n'est pas ce que je désirais savoir.

— Est-ce qu'il a bu ? demandai-je abruptement.

— Non, pas à ce que l'on sache. On avait un peu peur pour lui, on se disait qu'il allait mal prendre ça, mais je ne pense pas. Il nous a répété : « J'ai fait de mon mieux ». Il avait l'air très serein.

Serein ? Mon père ? Caro compléta, le ton badin :

— Ça doit être pour cela que les femmes lui courent après.

— Les femmes ? m'exclamai-je. Tu blagues, là ? Cela ne fait pas une semaine que je suis parti !

— Il te racontera…

Au bout du troisième jour, j'avais le cou et les épaules ankylosées par le mouvement répétitif. Le son du
rouleau chargé de peinture résonnait à mes oreilles
même quand je ne peinturais pas. Le soir, couché dans
la chambre encombrée du sous-sol, je plongeai d'abord
dans la lecture des deux livres que Joe — c'était déjà si
lointain — m'avait donnés, puis j'écumai les boîtes de
magazine glissées sous mon lit. J'avais terminé et adoré
Volkswagen Blues. Une nuit, j'avais même rêvé de la belle
Grande Sauterelle dans sa robe de nuit blanche. Le petit
bouquin *Le prophète* avait suivi. C'était bien, pas mal
philosophique, mais assez facile à comprendre. Pour la
première fois, je prenais le temps d'assimiler ce que je
lisais, de profiter des mots au lieu de me dépêcher d'atteindre la dernière page. Le terne devoir avait fait place
au pur plaisir. Je me découvrais enfin. Afin d'occuper
mes fins de soirée, j'écrivais aussi dans mon carnet. Je
savais, aux craquements du plafond, qu'ils n'étaient pas
tous couchés, en haut ; je ne m'immisçai cependant pas
davantage dans leur intimité.

Ici, le temps était réglé, réglé autour des vaches. À
cinq heures, Paul se levait, discret. Sa femme, dont les
pas de souris résonnaient sur le plancher, partait à sa
suite afin de lui préparer le café. Puis le fermier sortait pour se rendre à l'étable et Chantale retournait se
coucher. Un peu plus tard, c'était le douloureux réveil
des ados. J'avais déterminé qu'il s'agissait du meilleur
moment pour sauter du lit. Au début, j'essayai de me
faire le plus transparent possible, prenant mon déjeuner en silence avec eux. Au bout de quelques jours,

je compris que Paul et sa femme, de même que leur employé de ferme, ne mangeaient pas de tôt matin, mais vers huit heures trente. Ils se réunissaient ainsi tous les trois, tous les quatre avec moi, tous les cinq quand le père de Paul venait faire son tour, pour se sustenter tout en discutant des plans de la journée, des problèmes à régler, des projets en cours, des appels à faire. Ce rendez-vous semblait être le pivot de leur journée. Je délaissai donc la compagnie des jeunes afin de me greffer à l'horaire des adultes, qui m'acceptèrent de grand cœur. Chantale s'avérait être une merveilleuse cuisinière, nous boulangeant brioches et pains comme si c'était tous les jours fête. Pour Paul et son employé, l'arrêt était d'autant plus mérité qu'il s'était toujours passé mille imprévus lors de la première traite du matin. À force d'écouter parler les hommes de leurs journées pleines de rebondissements, je trouvai rapidement mon lot de peintre « soporifique ». Noémie avait déniché ce mot dans son dictionnaire des synonymes pour qualifier notre enseignant de français en secondaire trois. Midi trente annonçait le dîner, un repas plus désorganisé que le goûter matinal. L'après-midi se voyait coupé par la pause de seize heures. Souvent affairé à des courses en ville, Paul n'y assistait pas toujours. Il prenait sa douche vers dix-huit heures, puis c'était le souper. Une telle régularité dans l'horaire avait de quoi m'épater. Chez nous, la journée avait toujours suivi un cours des plus chaotiques, au gré de nos humeurs et fringales masculines. Je m'habituai facilement au rythme de cette famille, appris à anticiper les pauses une bonne demi-heure à l'avance, alléché par le fumet qui s'échappait de la cuisine pour venir narguer mes narines pourtant engourdies par les odeurs de peinture.

Lorsque j'eus presque terminé de repeindre le sous-sol, j'examinai mon ouvrage. Je le voulais extrêmement soigné. Mes découpes étaient nettes. J'avais toujours aimé la minutie. Ma peinture était appliquée également et ce dernier léger coup de rouleau, un brin humide de peinture, que je passais sur la surface – un truc appris d'un peintre en bâtiment italien qui venait parfois rendre visite à mon père, tout comme l'utilisation du pinceau rond, et non biseauté, pour les découpes – rendait le fini tout simplement impeccable. Chantale voulant donner un aspect plus chaleureux aux pièces, je fus par la suite chargé d'enlever les vieilles moulures blanches et d'en remettre des plus larges, en bois teinté, une tâche qui me valut d'apprendre à utiliser la scie à onglets de monsieur Fortier, «pépère» de son surnom. Il vint un matin déposer l'outil en bas, où je travaillais. «Ça marche comme ça», me laissa-t-il savoir simplement en mettant la scie en route et coupant une lamelle de bois sur-le-champ avant de disparaître, sourire au coin des yeux. En fait, les inspections de mes travaux au sous-sol se faisaient rares, même lorsque je n'étais pas certain si le *Sweet Prune* devait aller sur ce mur de séparation ou si le *Cappucino Cream* devait aussi recouvrir l'intérieur de la garde-robe. Quand j'avais une question, je montais, expliquais mon dilemme à la décoratrice en chef qui me demandait systématiquement mon avis avant de me donner ses directives. «Tu veux que je t'aide?», m'avait-on toujours dit chez moi. «Oui», que je répliquais pour ne pas leur déplaire, pour qu'ils ne se sentent pas inutiles. Ici, on me laissait faire. La teinture, le vernissage et la pose des boiseries furent les travaux qui m'emmerdèrent le plus, peut-être parce qu'ils signifiaient que la fin de mon séjour approchait.

J'aimais l'accent de Chantale, sa voix calme et mélodieuse. Il avait dû être agréable pour ses enfants de se faire bercer par une mère comme elle. Un ton si affectueux, des gestes si aimants. Le soir, en m'endormant, je me demandais ce qu'aurait été ma vie si elle avait été ma mère ? Si elle avait préparé mon lunch ? Plié mes vêtements ? Serais-je devenu producteur laitier ? Serais-je parti ? Ses enfants, si sympas avec moi, pouvaient se montrer si désagréables avec elle. Je m'entendais surtout avec leur garçon, leur fille m'intimidant. Je préférais ne pas créer de quiproquo et demeurer éloigné de cette timide préadolescente. D'ailleurs, je sentais bien que les parents gardaient sur moi un œil alerte. Ils ne me connaissaient pas et j'estimais que j'aurais fait la même chose à leur place… quoiqu'il était un peu naïf de penser, tel que l'on me l'avait si bien inculqué, qu'il fallait protéger ses enfants contre les inconnus alors que j'avais moi-même été agressé par ma propre mère ! Et puis, m'interrogeai-je plus d'une fois, ces jeunes manquaient-ils de respect à leur mère parce qu'ils étaient rendus à un âge ingrat ou parce que celle-ci les laissait faire ? Chantale était si bonne pour eux ; eux, si durs avec elle. « T'as pas lavé mes jeans noirs. » « T'as oublié de mettre ma *water bottle* dans mon lunch. » « Tu m'as réveillé *too late* ce matin. » Les remarques, fine pluie, continue, glaciale, l'atteignaient, c'était évident. Si ma mère avait été comme elle, est-ce que moi j'aurais été comme eux ? Je leur en voulais de ne pas faire attention à leur mère alors qu'elle prenait tellement soin d'eux, alors qu'elle les aimait tant. Chaque soir, dans mon carnet, les mêmes questions revenaient.

Il y avait déjà plus de dix jours — passés à la vitesse de la lumière, comme si le soleil s'était quotidiennement levé sur une autre partie de la Terre, mais pas sur mon univers à moi — que j'étais à Saint-Claude. Les choses à faire ne manquaient pas. Après les boiseries, il avait fallu nettoyer, replacer les meubles, ranger le débarras. À chaque nouvelle tâche, je me sentais un peu plus intégré à cette famille. D'ailleurs, le deuxième samedi soir, ils m'emmenèrent jouer au curling. Au curling! Ils ne me trouvèrent toutefois pas de talent naturel à ce sport et, après que je me sois fracassé le menton sur la glace, Chantale et Paul me conseillèrent d'aller plutôt «faire du banc» en arrière de la baie vitrée qui séparait les joueurs des spectateurs... Devenu le centre de l'attention de quelques jeunes filles du coin, ma blessure sanguinolente aidant, je réalisai que c'était cette arrière-scène qui procurait tout l'intérêt à ces veillées et je m'en voulus d'avoir décliné l'offre d'accompagner mes hôtes une semaine auparavant.

Le dimanche, sous l'insistance de Chantale, je me réfugiai encore une fois dans le bureau de Paul. Retardant une fois de plus de tendre la main au paternel, j'appelai cette fois mon grand-père, qui disséminerait bien la nouvelle aux autres sitôt la communication terminée. Chantale semblait trouver important que je fasse régulièrement signe aux miens et je ne voulais pas la décevoir. Avec grand-père, la conversation fut cordiale, directe. Le téléphone raccroché, je suivis — ce qui allait de soi pour eux – ma famille adoptive temporaire à la messe. Tout le village avait reluqué du côté du banc où j'avais pris place, ce qui avait fait rigoler Paul. «Ça va faire jaser», avait-il chuchoté à sa femme, assez fort cependant pour que ceux qui nous entouraient l'entendent et se sentent visés. Je n'étais pas allé à l'église depuis mon baptême et j'assistai donc à la cérémonie religieuse en spectateur curieux. Je reconnus vite la jeune cousine de Chantale, rencontrée la veille au curling, malheureusement affublée de son fermier de petit copain. Les parents de Paul, assis deux bancs en avant, nous reçurent ensuite à dîner. «Grandiose», m'extasiai-je devant la table garnie de plats ragoûtants. «Juste comme d'habitude», m'affirma-t-on. Tout fut délicieux. Même, et surtout, le plat de chou rouge à la confiture de groseille dont l'aspect m'avait d'abord rebuté. On me prêta la recette afin que je la recopie dans mon carnet. «Attends de goûter aux morilles, au début de l'été, fraîchement cueillies. Je les fais revenir dans une poêle avec du beurre de Saint-Claude et du poivre», ne cessait de me répéter pépère. Le début de l'été… Je prévoyais partir le mardi, tout de suite après la pause matinale. Je profiterais d'un rendez-vous en ville qu'avait Paul pour me faire déposer en bordure de la transcanadienne. Rien ne me retenait plus vraiment ici, et tout m'appelait désormais ailleurs…

Le lundi matin, ce fut le branle-bas de combat dans la maison. J'avais entendu Paul se lever à plusieurs reprises durant la nuit. À six heures, il faisait des appels, sans se soucier de faire ou non du bruit pour une rare fois. Une tempête faisait rage, compris-je. Je me levai.

— Tu as besoin d'aide à l'étable ? demandai-je d'une voix molle tout en enfilant gauchement mon chandail.

Paul me regarda comme si j'étais tombé du ciel.

— Ce serait pas de refus. Mets ça, dit-il en pointant une combinaison de travail.

En saisissant ses bottes, il m'expliqua :

— Mon employé n'a pas réussi à se rendre ce matin. Il a été désorienté dans le blizzard, il m'a appelé pour me dire qu'il était retourné chez lui…

Pour «faire le train», comme ils disaient, il fallait absolument être deux, sinon cela prenait trop de temps et les vaches en souffraient. Je suivis Paul à l'extérieur dans cette marche à l'aveugle, déterminé à le talonner de près, au risque d'accrocher ses bottes. Un blizzard comme seul le plat relief manitobain pouvait en donner, avec des vents déments et de la neige en haut, en bas, à gauche, à droite, devant, derrière, sévissait. Lorsque mon fermier toucha à la porte de son étable, je fus à la fois soulagé et ébahi. La bâtisse était invisible, entièrement dissimulée par la neige ! Si l'on m'avait laissé y aller seul, j'aurais probablement fini gelé, mort, égaré dans un champ ou à une longueur de bras de la maison. Paul dut frapper la porte à coups de pelle pour la dégager du mur blanc qui la recouvrait.

— C'est le problème avec la nouvelle étable, cria-t-il.

— Quoi ? marmonnai-je en tentant de me protéger le visage du froid.

— La porte est toujours bloquée lors des blizzards.

Dans l'étable, les vaches étaient affolées. Elles ne ruminaient pas stoïquement comme les fois où j'avais accompagné Paul à la traite du soir, la semaine

141

précédente. Il est vrai que le vent frôlant les parois de leur demeure était à rendre dingue.

Je fis du mieux que je pus pour aider Paul.

— Du bon boulot ! affirma-t-il quand tout fut terminé. On a mis à peine trente minutes de plus que lorsque je suis avec mon employé.

Cette seule idée me remplit d'orgueil : j'étais, moi, Nicola, donc bon à pelleter, à peinturer et à « faire le train ».

Après ce départ sur les chapeaux de roues, la journée se passa dans le calme, sans rien d'autre à faire que de regarder les flocons se bousculer. Tracassé par la manière dont je devais annoncer mon départ prochain, je vérifiai cent fois la propreté de mon travail au sous-sol, quasi obsédé par la chose, en profitai pour lire un peu, mais ne réussis pas à écrire la moindre ligne dans mon carnet, outre la fameuse recette de chou rouge. Comment quittait-on des gens aussi bons ?

Le blizzard, installé en maître, n'avait pas encore faibli le lendemain. Paul, entre deux tasses de café, se tenait prêt à aller aider un voisin dans le besoin. Les jeunes devinrent turbulents, se chamaillant sitôt que leur mère avait le dos tourné, tant et si bien qu'elle les confina à leur chambre. L'électricité avait été coupée et cela n'aidait pas leur moral. Écouter la télévision toute la journée, voilà qui aurait été génial, mais sur la génératrice de la ferme, on ne pouvait pas faire fonctionner tous les appareils comme à l'habitude. Je me forçai à griffonner sur une carte postale, à l'intention de ma tante Caroline : « Salutations de Saint-Claude ! Six cent dix habitants + un visiteur. La plus grande pipe pouvant être fumée au monde. Le plus petit pont suspendu.

Nicola.» Chantale me promit d'aller poster ma carte à la première occasion.

C'est Paul qui vint me réveiller le lendemain :
— Nicola, tu veux voir quelque chose de spécial ?
Hébété d'abord, je grimaçai, acquiesçant par automatisme plus que par envie.
Le froid, mordant comme un pitbull, me coupa le souffle sitôt la porte entrouverte. J'aurais dû dire à Paul que cela — peu importe ce que c'était — ne m'intéressait finalement pas. Aurais-je pu ? En marchant vers l'étable, je n'avais qu'une idée : retourner me coucher, dans ce moelleux et confortable lit tiède qui me servait de repaire au sous-sol. Ma maison, ma grotte à moi en plein cœur de l'hiver manitobain, mon espace personnel improbable à Saint-Claude. Mes pieds faisaient crisser la neige durcie par le gel et le vent. C'était un son crispé et lent. Squiiish squiish squiiiish. Paul ne semblait nullement affolé. Il ne marchait pas plus vite, n'avait pas le geste nerveux tel qu'au premier matin de la tempête. Son épaule droite tressautait quand il s'inquiétait. Il était calme, comme seul un homme de la terre peut l'être par ces températures extrêmes en avançant vers son étable. Je le suivis, somnolent, le souffle court, hagard. Paul fit grincer la porte sur ses gonds trop froids en se retournant vers moi :
— Je me demande bien ce que nos ancêtres bretons sont venus faire ici… Têtes de cochons ! Il fallait être vraiment écœuré de l'humidité de la mer pour venir se geler dans un froid sec comme celui-là.

Je hochai la tête, ne pouvant m'empêcher de songer que Paul était devenu, pour moi, non pas un ami, mais un croisement entre un père et un oncle. J'aurais sous peu repris la route − cela aurait pu être aujourd'hui, mais le réveil abrupt changerait peut-être mes plans − et leur présence me manquait déjà, par anticipation.

− Je suis bien content qu'ils soient venus jusqu'ici, vos aïeux…, réfléchis-je à voix haute.

Paul esquissa un rictus, sensible à ce pudique aveu. Je les aimais bien. Il le savait. Ils m'aimaient bien aussi.

− C'est par là, dit Paul.

Il s'arrêta près d'une vache gigantesque. Son employé était déjà présent, accoté sur le mur.

− D'une minute à l'autre, fit-il d'un ton indifférent, café à la main.

− Tu vas assister à la naissance d'un veau, m'annonça Paul.

Le choc n'aurait pu être plus violent. Moi, une naissance ? Je n'étais pas très à l'aise avec tout ce qui était médical. Le sang, les muscles, les os, ce n'était pas mon fort. Mais la génisse n'attendit pas que je me sois fait à l'idée, ni que je déguerpisse. Elle se mit à meugler, d'un meuglement différent de ceux qui occupent une étable en temps ordinaire, un meuglement sourd et profond. Le fermier et son employé se placèrent de chaque côté de la vache. Les pattes apparurent en premier, molles. Paul commentait tranquillement, à mon intention, la scène surréelle qui se déroulait sous mes yeux. La chose sortit, ensanglantée et visqueuse.

− Vite, viens ici, ordonna Paul. Enlève tes gants.

Je m'accroupis près de lui, abasourdi, un peu dégoûté. Il prit ma main gauche puis, libérant le veau de la membrane qui recouvrait encore son museau, la posa sans ménagement sur la poitrine gluante du petit. C'était chaud. En se reculant, Paul me dit :

— Attends.

Je gardai ma main, avec quelque réticence, sur le corps moite. Soudain, la poitrine se souleva dans un mouvement à la fois délicat et énergique, incertain et irrévocable. Une énergie pure me chatouilla la paume et le bout des doigts. Un premier souffle ! Le veau respirait, sous ma main. Je l'avais vu naître, je le sentais prendre vie.

— Spécial, *eh !* dit Paul en mettant sa patte sur mon épaule.

Je le regardai, heureux comme je ne l'avais plus cru possible depuis ces derniers temps, profondément ému. Un mouvement si imperceptible, un frisson : la vie qui prend vie. Il y avait donc une différence entre la naissance et la vie. Entre venir au monde et commencer à vivre. J'avais toujours cru les deux indissociables, liés. Le veau aurait pu voir le jour, ne jamais respirer... Je me relevai. Les deux hommes, contents de leur coup, s'occupèrent de la vache et du veau sans plus se soucier de moi.

Le regarder faire ses premiers pas. Tomber pour la première fois. Se relever pour la première fois. Sentir sa mère. Goûter ce lait tiède qui coule dans sa gorge.

Je n'avais jamais assisté à la naissance de quoi que ce soit avant cela, même pas au cinéma, où les scènes d'accouchement dans les films me répugnaient. Cette première me transforma. Il était difficile de dire comment, et même pourquoi, mais elle me transforma.

En regagnant la maison — Paul m'avait conseillé de retourner me coucher et, sonné, je l'avais écouté —, je ressentais encore cette énergie sur ma main. Je ne subis ni le froid, ni le vent, n'entendis même le son de mes pas. Seule cette impression forte m'habitait maintenant. Naître n'était pas vivre.

Je gagnai ma chambre à pas feutrés, m'assis sur mon lit. Je me demandai qui avait dit à Paul de poser sa main sur un veau naissant la première fois. Son père, dont il avait reçu la ferme ? Sa mère ? Ce geste, il en avait aussi hérité. Il ne l'avait pas inventé pour moi, citadin en exil. Il m'avait légué son plus grand secret, celui dont j'avais le plus besoin. Je m'enroulai comme un fœtus dans l'édredon et m'endormis. Je me réveillai comme les hommes rentraient de faire le train : c'était donc l'heure de la pause. Je m'extirpai de mon igloo de fortune et filai en haut. Paul riait. Sa femme aussi. Pépère était venu faire son tour ce matin... Lorsqu'il me salua, son regard me dit qu'il savait, pour le veau. Une énergie passa entre nos deux paumes. Mais il lut aussi en moi que le départ était proche.

Ce soir-là, j'annonçai à la famille, au souper, que je les quitterais le lendemain. La météo était belle et le sous-sol, superbe... Ils insistèrent pour me garder encore, arguant qu'il ferait trop froid pour prendre la route. «Tu ne peux pas partir, ma femme va nous remettre au pain tranché, s'il n'y a plus de visite... », se désola Paul en riant. Cependant, nous savions tous que mon aventure avec eux était terminée. Il me fallait voir et apprendre autre chose. Cela faisait presque deux semaines qu'ils m'hébergeaient, me nourrissaient, me considéraient comme l'un des leurs. En échange de

quoi ? De la finition d'un sous-sol ! Une excuse, avais-je
compris, pour que je ne me sente pas redevable de leur
bonté. Je n'étais pas trop certain de ce que j'avais pu
leur apporter, outre mon labeur, mais je chérissais tout
ce qu'eux m'avaient appris.

Chantale m'étreignit, ébouriffa mes cheveux, me fit
cadeau d'une petite boîte en bois sculpté par un artisan
de Saint-Claude, me fit cent recommandations, me dit
de prendre soin de moi, de donner des nouvelles à ma
famille régulièrement, d'arrêter de nouveau si je passais
par là. Paul vint me déposer sur le bord de l'autoroute,
m'offrit cent dollars que je refusai. Puis, il sortit de son
camion, en fit le tour sans se presser. Je mis mon sac
sur mon dos, enlevai mon gant. On se serra la main.
Solidement.

Début moins six

Le pouce en l'air, ressassant mon séjour à la ferme, je fus pris d'un fou rire incontrôlable. Le tout premier soir, j'avais dit la chose la plus stupide qui puisse être imaginée, une chose qui m'avait vraiment relégué aux yeux des jeunes au rang d'urbain fini. Nous allions attaquer le dessert. J'étais assis à un bout de la table ovale. Chantale avait maugréé, embêtée : «Il n'y a plus de crème pour le café.» Et la phrase avait fait se volatiliser Paul, qui était réapparu au bout de cinq minutes à peine avec le pot rempli à ras bord. Interloqué, j'avais lancé, puisqu'il n'y avait aucun dépanneur à proximité : «Mais vous l'avez pris où, cette crème?» Après un silence initial de stupéfaction, leur garçon avait répondu : «Euh… T'es sur une ferme laitière !» Et tout le monde avait ri à ne plus pouvoir se tenir sur sa chaise. La petite avait ajouté, profitant de l'hilarité générale pour m'adresser la parole : «Est-ce que tu sais que le lait au chocolat, ça vient des vaches brunes ?» Bon joueur, je lui avais répondu par l'affirmative, lui concédant la supériorité intellectuelle. Elle en avait été flattée. Ça lui ferait une excellente histoire à raconter sur moi à ses amies. J'avais dû faire la manchette à l'école, le matin suivant…

*

Un camion remorque au chargement recouvert d'une bâche mal arrimée me dépassa dans un fracas de fin du monde. « Resserre tes câbles, tu fais juste de la traînée ! », lui hurlai-je. En été, j'avais toujours aimé laver l'hydravion de ma tante, le faire reluire. Enfant, je croyais que c'était parce que l'appareil brillait qu'il volait plus vite. Jusqu'à ce que j'en apprenne davantage sur la traînée et ses différentes formes. Le camion suivant, miraculeusement, s'arrêta. Encore de la neige qui me revolait dans le visage et se liquéfiait au contact de ma peau ! Je repensai à Kerouac, grelottant sous la pluie. De l'eau, c'était de la petite bière en comparaison des moins vingt-trois degrés qui régnaient sur ce monde blanc en cette matinée magnifique. Je me jurai naïvement que c'était la dernière fois que je faisais du pouce : terminés les refroidissements à répétition. Je n'avais jamais complété, à l'école, la lecture de *Sur la route* et je me demandai, en courant vers le dix-huit roues en attente, si Jack s'était jamais lassé de ce moyen de transport, lui. Maintenant que je lisais par intérêt personnel, il me faudrait remettre la main sur ce bouquin.

Les fioritures roses et mauves de la portière, du genre ravissante princesse, me surprirent. Quelle belle se cachait donc dans cette haute tour ? J'y grimpai à la hâte.

La femme, aussi courte que costaude, me soupesa, me jugea, me jaugea des yeux. Je restai une fraction de seconde sans bouger, entre la porte et le siège, un brin étonné par l'allure de la douce, dans l'attente qu'elle donne son aval à la balade.

— *Jump in.*

— Merci. *Thank you*, ajoutai-je aussitôt pour ne pas froisser sa sensibilité linguistique.

Intimidé, je consacrai les premières minutes à me réchauffer, me frottant les mains en réfléchissant à ce que j'allais dire. Je n'avais jamais pensé qu'une femme aussi petite puisse faire ce travail. En fait, je ne m'étais jamais attardé au fait que des femmes soient camionneuses. Mais, ma tante était bien pilote...

— T'es surpris, mon cœur, lança-t-elle au bout d'un moment.

— Non, mentis-je maladroitement.

Les camionneurs étaient des gens perspicaces.

— Parce que je suis femme?

— Ben... non, bafouillai-je.

— C'est à cause de ma taille, alors? fit-elle en changeant de vitesse.

Je n'osais trop la regarder directement.

— Une vraie *trucker* ça mesure six pieds, ça a des gros bras, une *big voice* et des *tatoos*... ajouta-t-elle en prenant une voix basse et grave qui lui seyait étrangement.

Mal à l'aise, je replaçai un peu mon sac à dos entre nos deux sièges, en ramenai les courroies pour qu'elles ne soient pas à la traîne. Que s'attendait-elle que je lui réponde?

— T'es pas le premier... conclut-elle.

Elle était aussi franche et directe qu'un coup de la droite de mon ami Chen quand il frappait dans son sac d'exercice.

— Allez, enlève ton *jacket*, mon cœur, je te mangerai pas...

— Si vous le dites.

— *Shit*, dis-moi pas «vous»… ça me vieillit! ordonna-t-elle.

Je coinçai mon manteau entre mon siège et ma portière.

— Alors, tu vas où?

Enfin, une question non minée!

— Vers l'ouest, je ne sais pas trop. Je veux voir les Rocheuses. Il y en a qui m'ont dit que c'était la plus belle place au Canada.

— La plus belle place au Canada? Je sais pas… mais c'est beau en maudit, *you're right*.

— Vous… tu… vas à quel endroit? demandai-je.

— À Calgary. Une petite *ride*. Appelle-moi donc Maryse.

Il régnait une drôle d'odeur dans cet habitacle. Une odeur indéfinissable, à mi-chemin entre la sueur et le parfum, entre le cambouis et la lasagne, comme si les morceaux de vie y restaient indéfiniment accrochés.

— Tu es partie de quelle ville?

— De Winni*pig*, blagua-t-elle.

Je ne saisis pas.

— Tu n'es pas Franco-Manitobaine, pourtant.

— *Bang on, cowboy!* Comment tu le sais?

— Ton accent… Je viens de passer deux semaines dans un village franco-manitobain. Tu n'es pas Franco-Ontarienne non plus, je connais un gars de Thunder Bay. Toi, c'est du québécois…

Elle se tapa lourdement sur la cuisse en rigolant.

— Wow, le *specialist*!

— Je dirais, poursuivis-je, je dirais… le sud de Montréal.

— Et pourquoi pas le nord? me relança-t-elle.

— Facile, je viens de là.

— Tu brûles, approche encore un peu... fit-elle d'un ton un brin trop lascif à mon goût.

Je me grattai la tête, pris à mon propre jeu.

— Je ne sais pas... je ne suis jamais allé sur la Rive-Sud, avouai-je penaud.

Ma conductrice faillit s'étouffer.

— T'es jamais allé à côté de chez vous et t'es rendu à la frontière de la Saskatchewan ?

Touché !

— Ouais... c'est un peu bizarre.

— Bon, pauvre p'tit cœur, je t'aide : je viens de Saint-Bernard-de-Lacolle, près des lignes. Mon père était *trucker*. C'est pour cela que je suis *bilingual*, rigola-t-elle.

Je ne comprenais pas le lien. Elle poursuivit :

— Mon père était un Anglo des États, ma mère une Franco du Québec. Chez nous, c'était une semaine *in English*, une semaine en français. Ma mère parlait pas un mot d'anglais, alors ces semaines-là, c'était super tranquille, j'aimais ça.

Comment deux êtres ne partageant pas le même langage pouvaient-ils se comprendre ?

— Mais, objectai-je, quand ton père était parti... ta mère t'adressait bien la parole ?

La femme secoua la tête.

— Je lui répondais en anglais, alors ça la frustrait... Sers-moi un café. Il est dans le thermos.

La cabine de son camion était plus petite que celle de Joe. Elle comportait aussi une couchette, étroite, mais n'avait pas le luxe du premier camion dans lequel j'avais voyagé... même si une couronne de princesse en plastique surmontait le rétroviseur auquel pendait en prime un déodorant en forme de château. Ces odeurs trop fortes me donnaient mal à la tête, avais-je compris la fois où Jade m'avait traîné au comptoir des parfums chez La Baie. L'excursion m'avait taxé d'une migraine incroyable. Je versai un café à ma conductrice. Du lait ? Du sucre ? Les deux et en double. Voilà. J'en pris un aussi.

— Je mets de la *music* ?

— *Cool*, soufflai-je entre deux gorgées de liquide.

La voix nasillarde de Shania Twain résonna dans la cabine. Ça m'allait. Le style de cette chanteuse ne me plaisait pas, mais je ne trouvais rien à redire à ses formes voluptueuses. Et puis, cette musique cadrait bien avec le paysage : nous étions en «pays country», du moins, je me l'imaginais ainsi.

Dehors, la neige étincelait sous le soleil ardent. Le ciel était d'un bleu intense, d'une limpidité jamais vue au-dessus de Montréal. Le relief — je doutais que ce fût le mot approprié — était aussi plat qu'une table de cuisine. Plat, re-plat et la route, désespérément droite. Cette terre était comme un gros paquet et moi je courais le long du ruban qui l'ornait. Je me demandais quand j'arriverais au bout, quand le précipice me surprendrait. La vertigineuse descente ? L'impact…

Le café était bon. Finalement, je me sentais un peu plus détendu. Je me décidai à faire la conversation à Maryse alors qu'une des chansons étirait ses dernières notes.

— Il n'y a pas beaucoup de femmes *truckers*, sortis-je pour la flatter un peu et brasser l'atmosphère.

— C'est correct, si c'était un monde de femmes, j'haïrais ça, lança-t-elle.

Même si mon esprit la cherchait fébrilement, ma réplique ne vint pas, du moins pas assez vite.

— J'aime ben mieux les hommes... ajouta ma conductrice.

Puis, elle partit à rire toute seule et précisa :

— Quand j'ai envie de sexe, je me prends un *hitchhiker.*

Je regardai dehors, les yeux déjantés, à moitié affolé. Était-elle sur les drogues ?

— C'est une *joke*. Ça marche à tous les coups, me dit-elle en me donnant une claque sur l'épaule.

Vu le temps que ça m'avait pris pour me dégeler, sa remarque ne me rassura en rien.

— Allez, *relax* ! T'es en fugue, profites-en... Dis-moi donc ce qui t'amène dans ce merdier ? Peine d'amour ?

Je ne me sentais pas l'envie de la reprendre sur le mot « fugue ».

— Non, pas de peine d'amour, pas de blonde qui m'a plaqué pour un autre. J'avais besoin d'air. Alors, je suis parti. J'avais juste le goût de voir autre chose.

Je ne voulais pas lui expliquer pourquoi. Elle avait dû, de toute façon, entendre cette rengaine des centaines de fois. J'eus le désir pressant de lui demander son nom de famille, un peu par le même réflexe qui m'avait fait, pendant des années, mémoriser le numéro de plaque d'immatriculation des autos qui ralentissaient trop en passant près de moi lorsque je jouais dehors. Protection illusoire ! J'avais ainsi développé une excellente mémoire des séquences de chiffres, inutile si ce n'était dans le cas des numéros de téléphone. Et des NIP.

Shania Twain se remit à chanter. Je m'assoupis.

Je hurlai de peur en entrouvrant les yeux à mon réveil, me cramponnant d'un même élan à la poignée de la portière.

— *What*, quoi? sursauta Maryse, à moitié fâchée.

La boule de branchailles, de la grosseur d'une roue d'auto, emportée par le vent, poursuivit sa course jusque dans le fossé.

— C'est quoi, ce qui vient de rouler sur la route? tempêtai-je en me redressant, soulagé que nous ayons évité la collision.

Maryse grommela, à la fois exaspérée et choquée par mon manque de retenue.

— *Christ!* C'est un *tumbleweed*.

— Un *tumbleweed*? J'ai failli avoir une crise de cœur... Ça fait peur, en plein milieu de la route.

— Quand t'as déjà vu un orignal en avant de tes phares dans la brume au nord de l'Ontario, un *tumbleweed* en Saskatchewan, c'est rien du tout, mon p'tit cœur.

Heureusement qu'elle avait de l'humour. Je me ressaisis. La sieste, en dépit du brutal réveil, m'avait fait du bien. Maryse mit la musique en sourdine tout en rétrogradant à la vue d'une voiture de police.

— Tu connais la *joke* du gars qui va s'acheter une décapotable en bobettes? me demanda-t-elle.

Je niai de la tête, et ce geste nous entraîna dans une décapante conversation faite de blagues et d'anecdotes ridicules que Chen et Gi auraient adorées. Une hilarité communicative emplissait désormais l'habitacle, quoique la femme avait aussi le don de me faire rougir avec ses blagues de «luc», comme elle disait en verlan par fausse pudeur. À force de se bidonner, le café n'aidant pas, il nous fallut nous arrêter en chemin pour aller aux toilettes. On en profita pour se procurer de quoi se sustenter un peu.

— C'est beau, les montagnes, m'extasiai-je en admirant la vue qui s'offrait à moi, au loin, alors que je croquais dans la barre de chocolat qui me servait de dessert.

— *The Rockies*, mon cœur.

— Ça frappe, après avoir roulé sur une table de billard pendant des heures.

Maryse approuva. Nous arrivions maintenant à Calgary. J'avais annoncé à ma conductrice que ce serait ma destination.

— Je te laisse en ville ? fit-elle.

Fin du voyage. Je lui demandai de me déposer le plus près qu'elle le pouvait du centre. Elle manœuvra son engin tel un cycliste aguerri son vélo dans les rues de Montréal, non sans sacrer en anglais à l'intention des *crazy drivers*.

J'empoignai mon sac.

— Nous aurions encore pu faire un bout de chemin ensemble, susurra Maryse.

Que voulait-elle dire ? Je la regardai. Il était tard pour les confidences.

— Je ne sais pas, fis-je, désarmé par son ton quasi suppliant.

— Ça aurait été sympa.

J'eus le goût de lui dire que je ne cherchais pas une mère, que je me cherchais moi, mais notre conversation, qui n'avait jamais été à un autre niveau que futile, n'avait pas préparé le terrain à cette tirade. De toute façon, notre rencontre, dépourvue de vraie chimie, avait tout de la pâte à pain mal levée. Je ne pouvais cependant nier que Maryse avait un côté, à la limite, attachant.

— De quelle couleur est-ce que c'est, de la neige ? lançai-je en sortant sans plus commenter son offre.

— Blanc, hésita-t-elle, sentant le piège.

— De quelle couleur est-ce que c'est, de la farine ?

— Blanc !

— De quelle couleur est-ce que c'est, du sucre ?

— Ben, blanc...

— Qu'est-ce que ça boit, une vache ?

— Du lait, répondit Maryse aussitôt.

Je lui fis un clin d'œil. Je lui avais gardé celle-là pour la fin, m'étant moi-même fait prendre par les jeunes à Saint-Claude, le troisième jour de ma visite.

— Ça boit de l'eau, voyons ! raillai-je en sautant à pied joint en bas de la cabine.

Juste avant de fermer la portière, je lui demandai :

— Si tu étais seule sur une île déserte, quels deux livres apporterais-tu, Maryse ?

— *It's a joke ?* se méfia-t-elle.

— Non.

— Comme ça, là, répondit-elle, je dirais un livre de Danielle Steel. Attends, non. Peut-être un roman cochon... et un guide de survie. C'est une bonne réponse ?

— Originale, répliquai-je avec un sourire en coin.

— *Ciao*, me souffla Maryse en m'envoyant un baiser.

La portière rose et mauve s'éloigna. Je me demandai, en marchant vers le centre-ville, ce que j'avais à retenir de cette rencontre. Il me semblait avoir comme échappé aux griffes de cette femme qui n'avait ni enfant, ni mari, et qui ne savait trop si elle voulait un fils ou un amant.

J'avais roulé dix heures avec Maryse. Une bonne trotte! J'en avais dormi deux et sommeillé au moins autant. Pourtant, j'étais épuisé. Calgary! La ville des cow-boys, des Jeux olympiques. Qu'est-ce que je connaissais d'autre de Calgary? Je dressai une courte liste : chapeaux, Stampede, Saddledome, football… et ce vent chaud — comment s'appelait-il donc? — le chinook. Oui! Ça ne devait pas être à ce temps-ci de l'année, car il faisait froid, moins qu'au Manitoba, mais… Je dénichai une cabine téléphonique, commodité rare à l'heure du cellulaire, empoignai le bottin crasseux. Évidemment, quand j'arrivai sur la page où aurait dû figurer l'adresse de l'auberge de jeunesse, celle-ci avait été arrachée. Une courroie de mon sac à dos se coinça dans la porte et, sans que je comprenne pourquoi, la situation me fit sortir de mes gonds. Je me dégageai de l'ouverture trop étroite en vociférant, bredouille et en colère.

Cette rencontre avec Maryse qui m'avait tout de même foutu un peu la trouille, le froid, la courroie déchirée. Il y a un jour à peine de cela, j'étais si bien, si bien. Saint-Claude. Que s'était-il passé sur cette route? Entre ces deux points sur ma carte de vie?

178 secondes.
J'avais besoin de ce papier. Où était-il?

Des jeunes titubaient près de moi sur leurs maigres jambes. Les sacs de plastique qu'ils tenaient en permanence coincés sous leur nez me donnaient la nausée à distance. Du haut de leurs douze ans — treize ou quatorze avec de la chance —, ces ados me faisaient pitié. Je n'aimais pas cette ville, ses lumières crues. Ses camions rutilants qui s'arrêtaient mollement et conviaient les filles paumées dans leurs enfers. L'arrogance de ses gratte-ciel, la turpitude de sa rue, la grisaille de son extérieur. La chaleur provocante de ses condominiums luxueux affichant sans pudeur leur opulence à travers leurs fenêtres sans rideaux. Hébété, je frôlai les quartiers sans les toucher. On m'offrit de garnir ma pharmacie à chaque coin de rue. *« Sorry, didn't see ya »*, maugréait-on en me palpant le parka, à la recherche d'un portefeuille à subtiliser. Les mains dans les poches, les coudes serrés au corps, j'avançais dans ces tranchées comme un combattant en déroute. Une voiture s'arrêta en bordure du trottoir. Un homme m'invita à y monter. J'en eus un haut-le-cœur. Que valait une plaque d'immatriculation ? Il y en avait des dizaines à retenir... Je n'aimais pas cette ville.

L'auberge de jeunesse, tel un drapeau blanc, surgit enfin devant moi, au bout de deux heures de marche. Sur le babillard accroché à gauche du comptoir de la réception, on annonçait de nombreux emplois aux salaires impressionnants. Je demandai un lit. La fille au comptoir rit de moi, me fit signe que j'avais perdu la boule. *« There's no room left in this town at this hour »*, affirma-t-elle. Dépité, je rebroussai chemin, atteignis la porte, évaluai mes options. Plus de chambres, nulle part. Tout, sauf la nuit de cette ville... Qu'aurait fait Sam ? me demandai-je. Il aurait enjôlé la fille, c'était certain. Moi, je n'avais pas encore ce pouvoir en anglais. Peu importe, il se serait débrouillé. Pigeant dans mon portefeuille, je fis demi-tour. Les quarante dollars que je déposai sans dire un mot sur le comptoir me donnèrent droit au débarras.

Assis dans mon sac de couchage, sur le lit de fortune que je m'étais confectionné en empilant des couvertures de laine glanées sur les étagères, je m'ennuyai de ma famille manitobaine. De leurs repas pris ensemble. De la voix douce de Chantale. De la main tendue de Paul. Du souffle du veau. Du blizzard. J'avais le goût de repartir, tout de suite. Mais vers où ? Chez moi ? C'était où ? J'avais tant marché depuis. Je n'étais plus le petit Nicola élevé dans la ouate, dans sa famille aseptisée de tous conflits. J'étais qui ?

Début moins cinq

Je fouillai frénétiquement dans ma poche. Mon papier avait disparu. Je regardai derrière moi. Mais s'il était tombé, ce n'était pas dans les trois dernières minutes.

Je m'éveillai en plein milieu de la nuit, empêtré dans mon sac de couchage. Quel jour étions-nous ? Je ne savais plus trop. Lundi ? J'avais oublié d'appeler ma grand-mère. Elle s'inquiéterait ! Les flots du sommeil me reprirent, me ballottèrent de cauchemar en cauchemar. Sous le roulis de cette mer de sueur déchaînée, la nuit passa. Tantôt, je tombais dans un gouffre. Tantôt, une bavette nouée autour du cou, je me faisais gaver de bouillie rose par une camionneuse qui jouait à la mère. La bavette était trop serrée. Je m'éveillai encore, ôtai mon t-shirt et le balançai à l'autre bout de la pièce en rageant, accrochant au passage la vadrouille qui se languissait dans son eau sale. Un soleil détestable pointait dehors, filtrant péniblement ses premiers rayons par le poussiéreux œil-de-bœuf du haut du mur. Il était trop tôt. J'étais trop épuisé. Une ébauche d'angoisse sourdit en moi, me propulsa à mon corps défendant hors de mon demi-sommeil. Qu'est-ce que j'étais allé chercher si loin ? Une mère ? Ma mère ? Il m'aurait fallu rester au Québec, tenter de rencontrer sa famille à elle. Savoir où elle se cachait, si elle avait refait sa vie. Si elle avait eu d'autres enfants, avec d'autres hommes. Si elle les avait… Non. Je n'étais pas parti chercher ma mère. J'étais parti me trouver moi. Étais-je en train de me perdre, de filer droit vers le sol? me questionnai-je en tirant une couverture sur mes yeux bouffis par la laine, les fétides odeurs et la fatigue.

Elle s'assit en face de moi à la minuscule table ronde qui accueillait nos assiettes de déjeuners.

— *Good morning. Do you mind?*

Mind. La dernière chose dont je voulais discuter, c'était de mon état d'esprit.

— *No. Go ahead.*

— *My name is Kelly, I am from Edmunston, New Brunswick, what about you?* me défila-t-elle.

— *Well,* euh. *Sorry. Speak slowly please, Kelly.*

Mais Kelly ne savait pas parler lentement. Elle était un moulin à paroles. Un très beau moulin à paroles dont j'aurais aimé partager la langue, si elle n'avait tourné si vite.

Je ponctuai son monologue de *yes*, de *no*, de hochements de tête et de sourires bêtes. Mon incompréhension totale de sa conversation ne l'offusqua pas outre mesure puisqu'à la fin de son déjeuner, elle me dit : « *Wait here* ». Je mis avec soulagement mon système mental de traduction simultanée — qui accusait encore un léger retard — sur pause.

Je profitai de l'attente pour aller me resservir un café en poudre. Après la nuit abominable que j'avais passée, il m'en faudrait sûrement plusieurs tasses afin de survivre à la journée. Kelly revint quelques minutes plus tard en traînant derrière elle une fille réticente aux cheveux humides.

— *Nic, this is Pénélope. Pénélope, this is Nic.*

Il s'avéra que Pénélope parlait français, et que c'était la seule raison pour laquelle la Néo-Brunswickoise avait jugé bon de nous présenter. En fait d'entremetteuse, on avait vu plus inspirée.

— Je suis désolé, elle s'est assise à ma table de déjeuner et elle n'a pas arrêté de déblatérer. Je n'ai pas trop compris tout ce qu'elle me racontait.

— Elle m'a fait le même coup hier matin. Je ne suis pas encore trop forte en anglais moi non plus, alors, depuis, elle me présente à tous ceux qui parlent français. Il y en a des potables, dit-elle en me gratifiant d'un sourire charmeur.

— C'est drôle, tout de même, comme on rencontre plein de francophones quand on traverse le Canada, fis-je remarquer.

Pénélope haussa les épaules, comme pour signifier son désintérêt pour le sujet.

— D'où viens-tu? demandai-je.

— De Montmagny.

Je ne réussissais plus, en regardant cette fille, à me souvenir de l'emplacement de cette ville sur la carte du Québec…

— Montmagny? risquai-je.

— Montmagny, comme les oies! Tu sais bien, là où toutes les oies blanches viennent faire escale… Tu en as sûrement entendu parler, c'est au Québec.

Et vlan ! Son ton condescendant me réaligna illico les gyroscopes.

— Oh, oui ! C'est vrai, ajoutai-je à la hâte, mon oncle y est allé l'automne dernier avec son ancienne blonde…

— Nous y avons un gîte du passant.

Pénélope passa ses doigts dans ses cheveux, jetant du même coup un œil inquisiteur dans la salle.

— C'est — couette, vins-je pour dire à la blague, mais m'en retins — chouette. Et qu'est-ce qui t'emmène ici ?

— Je vais jusqu'à Banff. Une amie m'a dit qu'il y avait beaucoup de travail là-bas pour les Québécois. En fait, pour les bilingues, mais, c'est justement, je veux aller parfaire mon anglais. Je veux arriver assez tôt, pour que les emplois d'été ne soient pas tous pris.

Je m'étirai. La caféine commençait enfin à faire son effet.

— Mais on est juste en mars… arguai-je.

— Je suis prévoyante.

Elle redéfinissait le terme.

— Je viens de Laval, lançai-je alors que Pénélope me détaillait impudemment de la tête au pied.

Je me demandai si je n'avais pas oublié ma brosse à dents lors du dernier arrêt que j'avais fait avec Maryse. J'avais une folle envie de me brosser les dents.

— Hum… Près de Montréal, déjà allée. Il y a un beau parc dans le coin, le parc de la rivière des Mille-Îles. J'y ai fait du canot avec mon père.

— Ah ! Je pensais que c'était trop pollué pour ça, notai-je.

— Je suis pas morte, claironna-t-elle en réajustant son chandail moulant.

En fait de cadavre, on avait effectivement vu plus repoussant.

Pénélope avait un système de positionnement par satellite en guise de cerveau. Tout au long des rues, c'est elle qui mena la danse. Même si j'avais d'abord prévu fuir cet endroit au plus vite, je n'avais pu refuser lorsque Pénélope m'avait envoyé : «Je me tape la ville aujourd'hui, tu viens avec moi», ce «Tu viens avec moi» jouant habilement entre la question et l'injonction. J'offris un sursis à la métropole albertaine, quelque peu enivré par les odeurs capiteuses de la Magnymontoise.

Pénélope n'avait que faire de compter ses sous. Elle ne visiterait Calgary qu'une seule fois, disait-elle. En sa compagnie, j'assistai donc à une pratique des Roughnecks, l'équipe de crosse, et montai en haut de la Calgary Tower, plus haute encore que la tour du CN. Cette fille dissipait la grisaille qui s'était installée dans ma tête la nuit précédente. Elle me perdit cependant lorsqu'elle décida d'aller faire les boutiques au centre commercial afin de tenter de se dénicher un chapeau de cow-boy blanc. J'en profitai pour découvrir l'Aerospace Museum. À six heures, comme convenu, on se retrouva devant une bifteckerie renommée. Je fus surpris de constater que Pénélope revenait bredouille de sa chasse au chapeau. Drapée d'un accent français aussi suave qu'exagéré, elle ne passa pas inaperçue au restaurant. Tous les serveurs vinrent tour à tour lui porter ses consommations, fixant à chaque fois leurs regards dans son décolleté. Cela m'agaça. Pénélope était le genre de fille que je détestais, à Laval. Je me contentai de deux bières, par précaution. Cette ville ne m'inspirait toujours pas confiance. Heureusement, ce soir, un lit m'attendait à l'auberge. Je ne m'étais pas payé autant de luxe depuis mon départ. En quittant le restaurant, une menthe en bouche, je songeai que je ne pourrai tenir ce rythme longtemps, au risque de terminer mon voyage par un appel de quêteur à ma famille. Ma grand-mère !

— Pénélope, attends-moi ici, je vais téléphoner à ma grand-mère, dis-je en apercevant une cabine.

Je composai son numéro. Nous étions lundi soir, ma grand-mère avait ses cours de vitraux ce soir-là. Ça n'avait pas encore sonné à l'autre bout que Pénélope me cria en riant, le manteau ouvert sur son encolure plongeante : « Il est passé minuit au Québec, bel inno-cent… » Merde et remerde ! Je raccrochai en vitesse. Cette fille, même saoule, savait-elle toujours tout ?

En revenant vers l'auberge à pied, Pénélope me prit la main, comme si la chose allait de soi, comme Jade et moi l'avions amicalement fait parfois. Une centaine de mètres plus tard, elle m'avait enlacé la taille. J'avais gauchement placé mon bras autour de son épaule. Une balade en amoureux. L'air, sans la chanson… Ma com-pagne était attirante et d'une agaçante intelligence, mais je n'étais certainement pas épris d'elle.

Le lendemain, après un réveil tardif, je déjeunai avec Pénélope, qui n'avait pas plus le goût que moi de se presser en cette matinée pluvieuse. Je pris une intermi-nable douche, me brossai longuement les dents avec ma brosse à dents neuve, puis rangeai mon sac. Pénélope me convainquit de l'accompagner de nouveau au centre commercial. Je m'installai dans un fauteuil, près d'une baie vitrée, et l'attendis, ne me levant que pour aller me chercher à grignoter. Au bout de quelques heures, chapeau sur la tête, elle vint me retrouver, m'annonçant du coup qu'elle partait vers Banff : elle avait assez vu Calgary. Je fus un peu choqué par son attitude cavalière, jusqu'à ce qu'elle me demande : « On fait la route ensemble ? » d'une voix mielleuse. Je me pliai, tel un brin d'herbe sous le vent, d'abord à sa proposition puis à ses arguments concernant le trajet en autobus en dépit du coût élevé du billet. Je pouvais dépenser, car rendu à Banff, affirma Pénélope, je me renflouerai facilement en travaillant. Il est vrai, qu'à l'auberge, de nombreuses offres d'emplois étaient affichées pour cette région.

Dans l'autobus qui nous menait paisiblement à travers les magnifiques paysages semi-enneigés, Pénélope me confia qu'elle était surprise que nous n'ayons pas encore couché ensemble. Après deux jours ? Je sourcillai bêtement, incertain du sens à donner à sa remarque.

C'était une drôle de fille. Elle ne parlait toujours que d'elle-même. Et c'était bien la seule qui ne m'avait pas encore demandé pourquoi j'étais parti. Si d'un côté j'avais le goût de me confier, de l'autre, il était bon de l'écouter sans avoir à me dévoiler. Sa flopée d'aventures, qu'elle me relata, sans retenue ni modestie, me laissa pantois et à court de répliques. J'en vins même à espérer que nous soyons entourés d'oreilles anglophones afin que les autres passagers ne comprennent pas tout ce qu'elle alléguait. « Je faisais partie du Club des Life Savers, au secondaire. Moi, j'étais le rouge à lèvres orange... », m'expliqua-t-elle. Je lui demandai stupidement si c'était un club de sauveteurs en piscine. « Pas tout à fait, répondit Pénélope en riant. Dans l'autobus scolaire, on se mettait chacune un rouge à lèvres de

couleur différente pour faire des fellations aux gars. »
Je hochai la tête, pour ne pas paraître trop niais. Pénélope me raconta encore qu'elle avait déjà couché avec
presque deux douzaines de gars, même Gi en aurait
été sidéré. « Vive les gîtes du passant ! », rigolait l'aven-
turière sexuelle. Heureusement, elle changea éventuellement de sujet, non qu'elle soit à court d'anecdotes !
Ses incertitudes sur son choix de métier, ses chicanes
avec ses parents et sa relation avec sa mère y passèrent ensuite. « Ma mère n'est pas une mère, mais une
amie à qui je dis tout », avança-t-elle. Ce concept me fit
réfléchir. Je n'avais jamais trop cru qu'une mère puisse
être une amie. Est-ce que ma mère, si j'en avais eu une,
aurait été mon amie ? Je m'imaginai mal lui dévoiler la
première fois où j'avais fait l'amour avec une fille de ma
classe, lors d'une fête de fin d'année chez elle, dans la
remise, entre les odeurs d'essence à tondeuse et de terre
à jardin.

Pénélope avait dix-huit ans, tout comme moi, mais
nous appartenions à deux mondes différents. Elle avait
eu une vie parfaite, sans accrocs, sans grands question-
nements. Des vêtements griffés, des vacances dans le
Sud. Elle était belle et le savait, ce qui lui enlevait en
fin de compte beaucoup de charme. Elle avait goûté
à plusieurs drogues pour s'amuser, était sortie dans
des raves. Ce voyage lui était payé par ses parents. Ils
avaient insisté pour qu'elle aille polir son anglais dans
l'Ouest. Pour qu'elle soit plus performante lorsqu'elle
reprendrait la *business* familiale, disaient-ils.

Moi, je n'avais pas eu de mère, sauf pour me mettre
au monde. J'avais eu un père présent mais imparfait,
une famille aimante mais asphyxiante, une enfance et

une jeunesse en demi-vérités. Je m'étais tenu loin des drogues, n'ayant pas eu son audace à la fois irresponsable et calculée. Ce n'était pas l'apprentissage de l'anglais qui me poussait vers là où le soleil se couchait — quoique je l'apprenais tranquillement —, mais bien la découverte de moi-même.

Le trajet jusqu'à la station de montagne fut long. Pendant que Pénélope dormait sur mon épaule, j'écrivis. Pourquoi s'était-elle intéressée à moi ? Pourquoi avait-elle désiré que nous fassions ce bout de chemin ensemble ? Lui servais-je simplement de bouclier ? Il est vrai que je n'étais pas menaçant… Un protecteur. Drôle de rôle.

La beauté de Banff, plus vraie que nature, m'époustoufla. Une vraie carte postale ! On commença par se trouver un lit à l'auberge de jeunesse. Un panneau bricolé dans le dortoir des gars annonçait : «Banff : STD's National Capital». Puis, Pénélope voulant se reposer, je partis à la découverte de la ville.

Il était bon de me promener seul, après trois jours passés en compagnie de Pénélope. Cette fille était à l'opposé de Jade. Ses formes étaient aussi succulemment rondes que les lignes de Jade étaient droites. Extrovertie, elle parlait fort, avait confiance en elle, alors que Jade ne parlait que dans l'intimité d'un moment, choisissant ses mots, soupesant ses propres pensées avant de les énoncer. Pour ceux qui ne la connaissaient pas, mon amie d'enfance paraissait timide et inintéressante. Avec Pénélope à mon bras, je me voyais envié par les plus machos, trahis par leurs regards jaloux. À mon

amie Jade, au cours des ans, j'avais tout confié. Elle me
racontait ses secrets, écoutait les miens. C'est à elle, à
quatorze ans, que j'avais donné mon premier baiser, lors
d'un jeu chez des amis. La bouteille avait pointé vers
moi. Il me fallait l'embrasser. Elle avait été aussi gênée
que moi. Je lui avais dit «Je m'excuse» après avoir plaqué mes lèvres sur les siennes. Je me souviens que nos
lèvres étaient sèches. Et que les siennes étaient fermes et
tendres. Pendant des mois, ensuite, j'avais toujours eu le
goût de cette douceur. Comme d'une pâtisserie achetée
au détour d'une promenade en ville et que l'on ne réus-
sit jamais plus à trouver. C'est à Jade que j'avais raconté
avoir fait l'amour avec notre copine de classe lors de
cette fête à laquelle elle n'avait pas été invitée. «J'étais
tellement excité que je ne me rappelle même pas de ce
qui s'est passé... seulement que j'ai échappé le premier
condom, qu'il est tombé dans l'arrosoir, et qu'il a fallu
que j'en prenne un nouveau!», lui avais-je avoué. Jade,
pour me taquiner, me tenait responsable du fait que la
fille ait changé d'école l'année suivante. «Sa mère a dû
prendre cette décision en allant s'occuper de ses beaux
rosiers greffés...» Lorsque son premier et seul chum
l'avait fait pleurer, j'avais été voir le gars, plus âgé que
moi, et l'avais menacé de le tabasser avec ma gang s'il
la niaisait encore. Jade était fille unique, j'étais fils unique. En cas de besoin, nous devenions alliés. Je revins
à l'auberge sans avoir réussi à percer la signification de
l'acronyme «STD», qui n'était pas affichée en ville!

Sitôt que Pénélope eut décroché un emploi, en
arpentant un à un les commerces de la rue principale,

elle me souhaita bonne chance et emménagea avec une nouvelle amie dans une chambre du bas de la ville. Nous avions donc repris nos chemins respectifs, en parallèle dans ce monde de montagnes. Incapable de me débrouiller dans les boutiques ou restaurants de l'endroit, vu mon anglais encore trop médiocre, je me trouvai plutôt au dépourvu. Cependant, il y avait quelque chose dans la beauté de ces parcs et de ces rues dans lesquels je me perdais qui me faisait ne jamais vouloir partir. Je dénichai finalement, grâce à un tuyau d'un gars de Montréal, un emploi de jour décent chez un nettoyeur de vêtements. Je ne pus m'empêcher de penser à mon paternel. Il n'avait jamais voulu m'emmener sur son lieu de travail, craignant que les vapeurs des produits ne soient toxiques pour mon jeune corps… et voilà que je remplissais désormais de solvant les réservoirs des machines à nettoyer. La femme avec qui je travaillais, une vieille anglophone, était alternativement bougonneuse, maniérée ou prétentieuse ; le presseur, aussi désinvolte dans l'attitude que professionnel à l'ouvrage. Les semaines passèrent, à trier les bacs de vêtements sales, à sortir les brassées des machines, à placer les cartons sur les cintres, à disposer ceux-ci aux bons endroits, à défroisser les chemises à la vapeur… C'était ma première vraie job et même si elle me puait littéralement au nez, j'en étais satisfait, d'autant plus que j'étais maintenant capable de tenir une conversation en anglais sans trop m'empêtrer.

Un soir, je rencontrai Pénélope au bar où se tenaient les francophones. Des copains m'avaient déjà parlé d'elle comme faisant des ravages chez la gent masculine et je réalisai que j'étais peut-être le seul à ne pas avoir profité de ses charmes. Accrochée au cou d'un étudiant sauve-teur en montagne, elle feignit d'à peine me connaître, me balançant un *«oh, hi!»* comme si elle n'avait jamais su mon prénom. Mon amour-propre s'en vexa. À bien y penser, cela était prévisible.

Je délaissai carnets et livres, et passai plutôt mes soirées à déambuler, au hasard des chemins de traverse. Un soir, je goûtai aux sources thermales, ces fameux «Banff Springs». Couché dans ces eaux chaudes, alors que l'air était encore frisquet, à admirer une pluie de constellations dans un ciel noir d'ébène, je me deman-dai ce qui pouvait être mieux que cette petite vie au paradis. Je me liai d'amitié avec une Norvégienne au français guttural, que je retrouvai trois soirs de suite au café du coin, mais elle quitta la ville pour retourner chez elle avant que notre relation n'aboutisse à quoi que ce soit de tangible. Elle me donna tout de même le goût d'aller voir par-delà l'Atlantique, un jour. La montagne, sous ses airs d'inaccessible, était généreuse. «À voir absolument!», écrivis-je à ma tante sur une carte postale.

Mes contacts avec ma famille s'espaçaient de plus en plus. Même si mon père, depuis le commencement de mon travail chez le nettoyeur, m'était plus présent que jamais à l'esprit, il me devenait difficile de penser que je pourrais un jour parcourir en sens inverse cette distance que j'avais mise entre nous. Souvent, en reve-nant à ma chambre, je croisai un mouflon ou un cerf de Virginie en train de brouter un bout de crocus sur un terrain. Le mot d'ordre, ici, était à la conservation de la montagne, de l'environnement et, ultimement, de la planète entière. Le message, en ces lieux, me parut plus percutant qu'à Laval.

Un vendredi soir, après un détour par une galerie d'art pour y admirer une exposition de photos sur la disparition du glacier Fraser, je passai au bar. Il était plein à craquer en cette mi-avril pas encore chaude mais agréable. Pénélope, serveuse de jour dans un resto et réceptionniste de nuit dans un petit hôtel, avait eu quelques déboires depuis son arrivée ici. Je la croisais fréquemment et ne lui portais plus trop attention. Sa réputation n'était plus à faire. Ce soir-là, un peu saoule, la Magnymontoise revint me voir, alors que je discutais avec des copains.

— Nicooo, tu te souviens. Tu m'avais demandé, quels deux livres, sur une île déserte…

— Oui, fis-je un peu gêné, protégeant ma bière pour qu'elle ne la foute pas par terre avec ses gestes désordonnés.

Elle se pendit à mon cou, se lova contre moi.

— Le Kama Sutra et le Kamaaa Sutraaa, gloussa-t-elle.

Les copains me dévisagèrent, amusés. Mon instinct me fit me dégager de son étreinte.

— Nicooo, je suis saooooule. Tu veux me ramener chez moi ?

— Ta colocataire n'est pas avec toi ? lui lançai-je, exhibant ma bière quasi pleine en guise de prétexte.

— Elle ne veut pas partir tout de suite. Elle a l'œil sur un serveur, expliqua Pénélope en feignant une enfantine tristesse.

Je pouvais difficilement refuser, devant mes copains, sans perdre la face. Je pris une longue lampée de bière — sous les exhortations des gars qui me traitaient de veinard et me souhaitaient assez bizarrement bonne chance — et entrepris de ramener l'éméchée à bon port. Sa bouche me couvrait de baisers. Au début, j'eus envie de l'en arrêter puis, sous l'effet de ces lèvres molles et brûlantes, j'eus le goût de son corps. J'avais bien embrassé quelques filles de l'école auparavant, fait deux fois l'amour, mais sans plus. Ce soir, dans les Rocheuses, symbole par excellence de la virilité canadienne, je sonderais la belle Pénélope.

Elle enleva son chandail avant même d'arriver à la porte de son appartement. Je me pressai de lui prendre sa clef et d'ouvrir avant qu'elle n'envoie aussi valser son soutien-gorge de dentelle rouge chez les voisins. Alors que je me débarrassais en vitesse de mes jeans, Pénélope vint déchirer ma chemise en la déboutonnant d'un seul coup. «Tu prends trop de temps», gémit-elle de façon un peu hallucinée. Ma chemise presque neuve, pensai-je avec un soupçon d'agacement. Avec un peu de veine, au travail, j'en retrouverais une qui avait été oubliée par un touriste… J'entrepris de pourlécher les seins de Pénélope, mais ma sulfureuse dénudée n'en était déjà plus aux préliminaires. Elle me fit aussitôt rouler sur le lit et me surmonta. Ses mains étaient sûres mais vicieuses, son corps délicieusement voluptueux mais totalement déchaîné. Au diable de prendre son temps avec elle! J'avais réussi avec peine, ramassant maladroitement mon pantalon au pied du lit, à dénicher un préservatif au fond de ma poche. Tout allait si vite. Puis, quelque chose dans ses gestes me dérangea. Leur agressivité. Ses caresses étaient à la limite de la douleur ; ses mordées, sauvages. Sa bouche devenait féroce ; ses ongles, aiguisés. Je comprenais pourquoi les gars en parlaient comme d'une panthère. Les deux autres fois auparavant où j'avais fait l'amour, cela ne s'était pas du tout passé comme cela. C'était plus doux, plus mutuel. Cette fois, je me sentais possédé, utilisé. Lorsque je voulus doucement renverser Pénélope sur le côté pour ralentir son rythme qui devenait dément, elle me dit : « Nic, goûte à ça » et, tout en me chevauchant, elle plaça ses mains sur mon cou, comprima ma gorge juste sous ma pomme d'Adam, serra inexorablement ses griffes.

Mon désir se mua en peur. Je paniquai, repoussai la mante religieuse sur le lit en hurlant :

— T'es malade !

Elle se mit à rire comme une folle.

— T'aimes pas mes pattes de velours ?

Elle me donnait envie de vomir. Je me rhabillai en rageant.

— Nicooo, allez reviens. Je t'aurais pas fait mal… C'est un jeu. Les gars aiment ça, d'habitude.

Le cœur me débattait.

— Pas moi. T'es saoule, sifflai-je en nouant mes lacets.

Insultée, elle s'assit sur le lit :

— T'es qu'un crétin. Il n'y a aucun gars qui me refuserait.

J'ancrai les pans de ma chemise dans mes pantalons qui fermaient à peine vu l'état dans lequel je me trouvais. Maudite tournure de soirée !

— Écoute, repose-toi, fis-je avec le plus de gentillesse que je le pouvais à cet instant.

177

— J'aurais dû le savoir. T'es gai ! C'est pour cela que tu n'as pas tenté de coucher avec moi avant.

Exaspéré, je claquai la porte.

— Ne viens jamais dans notre *bed and breakfast* ! hurla Pénélope assez fort pour que toute la province l'entende.

Ça tombait bien, parce qu'elle ne m'avait pas donné le goût d'y aller. De frustration, je frappai du poing une clôture de bois sur mon chemin. J'avais pourtant su intuitivement, dès le début, que Pénélope n'était pas une fille pour moi. J'aurais dû m'y fier. Je n'avais rien contre les gais. Jade et moi pensions même que Chen l'était, mais qu'il n'osait pas se l'avouer. J'entendais déjà Pénélope raconter aux autres que je l'avais plaquée là, en plein milieu de l'acte sexuel, bandé comme un cheval. Et moi qui avais jusque-là passé du super bon temps dans cette ville. Je m'étais fait avoir, manipuler.

Je retournai à ma chambre, m'écrasai de tout mon long sur le lit. Chez les voisins — il y avait quatre chambres en location dans le sous-sol de cette vieille maison —, on s'amusait ferme… Au début, je tentai de ne pas écouter. Puis, au bout d'un moment, je voulus en avoir le cœur net. Je mis une oreille contre le mur. La fille gémissait, le gars haletait. Des bruits normaux d'un accouplement normal. Personne n'étranglait personne de l'autre côté.

Je m'endormis en sacrant, le corps toujours survolté par l'adrénaline et la testostérone. Les cauchemars défilèrent, le commencement de l'un n'attendant pas la fin de l'autre. Lorsque le réveil sonna, je le débranchai avec hargne et retournai au creux de ma caverne de couvertures. Je me présentai finalement au travail avec plusieurs heures de retard, ce qui ne plut pas au *boss*, qui avait pour une rare fois, malencontreusement pour moi, daigné venir voir ce qui se passait dans son entreprise. Il me fit savoir que des jeunes pour travailler, il y en avait des dizaines à sa porte et qu'il n'accepterait aucune excuse. Je les lui offris tout de même. Mais le compte à rebours s'était bien malgré moi enclenché.

Ma mésaventure m'avait replongé dans mon espace tourmenté. L'ardeur à l'ouvrage n'y était plus. Au bout de quelques jours, je donnai ma démission. Le matin de mon dernier jour de travail, je me décidai à en avoir le cœur net : je demandai au presseur ce que signifiait le fameux acronyme «STD». Il se tordit de rire et faillit se brûler avec la vapeur de la presse. «*Sexually transmitted disease*, maladie transmise sexuellement», lança-t-il sous le regard effaré de la préposée au comptoir. Il m'expliqua en rigolant que si Banff en était la capitale, c'était que la ville était remplie de jeunes tous prêts à s'envoyer en l'air. «C'est peut-être bien l'altitude qui fait que l'on a autant le goût de baiser», me dit-il. Il était temps que je parte.

J'avais vu Banff, ses parcs magnifiques, ses sources thermales, ses eaux aigue-marine, sa richesse, ses touristes millionnaires, ses aventuriers de luxe, ses mouflons, ses chevreuils, ses aigles. J'avais connu la clarté de son ciel étoilé, la fraîcheur de sa neige, la fonte de ses glaciers, l'odeur de son air, la couleur de ses forêts. Oui, les Rocheuses étaient belles, belles au-delà du pouvoir d'évocation des mots : grandioses. Pourtant, maintenant, ces montagnes et ces pics m'oppressaient. Je devais redescendre… Plus à l'ouest.

Début moins quatre

178 secondes.
Envolées.
Volées.

Je dormis pendant une partie du trajet. Au prix que m'avait coûté le billet, un faramineux cent six dollars — et encore, c'était un aller simple au tarif étudiant — chaque minute passée les yeux fermés relevait du gaspillage pur et simple, surtout que les paysages étaient merveilleux. « Autant faire flamber un billet de vingt ! », aurait dit mon paternel. J'avais salué Banff à l'heure où tout le monde rentrait au travail, soulagé de ne pas rencontrer Pénélope en filant jusqu'à la station d'autobus. L'arrêt de quarante minutes à Kamloops me permit de me procurer ces gelées de fruits de la vallée de l'Okanagan dont le presseur m'avait tant parlé. On racontait qu'il y avait un monstre, l'Ogopogo, dans l'un des lacs de la vallée, leur version de la légendaire Nellie du Loch Ness. En me promenant dans la coquette ville, je trouvai un dépliant sur l'Association francophone de Kamloops, ce qui me fit automatiquement penser à Marc. Il avait sûrement terminé son cours de pilote maintenant. J'espérais pour lui que tout s'était bien passé… et que sa mère allait bien.

Le nez à quelques millimètres de la fenêtre, je fis le deuil de Banff la magnifique, me recueillis sur les bons moments que j'y avais vécus et tentai de tirer des leçons des mauvais. Cependant, chacun des villages que nous croisions le long de ce pèlerinage en direction de Vancouver me ragaillardissait un peu plus. Un autre monde, de l'autre côté des montagnes, m'attendait, stimulait mon imaginaire, s'ouvrait à moi. Je n'aurais pu, de toute manière, rester à Banff pour toujours. Banff était une fille trop parfaite.

Fort de l'anglais que j'avais acquis, je n'hésitais désormais plus à aborder les autres. Un jeune assis dans un siège près du mien me conseilla pour le gîte et c'est finalement avec lui que je me rendis à cette auberge dont il me vantait les mérites. Il m'expliqua qu'il habitait Golden, où nous avions fait escale, et qu'il allait à Vancouver régulièrement. Après quelques minutes de marche, en plein milieu du parc Thornton, je me retournai pour admirer le Pacific Central Station d'où nous étions arrivés en autobus. *«I'm in Vancouver!»*, lançai-je avec euphorie à mon guide. Il rigola. *«Now, the Skytrain»*, ajouta-t-il. Un petit deux dollars dans la machine et je me retrouvai dans ce fameux train du ciel. Voilà de quoi devrait s'inspirer le Québec, songeai-je. La première partie du trajet se fit dans les airs, pour mon plus grand bonheur, puis le train disparut sous terre jusqu'à Granville Station. Une excitation énergisante m'habitait. Au bout du regard, les pics enneigés des montagnes ; à portée de main, la mer et la verdure. À Granville, l'ascenseur qui nous ramena à la surface m'étourdit et je dus faire une pause de quelques secondes en sortant, déséquilibré à la fois par le poids de mon sac à dos et par le fait que je venais de surmonter, mû par une audace et un courage nouveau, une peur enfouie en moi depuis toujours : celle de prendre l'ascenseur. «*Normal, it does that to everybody*», me dit mon copain sans plus s'inquiéter de ma réaction. Un autobus nous déposa à un coin de rue de l'imposante auberge de brique, située dans un quartier résidentiel de l'ouest de la ville. Le luxe, déjeuner compris, à moins de trente dollars ! Je sourcillai lorsque l'on me remit la carte magnétique qui me donnerait accès à mon dortoir, tout en m'expliquant les divers services mis à notre disposition. Sitôt installé dans la chambre à quatre lits, fatigué d'avoir passé près de treize heures dans un autobus, encore ébranlé par les émotions de ma dernière semaine, je me brossai les dents rapidement et me couchai sans demander mon reste.

Le lendemain matin, je prétextai le temps maussade à l'extérieur pour me prélasser dans une douche, en profitant pour me raser le peu de poil qui me poussait au menton. Je défripai puis enfilai des jeans propres. J'avais atteint l'océan Pacifique. Pour lui dire bonjour, je me voulais présentable. Vancouver... ce n'était pas pour rien que le nom de cette ville commençait par l'une des dernières lettres de l'alphabet : c'était presque le bout du monde. D'ici, je me promis d'appeler mon père. J'étais assez loin. Je ne pouvais pas aller bien plus loin d'ailleurs sans me mettre à nager... Je me rendis ensuite à la bibliothèque. À Banff, j'avais troqué mes derniers livres pour *L'Everest m'a conquis* du Québécois Yves Laforest, et le classique *Vol de nuit*. Vu que je ne lisais pas encore en anglais, mes choix d'échange étaient toujours limités, mais jamais décevants. À chaque fois, j'en retirais au moins une petite leçon et je remerciai mentalement Joe de m'avoir initié à cette pratique. J'optai cette fois pour un seul livre, qui me semblait prometteur : *Illusions* de Richard Bach, un autre écrivain-pilote.

Les nuages ayant fait place à un soleil éblouissant, je passai ensuite la journée au parc Stanley, tel que me l'avait recommandé la réceptionniste de l'auberge. Je ne fus pas déçu de sa suggestion. À la limite, j'aurais pu condenser ma visite en deux heures, mais pris plutôt le pari de marcher lentement, les mains dans les poches, et de découvrir tous les mystères du parc. Entre le plus grand cèdre rouge au monde, le mystérieux arbre creux, les divers monuments, je ne manquais pas de choses à voir. La nature était hors norme ! Les yuccas en fleur me dépassaient en hauteur, les arbres étaient gigantesques, l'odeur de la forêt comparable à aucune autre, les fougères sortaient tout droit du film *Parc jurassique...* Je m'arrêtai un moment pour lire, sur une plage de sable gris beige. Je m'installai sur un imposant billot de bois blond allongé sur la grève, espérant presque y faire la rencontre d'une belle muse semblable à cette statue aperçue lors de ma randonnée. Cette femme de pierre assise sur un rocher à fleur d'eau dont la photo ornait les cartes postales avait dû en faire rêver plus d'un... À mon grand regret, aucune jeune marcheuse solitaire ne se pointa dans ma ligne de mire. Du regard, je suivis tantôt des voiliers, des bateaux de passagers ou de marchandises. Les bras de mer se faisaient autoroutes. Caroline se serait sentie chez elle, dans ce ciel où se dansait un continuel ballet d'hydravions. Je croisai, sur le chemin du retour, une policière à cheval. Ces agents avaient leurs quartiers dans le parc... en fait de lieu de travail, on avait vu plus déprimant !

Commençant à avoir les jambes en compote, je pris un autobus jusqu'au restaurant recommandé par mon *Golden Guide*, le soir précédent, à notre sortie de l'ascenseur. « *You should try it at least once* », m'avait-il dit en parlant de l'établissement devant lequel nous étions passés. Un peu cher, m'avait-il averti, mais ça en valait la peine. Il me restait encore près de deux mille dollars en banque. Depuis le début, j'en avais dépensé environ le tiers, mais j'en avais aussi empoché en travaillant. Ça ne descendait pas trop vite. Cependant, puisque je ne savais ni où j'allais ni pour combien de temps, il me fallait faire attention. Une fois n'était pas coutume : j'entrai au Sandbar. Un long bateau en bois sculpté, baptisé Kivi, surplombait le bar tel un blanc fantôme strié de rouge et de noir. Ma brève inspection visuelle des lieux terminée, je m'installai sous sa protection. L'endroit était bondé.

À ma gauche, un homme était en grande conversation avec une magnifique Asiatique qui paraissait avoir la moitié de son âge. À ma droite, une femme menue aux cheveux courts coupés à la garçonne était plongée dans la lecture d'un bouquin dont je ne parvins pas à lire le titre en dépit de mes efforts discrets, mais soutenus en ce sens. Devant elle, une superbe assiette de sushis patientait. Même si j'étais déjà entré dans un bar à sushis avec Chen, je n'avais jamais osé goûter à ces mets, prétextant invariablement quelque excuse. En fait, j'avais toujours eu peur de me faire empoisonner par un poisson pas très frais ou par un couteau mal nettoyé. Chen avait pourtant bien essayé de me convaincre

185

qu'en plus d'être beaux, les sushis étaient bons ! «De l'art mangeable», avions-nous déclamé un jour, alors que Jade était avec nous, ce qui rehaussait toujours le niveau de conversation. Je consultai le menu. Le serveur vint déposer une autre assiette devant la femme. *«Maki sushi : california roll and tekka maki»*, dit-il d'une voix posée. Ses mouvements précis, sans superflu, sans exagération, tout à l'opposé des Latins, me rappelèrent encore Chen. La femme releva imperceptiblement la tête, sans réussir à se libérer de sa prison de papier.

Le serveur me regarda. Indécis sur ce que j'allais prendre entre le traditionnel poulet ou le bœuf revigorant, j'eus subitement le goût de sushis. *«For you ?»* Même si le serveur n'affichait aucun signe d'impatience, je me sentis pressé de répondre et le menu me parut tout à coup indéchiffrable. J'essayai de me rappeler ce que Chen commandait toujours. Impossible ! Je me trouvai parachuté dans un univers étranger via un trou de mémoire. Mon passé s'effaçait au fur et à mesure que je tentais de le ramener à mon esprit. Je désignai l'assiette de ma voisine.

— *The same thing, please.*

Le serveur opina du menton, ce qui m'apporta un soulagement instantané.

La femme cessa de lire et se tourna vers moi. Son visage affichait une agréable expression de curiosité mêlée d'empathie.

— Premier essai de sushis ? dit-elle d'un air complice avec un gracieux accent anglais.

— Euh, non... Oui, admis-je bêtement. Comment avez-vous su ?

— Facile, j'ai dit exactement la même chose la première fois…

Le serveur revint lui porter une minuscule bière. «*Arigâto gozaimashita*», le remercia-t-elle.

— Vous parlez plusieurs langues, constatai-je, impressionné.

— Le français est ma deuxième langue, après l'anglais, mais je parle aussi l'allemand, l'espagnol et un peu le japonais. Mon japonais n'est pas très bon.

— En tous les cas, le serveur vous a compris.

— Je le connais un peu… depuis le temps que je viens ici!

Même si cette femme était beaucoup plus âgée que moi, la discussion s'engagea entre nous le plus naturellement du monde. Lorsqu'elle me dit qu'elle travaillait pour une compagnie aérienne, sans préciser son poste, je lui appris assez fièrement que ma tante était pilote d'avion, au Québec. Cela ne la surprit pas outre mesure. Felicity me raconta ses voyages, je lui relatai le mien. Elle me rappelait Caro. Et Jade. Peut-être parce qu'elle savait si bien écouter. Au bout de deux heures, la grande voyageuse déclara:

— Je dois rentrer, j'ai un vol demain matin.

C'est vrai qu'il était tard, je quittai le restaurant peu après. «Quelle agréable soirée!», songeai-je en retournant à pied vers l'auberge, me remémorant les détails de notre conversation. Felicity m'avait expliqué que l'endroit tenait son nom d'un ancien lieu de pêche des tribus autochtones sur l'île de Granville. Cette «langue de sable» — et non *bar* de sable, ainsi que je me l'étais traduit — était autrefois reconnue pour l'abondance de son poisson et la sérénité de son paysage. Aujourd'hui, il ne restait qu'un restaurant à l'emblème de saumon, ayant une vue imprenable sur l'eau, pour en témoigner... Perdu dans mes pensées, fatigué par ma journée, je me trompai de chemin au retour. Sachant que l'auberge ne se trouvait pas très loin, je poursuivis toutefois ma route, assez certain d'arriver à destination malgré tout.

Au détour d'une ruelle, un groupe de cinq jeunes faisait le pied de grue en avant d'une porte mal éclairée. Mes mains se glacèrent. Je les fourrai dans les poches de mon parka et baissai les yeux. Marcher vite. Il était intimidant d'aller seul dans une ville et encore plus dans une ville étrangère. J'avais toujours été habitué à ma gang. Même si l'on se gardait loin des bagarres et autres problèmes, le groupe offrait un réconfort en toutes circonstances. Mais, ce soir, ma gang n'était pas là. Elle était même très loin. Trop loin. Mon pouls s'accéléra. Devais-je changer de côté de rue ? Je ne le savais plus. Ma peur aurait alors paru trop évidente. L'auberge était à proximité, à trois ou quatre pâtés de maisons vers la gauche, estimai-je. Lorsque je doublai le groupe, il referma sur moi ses tentacules. Mauvais signe. Les six acolytes commencèrent par m'injurier. Je continuai d'avancer. Ils me demandèrent où j'allais, je réfléchis très vite. Que désiraient-ils ? Mon parka ? Ce n'était pas une marque griffée. Je passai mentalement en revue le contenu de mon portefeuille. C'est ce qu'ils voulaient, je le sentais, je l'espérais. Carte bancaire, permis de conduire, quelques billets, carte d'assurance maladie, carte étudiante, carte de membre du club vidéo, dernier relevé de transaction bancaire, deux photos : une de Jade, une de mon père... Le groupe s'écarta pour laisser passer son chef. Il tenait son bras le long de sa cuisse, un couteau à lame rétractable fiché dans la main. Son assurance ne témoignait rien de bon. Il ne tremblait pas, lui, alors que moi je tentais désespérément de ne pas me mettre à vibrer comme une corde de guitare que l'on accroche lourdement sans faire exprès.

— *Wallet*, ordonna-t-il, *and get the fuck out of our neighbourhood.*

Je ne bronchai pas. La dernière chose que je voulais, c'était qu'ils sachent que j'étais francophone. Si mon vocabulaire en anglais s'était grandement amélioré à Banff, mon accent, lui, laissait toujours à désirer. L'important, c'était surtout de sauver ma peau. Et mon NIP de carte bancaire.

Je sortis mon portefeuille de ma poche puis le propulsai aussitôt dans les airs d'un mouvement brusque. Je profitai de la confusion pour prendre mes jambes à mon cou… avant qu'ils ne se décident à me faire passer un mauvais quart d'heure, l'inoubliable *«Don't go away, froooggie»* manitobain résonnant toujours à mes oreilles.

Je courus comme un débile, tous sens en éveil, jusqu'à ce que j'atteigne l'auberge. Mais le gang ne sortit pas de son quadrilatère. Aucun d'eux n'essaya même de me pourchasser, retenus sûrement par leur chef, ce qui me donna l'impression de m'en être tout de même bien tiré. Que se serait-il passé si j'avais eu mon encombrant sac sur mon dos ? Je m'engouffrai dans l'auberge, le cœur battant, et expliquai la situation au gérant. Un attroupement se forma vite autour de nous en dépit de l'heure tardive, tout le monde y allant de sa mésaventure personnelle. Le gérant, compatissant quoique peu surpris, me fit appeler la police sur-le-champ. Celle-ci m'indiqua que je devais me présenter au poste pour

faire une déclaration. Retourner dans la rue ? Je remis
la déposition au lendemain. Les autres jeunes m'invitèrent à les suivre dans la salle commune pour relaxer.
Une guitare y traînait. Ma colère passerait par des fils
de métal.

— *Want some ?* me proposa un grand maigre.

Je continuai de jouer, tout en faisant non de la tête.
Ça sentait la mari à plein nez depuis une heure.

— *I thought all Quebecers smoked pot,* poursuivit-il.

Ce n'était pas le premier depuis mon départ qui me
disait qu'il pensait que tous les Québécois fumaient du
pot... À Banff, un chanteur de bar en avait même fait le
thème d'un refrain. Je haussai les épaules. Je n'avais pas
le goût de parler à un imbécile, ce soir. Pas le goût de
pratiquer mon anglais. Pas le goût de rien. Est-ce que je
devais appeler mon père ? La question me trottait dans
la tête. En lui téléphonant, j'avouais que j'avais besoin de
lui. En ne l'appelant pas, je m'embourbais, sans papiers,
dans un beau pétrin. Il était près de minuit, à Laval.

Je replaçai la guitare acoustique sur son trépied de
fortune et me faufilai dans le corridor. Le téléphone
était au bout, dans une petite pièce, à l'abri d'oreilles
indiscrètes. Je m'assis, touchai le combiné.

Qu'est-ce que je voulais lui demander ? Pourquoi
maintenant ? Qu'allait-il me dire ? Qu'est-ce que je
devrais lui répondre ? J'avais perdu toutes mes cartes, même ma carte bancaire. Les fois précédentes où
j'avais pensé lui passer un coup de fil, à la dernière
minute, j'avais raccroché. Et puis, j'avais tant vieilli.
J'avais dix-huit ans quand nous nous étions vus la dernière fois. Maintenant, je n'avais pas seulement presque
deux mois de plus, j'avais du vécu. Des semaines de

vécu, vrai, solide, intense. Il me semblait que j'avais plus appris, grandi, senti, marché et respiré en un mois qu'en dix-huit ans… Peu à peu, je me débarrassais de ces dix-huit ans. Je devenais moi-même, seul. L'appeler ou pas ? Pourquoi pas… Avec un peu de chance, songeai-je lâchement, il ne serait pas à l'autre bout. Je composai le numéro. « Oui. En français. Nicola. Non. » Le répondeur se fit entendre puis un message informatisé rappliqua : « Désolé, la communication n'a pu être établie », mettant un terme à la conversation potentielle. Mon père n'était donc pas à l'appartement. Je partis me coucher. Où pouvait-il être ? Le mercredi, c'était sa soirée *chips-tv*. Dépourvu d'identité, je dormis étonnamment bien.

Le lendemain, je rangeai mon sac à dos. Il me restait une paire d'espadrilles, deux jeans, trois t-shirts, un chandail en polar, une chemise en coton, un pantalon de sport, six paires de bas, cinq caleçons, une paire de sous-vêtements longs. Ma trousse de toilette, mes lunettes, mes carnets, mon canif, mes ustensiles de cuisine. Mais pas de cartes. Pas d'identité.

La nuit ayant porté conseil, je ne voulus plus appeler mon père et me rendis, en matinée, au poste de police pour y faire, finalement, ma déposition. J'avais inscrit le numéro de toutes mes cartes dans mon carnet, à Saint-Claude, un soir que je n'arrivais pas à m'endormir. Ces notes me facilitèrent les choses. Un vieux policier avenant dont le fils avait marié une Québécoise m'aida même à faire les démarches de remplacement de mon permis de conduire, qui me serait livré par messagerie expresse. Puis, tel qu'il me le conseilla encore, je fis un saut à une succursale de ma banque pour me procurer une nouvelle carte bancaire.

Je passai le reste de l'après-midi à regarder l'océan, les pieds ancrés dans le sable. Derrière moi, défilaient coureurs, marcheurs, cyclistes et patineurs à roulettes respirant la forme et la santé. De temps en temps, le Pacifique venait me lécher les orteils. Sur la carte touristique que j'étudiai distraitement, le nom de Coquitlam, une ville à proximité, me rappela Terry Fox. C'est là qu'il avait été à l'école. Le film sur cet athlète que nous avait montré notre prof d'éducation physique en secondaire deux m'avait beaucoup marqué. Terry personnifiait alors tout ce que je n'étais pas. Devant cet océan qui l'avait vu grandir, il m'apparut que mon cancer était aussi implacable que le sien. Je réfléchis longtemps. Étais-je arrivé ? Avais-je vaincu ce cancer qui m'avait empoisonné l'esprit pendant dix-huit ans ? Le mensonge.

Une prostituée m'aborda alors que j'errais le long de la plage, à la recherche d'un improbable trésor. Son offre n'aurait pu être plus claire, ma surprise plus grande. Je déclinai poliment ses avances. Même en pleine puberté, je ne m'étais jamais imaginé sollicitant les services d'une prostituée. Même dans mes fantasmes les plus fous. Pourtant, des fantasmes, j'en avais eu ! Mais j'avais toujours eu peur des maladies vénériennes. Je prenais maintenant conscience que l'on m'avait appris à avoir peur de tout. La femme s'éloigna. Existait-il des mères à louer ? Une heure de conversation mère-fils, ça valait combien ?

*

J'entrai dans le resto, pris place au même tabouret que le soir précédent. Le serveur, que je ne reconnus pas, vint me voir tout de suite et me demanda mes cartes. Ça tombait mal ! Embarrassé, je lui répondis sans sourciller que j'avais bien dix-huit. Il me pointa aussitôt un écriteau suspendu au plafond, juste sous le Kivi : «*Minors must be accompanied by an adult while in the lounge*», tout en précisant qu'il fallait avoir dix-neuf ans pour être là. Quoi ? N'avais-je donc pas atteint ma majorité… partout ? Voilà qui était sidérant ! Je fis signe au serveur que je saisissais, m'installai à une table et commandai un thé glacé. Soulagé, il sourit et s'empressa de me servir. Je n'avais pas vraiment faim, mais en empruntant le pont pour retourner à l'auberge, je m'étais mis en tête d'aller voir si Felicity était dans le coin. Sans compter que la vue, du Sandbar, donnant sur un bras de mer achalandé et coloré, était si belle. Je commençai à siroter mon breuvage en observant à la dérobée les clients de l'endroit. Il y avait un couple de femmes à l'allure professionnelle, toutes de noir habillées, au rouge à lèvres non pas rose, ni brun, ni pêche, mais d'un écarlate provocant. Elles riaient. Un homme au bar, très chic lui aussi dans sa veste noire, semblait prendre son repas sur le pouce, son imposante mallette noire fichée entre ses souliers vernis. Une mère, à ma droite, sermonnait son adolescente. L'anorexique n'avait pas touché à un grain de riz de son assiette. Mon thé glacé arrivait à sa fin et je ne pouvais commencer à en aspirer plus avec ma paille sans attirer l'attention des autres clients. Il y a quelques mois à peine, j'aurais encore trouvé ça rigolo.

« *Hi, Bob* », dit une voix familière derrière moi à l'homme à la mallette. Mon cœur ne fit qu'un bond. « *Had a good trip ? Have you seen the schedule ? They put it up today.* » Je compris l'essentiel : As-tu eu un bon voyage ? As-tu vu l'horaire ? Ils l'ont mis en haut − en haut ? − aujourd'hui. C'était fou ce que j'avais progressé en anglais. D'ailleurs, j'avais de moins en moins besoin de traduire les mots dans ma tête pour saisir leur sens. Je me retournai. C'était elle. Elle portait des jeans et une veste de cuir brun. Bob dit : « *I'm leaving, I have an early trip tomorrow* ». Je risquai un regard dans sa direction. Elle me sourit, salua cordialement son ami et vint s'asseoir à côté de moi.

− Salut Nicola !

J'étais tellement heureux de la retrouver ! J'aimais, passager momentané d'une ville, les repères. Je les trouvais réconfortants. Je racontai aussitôt à Felicity ma mésaventure, comme si je n'avais attendu que ça toute la journée, comme si cela pouvait l'intéresser. Ma visite au poste de police, mon interminable attente à la banque, mes pieds dans l'océan, la prostituée… tout y passa ! Tout en grignotant son repas, Felicity m'écouta avec attention. Je ne me rappelai même pas l'avoir vu commander quoi que ce soit tant j'étais absorbé par ma propre personne. J'étais déprimé au-delà de ce que j'avais voulu laisser paraître et savoir que quelqu'un me prêtait une oreille attentive, peu importe qui, m'était suffisant.

− Écoute Nicola, déclara sérieusement Felicity au bout d'une heure. Tu peux venir passer quelques jours chez moi en attendant de savoir ce que tu vas faire. J'ai un *folding bed*. Ce n'est pas le grand confort, mais… il a déjà dépanné de nombreuses personnes.

J'avais pris, ce soir, la mauvaise habitude de Pénélope de discourir sans considération pour mon interlocuteur.

— Excuse-moi, je n'arrête pas de parler… Je pense que je commence à broyer du noir, avouai-je, dépité.

Je ne savais plus où j'en étais. Peut-être était-il temps de rentrer ?

— Nicola, ça arrive quand on voyage. On se sent parfois très seul.

Avoir fait sa connaissance me faisait du bien. Ou plutôt, qu'elle me connaisse brisait mon isolement.

Son petit appartement débordait de souvenirs de voyage. À défaut d'une meilleure place, je déposai mon sac contre la porte d'entrée. Nous jasâmes deux minutes encore puis Felicity m'annonça qu'elle allait se coucher. Elle devait travailler très tôt le lendemain matin. Pendant que je m'éclipsai à la toilette, elle déplia le divan-lit et entreprit d'y installer les draps.

— Laisse, Felicity ! Je vais terminer ça, m'exclamai-je. Déjà que c'est gentil de m'avoir offert le gîte…

Du coup, la situation me parut insensée. J'étais à Vancouver. J'allais dormir chez une femme rencontrée dans un restaurant deux jours de suite. J'avais perdu mon portefeuille. Je ne savais plus pourquoi je voyageais. Pourtant, je ne voulais toujours pas retourner chez moi. Avais-je perdu la tête ? Cette nuit-là, je pleurai.

Le lendemain matin, une note m'attendait sur le comptoir :

Nicola, prends ce que tu veux dans le frigo. Il manque du lait. Idée de visite : Vancouver Art Gallery (pour une suite du McMichael). Je garde une clef de secours dans la statue africaine placée sur ma porte. Tape sur la statue et la clef va aller dans la bouche. Felicity.

Je profitai de son absence pour visiter son appartement-galerie, en évitant toutefois, par pudeur et politesse, sa chambre. Une toile aborigène australienne représentant un crocodile me plut beaucoup avec sa myriade de points et ses omniprésents motifs de cercles. Des sculptures africaines en bois. Des masques. Une collection de toutes petites boîtes attira aussi mon attention : en céramique, tissées, nattées, en papier, peintes, en bois, vernies, gravées, sculptées, en fer repoussé… autant de coffres aux trésors provenant vraisemblablement d'un peu partout sur la planète. Je ne les ouvris pas. Je me sentais, ici, si bien.

Il se faisait tard. Je me préparai un petit déjeuner à la hâte, lavai et rangeai tout par la suite. Ce qui m'exaspérait le plus, dans les auberges de jeunesse, c'était bien que tous ne s'y sentent pas tenus de faire leur vaisselle. Pourtant, chez mon père, la laisser traîner dans l'évier ne m'avait jamais dérangé.

Je visitai le musée conseillé par Felicity. Même s'il se vantait de posséder la plus grande collection d'œuvres d'Emily Carr, je ne découvris que cinq toiles de cette artiste. Déception ! Liée au *Group of Seven* — même si, à l'instar de Thomson, elle n'en faisait pas officiellement partie —, Carr était native de la Colombie-Britannique et avait peint, à rebours du courant dominant, les nations autochtones. J'étudiai ses toiles, tentai de comprendre pourquoi certaines d'entre elles me touchaient. Dans *Tree on a rocky profile*, un conifère se dressait comme par défi sur une pente fortement escarpée dans un ciel désespérément gris. J'aurais pu être cet arbre hésitant entre s'élever vers le ciel ou sombrer dans l'abîme. Cette figure de proue d'un bleu dense dans une forêt intensément verte et proprement envahissante : *Old Time Coast Village*. Elle osait s'affirmer ! Puis, la toile *Big Raven* évoquait à mon esprit une protectrice Vierge Marie, me rappelait les personnages de la crèche chez mon grand-père. Je remarquai que le tronc de cet arbre était aussi solide que sa ramure, imposante ; je notai la lumière s'échappant de sombres nuages, la joie dansante des ondulants vallons. L'âme des œuvres de Carr me paraissait moins torturée que celle de Thompson. Une grande force intérieure les animait. Assis sur les marches, devant le musée, je repensai à mon expérience au McMichael et me sentis entouré, comme cette fois-là, à Kleinburg. Les artistes étaient encore présents, me surveillant, commentant mon aventure, même dans ce décor de béton. Pourquoi Felicity m'avait-elle envoyé précisément ici ? La visite me redonna confiance. Carr aussi avait osé tout plaquer dans un monde plein de règles et de convenances, faisant fi de tous, et avait trouvé sa place. Ses toiles étaient aujourd'hui appréciées, personne ne la remettait plus en question. Dans mon carnet, je consignai ses paroles : *« extract the essence of your subject and paint yourself into it ; forget the little pretty things that don't count ; try for the bigger side »*, en soulignai les derniers mots.

Ma place était-elle en art ? Était-ce ça, mon destin ? Je n'avais jamais pourtant trop aimé les cours d'art, quels qu'ils soient, à l'école… Mais alors pourquoi ce groupe de peintres m'accompagnait-il depuis le début ? Mon questionnement avait-il commencé pendant cette fameuse recherche sur le calendrier ? Difficile à dire…

En revenant vers l'appartement, mon chez moi temporaire, j'entrepris de faire la somme de tout ce que je savais sur Felicity : célibataire, voyageuse infatigable, polyglotte, employée d'une compagnie aérienne, hôte sans égal à l'hospitalité sans bornes − en témoignait le livre de visiteurs aux pages chargées qui trônait sur la petite table de salon et dont je n'avais pu, faute d'en connaître la langue, lire la moitié des inscriptions. Elle ne masquait pas son âge en colorant ses cheveux comme ma grand-mère et la plupart des femmes. Elle aimait la lecture, les découvertes, la randonnée en montagne, le ski, le rafting et l'art.

J'étais passé au marché acheter une baguette, du saumon fumé, du fromage en crème, un pot de câpres et un citron, sans oublier le lait. Je déposai mes achats sur le paillasson en espérant que la clef ne s'était pas volatilisée et tapotai le masque gentiment, sans succès. Je cognai un peu plus fort : rien. Je sonnai, au cas où… Un peu anxieux à l'idée de me retrouver là pendant des heures, à attendre le retour de Felicity en compagnie de mon sac d'épicerie, je donnai deux coups francs sur le masque et priai pour que le bois soit aussi solide qu'il en avait l'air. La clef tinta dans la bouche ouverte. Un miracle africain !

Je préparai le souper et patientai, en profitant pour noter mes impressions de la journée dans mon carnet. Vers sept heures, Felicity rentra. Je l'accueillis chez elle, heureux de la revoir. Cela me fit penser à mon père revenant de son travail. Sous son manteau noir, Felicity portait une veste bleu marine rehaussée de quatre galons dorés aux manches et d'une paire d'ailes sur le cœur.

— Tu es pilote, Felicity ? bafouillai-je.

Elle enleva ses souliers, puis sa montre.

— Comme ta tante.

— Excuse-moi, je croyais que tu étais... agent de bord, admis-je la mine basse.

— Ne t'en fais pas.

— Non, mais comme je suis bête ! J'aurais dû deviner.

Elle réfléchit avant de me répondre :

— Ça prend un effort conscient pour se débarrasser d'un préjugé.

Felicity me sourit, tendrement. Je décelai un nuage de tristesse dans son regard, comme si, ayant mené trop de combats, elle n'y prenait plus goût.

Je lui servis, pour me faire pardonner, mon spécial « canapés de pain baguette tartinés au fromage à la crème, coiffés de saumon fumé relevé aux câpres et arrosé d'un filet de jus de citron frais ».

— C'est délicieux ! Tu pourrais aller travailler au Sandbar, déclara Felicity. Il ne manque que l'émincé d'oignons rouges...

— Impossible, je suis allergique aux oignons, lui dis-je à la blague.

Felicity fronça les sourcils, sceptique :

— Allergique ?

— Psychologiquement, plaisantai-je encore.

Elle se leva pour se servir un verre de vin blanc, m'en offrit un mais je déclinai son offre et elle n'insista pas. Je la fis rire en lui avouant que j'avais appris au

Sandbar que je n'avais pas atteint ma majorité partout au Canada. Elle me fit plus rire encore en me disant que, statistiquement, j'étais plus mineur que majeur dans l'ensemble des provinces et territoires canadiens. On discuta de sa carrière dans l'aviation, de son cheminement dans les lignes aériennes, de ses voyages. Elle avait un tel talent pour raconter ses aventures. Chacune de ses histoires me donnait le goût d'aller un peu plus loin, de voir un peu plus haut, de voir d'un peu plus haut.

— Tu sais, la seule chose qui manque à ma vie Nicola, admit-elle au bout d'un moment, c'est que je n'ai pas eu d'enfant. Je crois que c'est pour ça que j'aime accueillir les gens chez moi. C'est comme ma famille, une grande famille.

Je lui demandai ce qu'il en était justement, de sa famille à elle.

— Mon père est mort il y a dix ans et ma mère est dans une maison de retraite. Je me suis occupée de maman longtemps, mais son Alzheimer a eu raison de moi. Maintenant, elle ne me reconnaît même plus. Je vais la voir toutes les deux semaines. Mon frère, c'est un imbécile. Il habite en Alberta. On ne se parle plus.

Je n'osai lui en demander la raison.

— Tu ne m'as jamais dit pourquoi tu étais parti de chez toi, lança-t-elle en croquant à belles dents dans un canapé croulant sous sa couverture de saumon.

Il se faisait tard, elle volait le lendemain matin et, l'ayant vu bâiller à plusieurs reprises, je savais qu'elle était fatiguée. Un fil de plomb m'alourdissait aussi la paupière. Et puis, je ne voulais pas parler de moi ce soir.

— Si je te racontais ça demain ?

Elle me regarda, une moue songeuse au coin de la bouche, observa jusque dans mon âme.

— Demain alors. Sans faute, lâcha-t-elle.

Pour me punir amicalement de mon mutisme, elle décréta que l'anglais avait force de loi jusqu'à l'extinction des feux... Je fis donc pour la première fois de ma vie la vaisselle en anglais, m'exerçant à prononcer le nom de tous les ustensiles et articles de cuisine qui me tombaient sous la main tandis que mon hôtesse répétait en japonais toutes mes paroles, pour s'amuser...

Felicity m'avait laissé une nouvelle note, sans cette fois me conseiller de musée. J'étais désolé d'avoir le sommeil si pesant. Je l'avais bien entendue se lever, mais je n'avais jamais pu m'extirper de ma torpeur semi-comateuse. En prenant mon déjeuner ce matin-là, je me demandai pourquoi elle n'était pas mariée. Elle était intelligente, cultivée, indépendante, jolie — enfin, pas de mon âge, mais jolie.

Ce soir-là, après avoir passé la journée à me balader dans la ville, tel un touriste, je lui posai librement la question, en me reservant une pointe de pizza. Felicity essuya la sauce qui lui maculait le menton avant de me répondre.

— Beaucoup d'hommes ont peur des femmes trop déterminées, trop confiantes. Tous les hommes que j'ai rencontrés ont voulu que je cesse de piloter pour eux, que je quitte tout pour qu'eux continuent à avoir une carrière. Je n'ai pas voulu. Alors, eux se sont trouvé des femmes plus... malléables... et ont fondé des familles.

Moi, je me suis retrouvée seule, ajouta Felicity en prenant une gorgée d'eau.

Songeur, je ne commentai pas.

— Tu sais, je ne devrais pas te dire ça parce que tu es jeune, mais j'ai eu beaucoup d'amants et d'excellents amis, Nicola. Ce n'était jamais difficile à trouver. Mais dénicher la personne avec qui passer sa vie, qui va te laisser être qui tu veux être, qui va toujours te laisser le choix — de voler ou pas dans mon cas — c'est plus compliqué.

Était-ce pour cela que ma tante était aussi célibataire ? Sentant que l'heure était aux confidences, je me risquai à mon tour.

— Hier soir, tu m'as demandé pourquoi je suis parti de chez moi…

Je lui racontai mon départ, le soir de mes dix-huit ans.

— Ça prend beaucoup de courage, Nicola, ou une bonne raison.

— Bien voilà, tu veux savoir ce qui est arrivé ?

Felicity ne m'interrompit pas.

— J'ai appris, quelques semaines avant ma fête, que ma mère avait essayé de me tuer quand j'étais bébé. Elle a voulu m'étouffer. J'ai été sauvé in extremis par la concierge qui est entrée dans l'appartement. Cette histoire, c'est moi qui l'ai découverte. On m'avait toujours dit que ma mère était morte, que notre appartement avait brûlé lorsque j'étais bébé et que c'était pour cela que je n'avais pas de photos, pas de souvenirs. On m'a toujours caché la vérité. Je ne suis pas parti de chez moi parce que personne ne m'aimait, au contraire… Ils m'aimaient trop.

Felicity hocha la tête doucement. Je poursuivis :

— Ils m'hyperprotégeaient. Jamais je n'ai marché seul le soir ou pour revenir de l'école, il y avait toujours un membre de ma famille pour me reconduire ; jamais je n'ai été à un match de soccer sans que mon père ne soit là pour me surveiller, jamais je n'ai été tabassé par personne… avant Portage-la-Prairie ! Il y avait toujours quelqu'un pour moi, pour m'écouter, pour me comprendre, pour me défendre. Il n'y a que lorsque j'étais avec mes amis que j'avais un peu de vraie liberté.

Je glissai une nouvelle pointe de pizza dans mon assiette tout en continuant de parler.

— La première fois que j'ai pris une brosse, à dix-sept ans, mon père était là pour me retaper le lendemain matin. Je n'ai jamais fumé, ni pris de la drogue. Je n'ai jamais fait de grosses bêtises, sauf une fois où j'ai volé dans un magasin. J'ai toujours été parfait, pour eux. Alors quand j'ai réalisé qu'ils m'avaient menti, tous ceux que j'aimais… J'ai pris la pire débarque de ma vie.

— Ils devaient tous avoir peur, murmura Felicity.

— Peur ?

— De te perdre, Nicola, de te perdre. Ils étaient passés si près de te perdre.

— Mais ça m'a tellement nui. J'ai toujours eu peur de tout : des étrangers, de la drogue, des relations sexuelles, de me faire mal… Peur que mon père meure dans un accident d'auto et que je me retrouve orphelin, peur qu'ils tombent malades. Ils m'avaient tellement fait dépendre d'eux. Je ne pouvais même pas concevoir ma vie sans eux.

J'aurais aimé que Felicity intervienne, mais elle me laissait vider tout mon sac et je ne me sentais pas la force de m'arrêter.

— Tiens, lançai-je en guise d'exemple, en troisième année, pendant un bout de temps, je ne voulais plus aller à l'école parce que je craignais que personne ne soit là à mon retour. «Angoisse de séparation», a diagnostiqué le médecin. C'est revenu quand j'avais douze ans. Tu t'imagines ça, Felicity, un gars de douze ans! Je croyais que j'étais un homme, et là, du jour au lendemain, je me mettais à vomir dès que je franchissais la porte. C'était humiliant. J'ai fait croire à tout le monde que j'avais eu une méningite. Alité pendant un mois… Un mensonge! Même moi, je me suis mis à me mentir.

— Tu l'as déjà dit à des amis?

— À ma copine, Jade.

Felicity se leva pour aller remplir nos verres d'eau. La pizza était salée. J'avais soif aussi.

— Tu sais, Nicola, je crois que tu as fait la bonne chose en partant. Il vaut mieux affronter ses démons pendant que l'on est jeune… Après, c'est plus difficile et à la longue, on ne veut plus combattre.

— Parfois, j'ai le goût de mourir, Felicity. Il me semble que c'était ça qui aurait dû arriver. Ils auraient refait leur vie et moi je n'aurais pas eu à porter le poids de leur surprotection étouffante. Certains soirs, depuis que je suis parti, je me sens vraiment perdu. Je ne sais pas où je vais.

Elle se tut.

— Moi, Nicola, je suis bouddhiste. Je crois que la vie vaut la peine d'être vécue. Personne n'échappe à la douleur, dit le dalaï-lama.

Un rayon de soleil colorait une peinture Haïda. La grenouille et l'aigle semblaient tout à coup baigner dans une mer orangée.

— Peut-être. C'est juste que je me demande à quoi je sers.

Felicity réfléchit.

— Je pourrais te dire à quoi tu me sers, Nicola. Mais là n'est pas la question. Il n'y a que toi pour donner un sens à ta vie.

Coïncidence? J'avais lu précisément cela dans *Illusions* aujourd'hui. J'avais d'abord tiqué à l'affirmation selon laquelle nous attirions tout ce qui nous arrivait, gens et évènements. J'avais balayé cette idée du revers de l'esprit, mais avais retenu la phrase suivante : «Ce que tu choisis de faire avec eux n'appartient qu'à toi.»

— Beaucoup de grands voyageurs ont répété que ce qui comptait, ce n'était pas la destination, mais bien la route, Nicola.

Notre discussion m'avait donné à réfléchir. Suffisamment pour chasser les sombres pensées qui m'importunaient.

— Si tu avais à apporter deux livres sur une île déserte, Felicity, ce seraient lesquels ?

— *West with the Night* de Beryl Markham, peut-être et… *Happiness*, tiens, du dalaï-lama. Désolée, c'est en anglais…

Je souris.

— Felicity, merci… Pour tout.

Des larmes avaient perlé dans ses yeux couleur de mer.

— *I never had a son*, Nicola...

Elle ne termina pas cette phrase et poursuivit en français :

— N'oublie pas notre discussion.

Je la serrai contre moi, le cœur gonflé de reconnaissance et, à ma grande surprise, de profonde tendresse.

Il n'y a que moi pour donner un sens à ma vie, me répétai-je en me dirigeant vers la porte d'embarquement. Un sens, ma vie. Ma vie avait-elle un sens en ce moment précis ? Outre celui de découvrir quel en était le fameux sens ? Ma mère, mon père, mes grands-parents, mon oncle, ma tante... Je pouvais donc faire de ma vie ce que j'en voulais. C'était ma décision. De vivre, de mourir. De rire, de pleurer. De vivre.

Début moins trois

Le Regional Jet d'Air Canada était en montée, les volets encore sortis à environ dix degrés. La rentrée du train d'atterrissage avait été enclenchée. Bientôt, les roues seraient rétractées, à l'abri dans le fuselage, en attente de revoir le sol. De mon siège, l'inconfortable 12 F faisant dos à la toilette, je pouvais voir tout ce qui se passait à l'extérieur. Ce fut la rentrée des volets. L'aile, devenue lisse, étincela sous le soleil albertain. L'aileron se souleva imperceptiblement et l'appareil entama un léger virage pour nous placer sur notre trajectoire. Direction : Yellowknife. Nous avions dû, à partir de Vancouver, faire escale à Edmonton. Mais Edmonton n'avait suscité aucune excitation en moi, tout obnubilé que j'étais par le nom de ma prochaine destination. Yellowknife me rappelait mon cours de géographie avec la plantureuse madame Vaillancourt, sacrée plus belle enseignante de l'école par tous les gars du secondaire. Si l'on rechignait quand elle nous donnait des travaux, on ne pipait mot quand elle venait nous remettre, un à un, les résultats de nos évaluations. La géo, avec Chen et Gi, on la faisait sur son corps. Yellowknife se trouvait

sur son épaule gauche, au nord du Grand Lac des Esclaves, dans les Territoires du Nord-Ouest.

Felicity, qui recevait chaque année des laissez-passer
pour voyager à bord des appareils de sa compagnie,
m'en avait offert deux. L'un pour me rendre dans le
Nord, l'autre pour en revenir, un jour. J'avais d'abord
catégoriquement refusé, me sentant déjà redevable de
sa généreuse hospitalité, mais elle avait bien su me
convaincre de filer vers le Pôle. « Ton pays ne va pas
seulement d'est en ouest, Nicola, avait-elle allégué. Élargir son horizon, c'est bien… le repousser plus haut, c'est
mieux ! Si tu n'as pas vu le Nord, quand tu viens du
Sud, tu n'as pas vu l'essence même du territoire que tu
tentes de connaître. Va voir l'immensité de la toundra,
le soleil de minuit, le mélange des cultures autochtone,
anglaise et française. Tu y trouveras peut-être ce que tu
cherches… » J'avais cédé, plutôt facilement, bercé déjà
par les histoires qu'elle m'avait racontées au sujet de sa
vie là-bas. C'est à Yellowknife qu'elle avait décroché son
premier emploi de pilote professionnelle, sur hydravion.
Vu sa taille, cela m'avait sidéré. Ma tante, elle, avait
eu la chance d'hériter d'une forte stature. Cela jouait
peu dans la balance à ce que m'avait expliqué Felicity.
Même pour le plus difficile, comme charger les bidons
d'essence à bord, il y avait des techniques. « Les hommes, avec leurs gros bras, ne se cassaient pas la tête très
longtemps, avait-elle renchéri. Ils forçaient comme des
fous. Moi, j'avais trouvé des trucs, développé des outils.
Les gars se moquaient, au début, jusqu'à ce que l'un
d'eux adopte une de mes idées… Ensuite, ils m'avaient
respectée. Ce métier-là, c'est à la fois une technique et

un art, Nicola. » Je pouvais me représenter Felicity à mon âge, débrouillarde, rebelle et farouche.

Ce que j'avais le plus aimé de Felicity, c'est qu'elle n'avait pas vu en moi un être à modeler, un touriste de passage, un gigolo de service. Felicity était au-dessus de tout cela. Nos vies s'étaient rencontrées ainsi qu'elles étaient faites pour l'être. J'étais perdu, elle m'avait recueilli. Elle s'ennuyait, je lui avais donné un peu de compagnie. J'étais sans mère, elle était sans fils. Elle était un livre ouvert ; moi, une huître fermée. Elle serait éternellement jeune, j'étais vieux depuis ma tendre enfance.

Mon hôtesse m'avait recommandé à un ami. Si j'étais du coup promis au rang d'émissaire en pays étranger, portant ma lettre du Roi — de la Reine — en guise de protection, les temps avaient un peu changé. Felicity avait en fait annoncé mon arrivée à son copain par l'entremise d'un courriel. Il m'attendait, tel que prévu, à l'aéroport. D'une démarche claudicante, il s'avança vers moi, la main tendue.

— Salut, je suis Richard, l'ami de Felicity. Professeur de géographie et d'histoire. Un aventurier, un orignal.

— Pardon, vous voulez dire un original ?

L'homme s'esclaffa tandis que je récupérais mon sac à dos du chariot à bagages.

— Oui, c'est ça. Mais, un orignal… c'est presque vrai !

Je me demandais s'il y avait des orignaux à ces latitudes ? En tous les cas, un ours polaire, du haut de son morceau de glace à la dérive, bondissant sur un phoque au regard saisi de frayeur, me confirma que j'avais bel et bien atteint le Grand Nord.

— Impressionnant, sifflai-je.

209

La taxidermie ne m'avait jamais emballé, mais je m'inclinai devant ce chef-d'œuvre spectaculairement mis en scène.

— C'est pour les touristes japonais. Je préfère *le* vraie nature, dit Richard en s'arrêtant pour décoller une gomme à mâcher sous sa semelle.

Je remarquai que son soulier coiffait en fait une prothèse. Je n'osai toutefois l'interroger sur son infirmité. Sa vieille Land Rover rouge usée, à la carrosserie rouillée, montait la garde dans le stationnement.

— Tu vois, ce petit trou, je l'ai gratté, expliqua Richard en ouvrant le haillon arrière à l'intention de mon barda.

L'orifice près du pare-choc était effectivement bien rogné.

— Il ne faut pas laisser la rouille aller. Sinon ça prend le dessus. C'est comme *du* pourriture. Je l'enlève et je mets du *duct tape*. Ça marche.

Son véhicule était le plus ridicule qu'il m'ait été donné de voir. Il ressemblait à une coccinelle, non pas à cause de sa couleur ou de sa forme, mais de ses appliqués d'adhésif gris perlé. Un réparateur moins consciencieux aurait simplement déchiré l'adhésif, mais lui l'avait découpé en rondelles bien rondes et bien égales.

— *Pizza ! Added a few slices lately ?* lui lança un homme barbu qui traversait la rue en sandales.

Richard lui envoya la main avant de se retourner vers moi.

— Pizza, c'est mon surnom. C'est à cause des morceaux de *duct tape*. Ils disent que mon Rover ressemble à *un* pizza *à la* pepperoni.

210

Je me mis à rire. Il était bon de l'entendre. Richard semblait l'incarnation même du type heureux, géné-reux... et fortement frappé ! Prendre la vie avec un grain de sel : était-ce ce qu'avait tenté de me dire Felicity ?

— Alors, elle t'a refilé *une ticket* ? C'est pas cher, juste les *fees*, déclara mon conducteur alors que nous roulions dans le centre-ville de Yellowknife.

— Les *fees*... quels frais ? demandai-je confusément en détachant mes yeux de l'architecture hétéroclite qui m'hypnotisait.

— Avec les laissez-passer, il faut payer les *fees* d'admi-nistration d'ordinaire...

— Je ne sais pas... Elle ne m'a jamais dit ça, balbutiai-je, mal à l'aise.

Richard me dévisagea.

— Fais pas cette tête, quand Felicity aime bien quelqu'un, elle ne regarde pas à *le* dépense.

Il aurait fallu qu'elle soit là, présente. Elle m'aurait fait découvrir son Nord.

— Alors, comme ça, tu voyages ? me demanda Richard. Tu te cherches ? On se cherche tous quand on arrive ici...

Je hochai la tête pensivement.

— Moi, je pense qu'il y a un paysage pour tout le monde, compléta Richard. Un paysage où tu te sens tellement à *ton* place que tu sais que tu es à *ton* place. Tu comprends ? Un paysage pour chaque personne.

Je n'avais jamais entendu ça.

— Un paysage ?

— Oui, un jour, tu arrives quelque part et tu te dis : voilà, j'ai trouvé, j'appartiens à ce paysage. Je suis à *mon* place.

— C'est une belle image.

— Moi je suis arrivé ici il y a trente ans, dit Richard en s'arrêtant à un feu de circulation. Je suis tombé en amour. Pas avec une fille, avec le paysage. J'étais chez moi. Je ne suis jamais reparti.

— Et que faisiez-vous alors ?

— J'étais pilote.

Il ne fallait plus que je me surprenne de cette réponse.

— C'est là que vous avez rencontré Felicity ?

— Oui, nous avons été engagés en même temps dans *le* compagnie. J'arrivais de Timmins. Felicity, la fille de rêve… soupira Richard plein de sous-entendus. Elle racontait les meilleures histoires de pêche devant le feu, le soir. Et puis, imbattable aux *cards*.

Felicity… jouer aux cartes ?

— Il est vrai que c'est une conteuse extraordinaire. Pourquoi est-elle partie ?

— Allez, je te fais visiter *Saint-Joe*, dit Richard en stationnant sa Land Rover.

Je n'avais absolument pas envie de voir une école, mais Richard paraissait y tenir. «Six cent quarante élèves, l'une des plus grosses écoles dans le Nord .» C'était une école catholique, en faisait foi la murale de Saint-Joseph à l'entrée. Felicity avait-elle dit à Richard que je retournerais aux études ? «Presque soixante membres du personnel», ajouta-t-il avec fierté. Je m'inquiétai. Un retour en classe ? Non… Impossible ! On n'avait même jamais abordé le sujet, Felicity et moi. J'eus droit à la visite guidée en bonne et due forme.

Après m'avoir fait faire le tour du personnel et des classes en me baladant comme la Coupe Stanley, glissant à certains un «C'est Felicity qui nous l'envoie» entendu, Richard me balança en maternelle en me précisant que le moniteur de langue québécois était reparti il y a bientôt un mois et qu'un coup de main de ce côté serait bienvenu.

Moniteur de quoi ? Mes bagages étaient encore dans son camion étriqué, je n'avais pas dîné et je ne savais pas où j'allais rester ! Felicity m'avait-elle joué un mauvais tour ? Mille questions me traversaient l'esprit quand une bande de marmots interloqués suivit du regard la porte qui se refermait sur moi. Je vins pour m'esquiver lorsqu'une tête brune émergea de son ouvrage avec un léger retard sur le groupe.

— Je peux vous aider ? demanda la jeune fille.

Fille ou femme ?

— Je ne sais pas, bégayai-je, intimidé par la beauté de ses ravissants et sombres yeux bridés.

Les enfants avaient déjà adopté le bas de mon pantalon. L'une des petites, se tenant cachée derrière moi, avait pour sa part pris possession de ma main droite et ne voulait plus la lâcher.

— Qui êtes-vous ?

— Je ne sais pas, bafouillai-je encore en rougissant.

Quelques enfants gloussèrent. Richard aussi devait bien rigoler à l'heure qu'il était. La brune se leva, emportant ses morceaux de carton taillés.

— Je suis Madame Jeannie, «Jeannie de Yellowknife», l'enseignante de la classe de maternelle, fit-elle en me présentant une main barbouillée de peinture.

— Enchanté, je suis Nicola. Je suis en voyage... en visite... dans le coin.

213

— Vous pourriez faire ce petit travail pour moi ? me demanda l'enseignante en désignant l'amas de feuilles qui l'avait si bien occupée précédemment.

Je ne pus lui refuser.

La cloche sonna au bout d'une heure. Il était temps de rentrer à la maison, pour les enfants du moins. J'avais l'index, le majeur et le pouce de la main droite en compote. Deux ampoules boursouflées promettaient de me faire souffrir dans les prochains jours. Les minuscules ciseaux avaient eu raison de moi.

Lorsque les élèves eurent quitté, Jeannie s'approcha de moi, l'air radieux.

— Merci pour les découpages. Ça me fait toujours mal aux mains.

Richard fit irruption dans l'entrefaite.

— Bien. Je vois que vous avez fait *le* connaissance. Il est sympa, Jeannie. Je crois que les enfants vont l'aimer comme moniteur.

Je tentai d'insérer une phrase, mais n'en eus pas le temps :

— Puisque l'autre est parti, on t'offre la poste jusqu'en juin. J'en ai déjà parlé au directeur. Le moniteur habite chez moi habituellement, à nos frais. Mais c'est comme tu veux... ajouta Richard afin de me donner l'impression qu'il s'agissait bien d'un choix.

Je lançai un regard en direction de Jeannie, à la recherche d'une réponse à une question que je ne savais même pas formuler.

— C'est bien, chez Richard, admit Jeannie. Cela nous rendrait service : les enfants adorent les moniteurs. Et... ça te permettrait de visiter la région à peu de frais.

L'argument me sembla spécialement convaincant.

— D'accord, répondis-je, un peu étourdi. Mais je n'ai jamais été moniteur de langue et, d'ailleurs, je ne sais même pas ce que ça signifie.

Je haussai les épaules avec le même enthousiasme qu'on ressent devant une enveloppe contenant une facture.

— Ne t'inquiète pas, dirent en chœur les deux complices.

L'affaire conclue, Richard fut pressé de déguerpir :

— Je t'offre un *ride* jusqu'à la maison, Jeannie ?

— Non merci, j'ai mon vélo.

Nous allâmes saluer le directeur, puis Richard m'expliqua les rudiments de mon boulot du prochain mois et demi. En gros, il me faudrait m'amuser avec les enfants, à la seule et expresse condition que le tout se déroule en français. Ma situation, qui incluait en sus le gîte, le couvert et un petit salaire, me parut fort reluisante, si ce n'est que je n'avais jamais manifesté d'intérêt pour devenir gardien d'enfants à l'adolescence... quoique je n'avais jamais non plus eu besoin de gagner de l'argent.

Richard habitait une superbe maison en bois rond, en bordure de l'une des innombrables baies du Grand Lac des Esclaves. En demi-cercle, autour de lui, s'articulaient six rejetons. On m'attribua le chalet nommé « Sandy Lane », à la gauche du bâtiment principal. C'était aussi celui du moniteur précédent, ainsi que j'avais pu le constater en parcourant le carnet de visiteurs de « Sandy ». Sur le banc de bois placé devant chez moi, un comique avait gravé en lettres majuscules : *« Never eat yellow snow »*. Un rappel à tous que la vie se résumait peut-être à quelques conseils simples. Au milieu de ce regroupement de chalets, un cercle de roches délimitait l'emplacement du feu de camp. Une douzaine de chaises de parterre venait compléter la scène nordiquement paradisiaque à laquelle le lac, en toile de fond, prodiguait toute sa splendeur. La commune, version « soixante-deuxième parallèle » ! L'endroit parfait pour pratiquer ma guitare, puisque Richard m'avait déjà proposé d'emprunter l'une des siennes. Après les épuisantes journées en compagnie des enfants, c'était bien la seule chose qu'il me tentait de faire.

— Tu joues de mieux en mieux, me dit Jeannie en émergeant un soir de son coquet chalet, le seul égayé de rideaux aux fenêtres et de décorations sur la porte.

Enfin !

— Merci.

J'arrêtai de pratiquer. Depuis le temps que je voulais lui parler ! Je commençai à comprendre que Richard avait fait exprès pour me garrocher dans la classe de maternelle le premier jour de mon arrivée, afin de mieux m'attirer, comme une abeille à du miel, car j'avais passé le reste de la semaine à jouer à des jeux de société avec des classes de la troisième à la sixième année, sans même apercevoir l'ombre d'une Jeannie au fond d'un corridor. Tant à midi que sur l'heure des pauses, l'enseignante de maternelle demeurait introuvable et je n'osai demander au personnel de l'école où elle se terrait tout ce temps. Je préférai le mystère à la divulgation de mon intérêt pour la belle brune.

— Je t'ai cherchée toute la semaine, avouai-je en déposant mon instrument.

— Je préparais mes classes.

— Toute la semaine ? rétorquai-je.

— Et tous les soirs.

— Pour la maternelle ? ajoutai-je, très sceptique.

— Tu sauras que c'est l'année la plus importante. C'est ma première année d'enseignement et je tiens à faire un travail exceptionnel. Ces enfants méritent un bon départ à l'école.

Quelque chose dans le ton de sa voix m'avertit qu'elle était convaincue de la gravité de son rôle, ce dont j'avais rarement été témoin chez quelqu'un. Richard m'avait brièvement dit que Jeannie était une fille surdouée de la région qui avait terminé ses études l'année précédente. Tout le monde aurait bien espéré que la petite « Jeannie de Yellowknife » devienne quelqu'un d'important, une chercheuse, une docteure, une avocate, mais elle avait choisi la carrière d'enseignante dès qu'elle avait été en âge de fréquenter l'école. Tous la connaissaient dans le petit groupe de francophones de la ville.

Jeannie me refila une bière, qu'elle alla chercher au bout d'une corde plongée dans le lac. Savait-elle que je n'avais même pas l'âge légal de boire, ici ? Je ne voulus pas le lui mentionner.

— Regarde, ce sont des cirrus, lui dis-je pour l'impressionner, en désignant une lointaine bande de nuages effilochés.

— Ça annonce le mauvais temps.

— Je ne sais pas, ajoutai-je un peu bêtement, je ne suis pas encore très accoutumé à la météo du coin. Je dois encore m'habituer à voir le soleil se coucher si tard.

Je trouvais pénible cette lumière qui n'en finissait plus d'illuminer nos journées.

— Tu n'as rien vu! Le vingt et un juin, c'est le plus long jour, celui sans nuit. Tu vas voir, c'est la fête du *Raven*!

Du corbeau? Elle se leva pour ajouter du bois et quelques branches de sapin dans le feu. La fumée tiendrait l'armada d'insectes carnivores à distance. Jeannie était belle dans son polar rose, avec son teint cuivré et ses cheveux lisses à l'aspect si soyeux qu'on avait le goût de s'en envelopper comme de draps fins.

— Tes parents, ils habitent où? dis-je dans l'espoir de percer un peu plus son mystère.

— Mes parents? A-t-on encore besoin de parents à notre âge? répliqua-t-elle.

— Je demandais, juste comme ça, expliquai-je un peu surpris par son ton brusque.

— Ça va, répondit-elle en se radoucissant. Je n'ai pas de parents. Non, en fait, c'est ridicule, j'ai des parents, Nicola... puisque je suis au monde.

Elle était adorable.

— Mais je ne les connais pas, conclut-elle. On m'a découvert sur le trottoir, à côté du Wild Cat Café, il y a vingt ans. J'avais environ trois mois. Jeannie, c'est le nom de la serveuse qui m'a trouvée et qui m'a élevée par la suite.

J'écarquillai les yeux. On m'avait dit que les histoires étaient comme les paysages, ici, plus grandes que nature, mais celle-là frôlait l'abracadabrant.

— Et elle habite ici?

— Jeannie est définitivement repartie au Québec lorsque j'ai quitté Yellowknife pour aller à l'université, à Edmonton. Mais, elle n'a jamais voulu que je l'appelle maman. J'étais la «Jeannie de Yellowknife» et elle, la «Jeannie du Québec». Quant à mes vrais parents, aucune idée !

— Tu aimerais les connaître ? la questionnai-je encore.

— Je ne crois pas.

Elle se leva pour mettre une mince bûchette dans le feu. À sa place, j'y aurais été pour la plus grosse pièce, pour en finir une fois pour toutes. Jeannie ne vint cependant pas se rasseoir à mes côtés et me souhaita «Bonne nuit». Ne voulant pas la brusquer, j'accompagnai sa lente remontée vers son chalet d'une triste mélopée à la guitare, à défaut de courir la rejoindre.

On était si loin des tourments de la ville qu'il m'arrivait parfois de me demander si la ville existait toujours, au Sud. Le temps avait pris une texture différente, comme si heures et jours ne soutenaient plus le même rythme, ne véhiculaient plus le même sens qu'auparavant. Les semaines passaient sans que je les compte. Le Nord avait un drôle d'effet sur moi. J'avais pourtant déjà été dans un environnement spectaculaire, à Banff. La veine, en ces lieux, allait puiser plus profondément encore. Dans les Rocheuses, je m'étais senti entouré de gens ayant le seul désir de vaincre la montagne : ces explorateurs, grimpeurs, sauveteurs, alpinistes, skieurs… Je découvrais désormais l'amour beaucoup plus simple de la Terre pour ce qu'elle était : un cadeau.

En me baladant un samedi en hydravion avec un pilote, copain de Richard, qui devait aller livrer des vivres dans un campement éloigné, je me rendis compte que mon rapport avec la nature était devenu plus contemplatif. Je pouvais maintenant passer des heures à admirer les reflets changeants du Grand Lac des Esclaves, à parcourir la surprenante toundra à pied. Ici, on ne conquérait pas la nature, on allait simplement à sa rencontre.

Mes soirées se résumaient bien souvent à de longues discussions avec Richard, tandis que nous faisions la vaisselle du souper, jouions de la guitare en duo ou préparions nos agrès pour le lendemain matin afin de nous « pêcher *une* déjeuner », comme disait mon hôte. Je tentai bien de lui faire cracher quelques informations sur Jeannie, mais il ne se confiait pas facilement au sujet de ses locataires. Tout au plus se permit-il de me mentionner de faire attention au prospecteur – qui louait un chalet, mais n'y habitait que la moitié de l'année – lorsque celui-ci serait de retour.

Une nuit que je m'étais installé pour dormir à la belle étoile sur une des chaises près du feu, espérant toujours être témoin d'une aurore boréale, hâtive ou tardive selon le point de vue, Jeannie l'évanescente, telle que je la surnommais en mon for intérieur, vint me retrouver. En toute logique, elle reprit notre dernière conversation là où elle l'avait interrompue.

– Mes parents, il me semble que c'est à eux de me chercher. Moi, j'ai fait ma vie, sans eux. J'ai eu cinq mères – tu sais, Jeannie du Québec n'était pas *toujours* là, parfois elle partait à la dérive et ne revenait au port qu'après plusieurs mois – quatre pères, plein de monde pour m'aimer… Qu'est-ce qu'un parent, après tout ?

J'aimais la lumière violacée qui baignait le lac, devant nous. Si l'eau n'avait été si froide, je m'y serais baigné. Je sortis la main de mon sac de couchage, pinçai une corde de la guitare qui gisait à mes côtés et laissai ma main traîner sur la caisse de résonance.

Jeannie, l'œil lointain, ajouta :

— J'ai eu des parents qui m'ont conçue, d'autres qui m'ont recueillie, d'autres qui m'ont aimée, éduquée, protégée. Maintenant, je considère que ma mère, c'est la Terre et mon père, c'est le Ciel. Voilà. Et si un jour j'ai des enfants, c'est ce que je leur offrirai en guise de grands-parents.

— C'est une belle sagesse. Ça me fait penser à ce livre *Le prophète* de Khalil Gibran, que j'ai lu il n'y a pas si longtemps.

Jeannie ne releva pas la remarque.

— Toi, qu'est-ce qui t'a amené ici, Nicola ? demanda-t-elle à brûle-pourpoint.

— Ma mère, je crois...

— Ta mère ?

— Je fais mon cynique...

Je ne voulais pas être cynique devant elle.

— Allez, me relança-t-elle, pourquoi es-tu parti de chez toi ?

— C'est à cause de ma mère.

Je ne savais ni à quoi elle s'attendait, ni trop comment lui dire ce que je pensais. J'aurais aimé parler de beaucoup de choses avec elle, mais pas forcément de ce sujet précis.

— Voilà, c'est un peu difficile à expliquer. Non, pas vraiment, me repris-je.

— Prends ton temps, murmura Jeannie en tournant son visage vers moi.

Elle s'était lovée dans sa chaise de bois, avait ramené ses jambes sous elle et drapé une couverture de laine épaisse sur son corps recroquevillé. Sa révélation précédente à propos de ses parents, de leur absence, avait quelque peu changé la manière dont j'avais toujours perçu ma situation. Je n'étais pas le seul au monde à avoir subi un traumatisme durant l'enfance !

— Il y a quelques mois, en février, c'était ma fête. J'allais avoir dix-huit ans. Et, un peu avant, ma meilleure amie m'a offert une soirée chez la cartomancienne. Je sais… c'est un peu bizarre !

Jeannie ne parut pas le moins du monde étonnée par cette anecdote. Je repensai subitement à Jade, dont l'anniversaire approchait. Il ne me fallait pas oublier son anniversaire. Jade. Jeannie.

— La tireuse de cartes, poursuivis-je, m'a appris que ma mère avait essayé de me tuer quand j'étais bébé. Mais, dans ma famille, on ne m'en avait jamais parlé. On m'avait plutôt raconté que ma mère était morte en me mettant au monde et que toutes nos photos avaient disparu dans un feu.

— Et tu les avais crus ? Complètement, au fond de toi ? sourcilla Jeannie.

— Non. C'est vrai. À bien y penser, il y a toujours eu quelque chose en dedans de moi qui me disait que leur histoire ne tenait pas debout.

— C'est important, l'instinct, fit pensivement remarquer mon amie.

— Par exemple, je n'ai jamais entendu parler de la famille de ma mère… Si leur fille était morte en me mettant au monde, ils auraient quand même dû vouloir me connaître… Ça n'avait pas de sens à mes yeux, mais la seule fois où j'ai questionné mon père à ce sujet, il s'est tapé une cuite de trois jours. Alors… Oh! c'est nul, me décourageai-je.

Je me sentais si vulnérable devant elle. J'aurais aimé que nous ne parlions pas, que nous ne parlions plus… afin de pouvoir l'embrasser, peut-être. Mais Jeannie prenait toujours le soin de conserver une confortable distance entre nous.

— Pas du tout, Nicola. Je t'écoute. C'est quoi, une «cuite»?

— Une brosse, il s'est saoulé… Ce n'est pas important.

Jeannie hocha la tête.

— Après, j'ai fait des recherches. J'ai trouvé des papiers chez mon grand-père prouvant ce que la carto-mancienne avançait. C'était juste avant ma fête. Ça m'a donné un choc, alors j'ai eu le goût de partir…

— C'est une raison comme une autre.

— Que veux-tu dire?

— Tu avais besoin de partir et tu venais de trouver une excuse valable.

Sa remarque me fit réfléchir.

— Tu veux savoir ce qui m'a le plus insulté? Que l'on m'ait menti, que toute ma famille m'ait menti, pendant toutes ces années.

— Ils voulaient…

— Me protéger, je sais, grommelai-je, me sentant incompris.

— Ne te fâche pas, Nicola, dit Jeannie.

Elle leva sa bouteille d'eau et trinqua à mon histoire. Je n'arrivais pas à avoir son optimisme, sa joie de vivre.

Il me semblait que j'étais mort cette journée-là, il y a dix-huit ans.

Des larmes roulèrent le long de mes joues.

Jeannie hasarda avec douceur :

— La nature a fait les larmes pour permettre à nos tourments de s'échapper. C'est pour ça qu'il faut pleurer. Ceux qui ne pleurent pas, ils boivent ou se droguent ou fuguent. Ou ils deviennent fous.

Comment faisait-elle pour être si courageuse face à la vie ?

— Toi, Jeannie de Yellowknife, tu pleures ?

— Bien sûr, je suis une fonte de glacier exponentielle quand je pleure, je te le jure.

J'aurais dû rire à son aveu. Mais, c'était trop. Même au bout du monde, j'étais hanté par cette image de ma mère. Jeannie sentit mon trouble :

— Nicola, à quoi penses-tu, là, maintenant ?

Il était si tard, si tôt, tout se confondait. Et ce soleil qui ne se couchait pas.

— … que ma mère a voulu me tuer.

Jeannie fit une pause infime et, rassemblant ses pensées, ne se laissant pas gober par ma vague de déprime, enchaîna, d'un ton pétillant :

— Et elle n'a pas réussi ! Tu es plein de vie.

Je résistai, ayant l'habitude maintenant que l'on s'apitoie sur mon sort. Jeannie faisait tout le contraire. J'ajoutai :

— Ça tue quand même un peu.

Mon amie rigola.

— Alors, c'est quoi ton secret ?

Comme si j'avais encore un secret pour quelqu'un.

— Quel secret ?

— Comment as-tu évité « la balle » ? Comment t'en es-tu sorti ?

— La concierge de l'immeuble m'a sauvé en entrant à l'improviste dans l'appartement.

Elle allait me demander comment la concierge avait su...

— Ça, c'est comment quelqu'un d'autre t'a sorti de là. Toi, comment t'en es-tu sorti ?

Je réfléchis, à court de réponses prédigérées.

— Je m'en sors, là, maintenant. Tout au moins, j'essaie...

Jeannie sourit, fière de son coup :

— Tu vas y arriver. Je le sens.

Je vins pour saisir sa main, mais Jeannie se leva. Je la regardai danser joyeusement dans l'air frais de la nuit en se dirigeant vers son chalet. Avais-je trouvé mon paysage ?

Le lendemain matin, je tentai d'attraper ma belle brune avant son départ vers je ne sais où. C'est elle qui m'interpella la première, tout en s'élançant sur son vélo, alors que je sortais sur le balcon, encore en pyjama :

— Pourquoi as-tu attendu à tes dix-huit ans ?

Je demeurai pantois... Brusque remise à niveau matinale ! Jeannie s'éloignait déjà :

— Je ne voulais pas leur faire de peine, lui criai-je.

Elle s'en alla gaiement, m'envoyant la main. Une main recouverte d'une vieille mitaine de couleur arc-en-ciel. La couleur de son âme.

Les semaines filèrent, rallongeant les jours, augmentant l'excitation des enfants, diminuant ma patience...

J'avais de plus en plus de difficulté à dormir avec ce soleil qui n'en finissait plus de briller. Si j'avais appris une chose, c'est que je n'avais pas l'étoffe d'un enseignant! Mon contrôle sur les petits groupes que l'on me confiait n'était pas des plus efficaces ; ma préparation d'activités, pour le moins sommaire ; et ma fougue avait rétréci comme peau de chagrin. Qu'à cela ne tienne, les enseignants se disaient, eux, ravis de la qualité de mon français et de ma présence – arguant que, peu importait l'expérience, à ce temps de l'année, le désordre était contagieux. L'incorrigible Paul avait fait de beaux progrès en lecture depuis que je travaillais avec lui, Jonathan l'impulsif surveillait beaucoup plus son langage. Super! La tâche se révélait bien anodine en comparaison des bénéfices que j'en retirais : un gîte confortable dans un lieu exceptionnel, des repas santé pris en compagnie d'un homme sympathique et moins hurluberlu qu'il en avait l'air, et une nouvelle philosophie de vie. En fait, je m'étais découvert un petit côté bio-grano-écolo à force de boire du café équitable, de manger du poisson frais pêché – que je savais désormais préparer en un tournemain – et d'examiner mes habitudes de consommation. Je racontais mes transformations à ma grand-mère, mon grand-père ou ma tante lorsque je leur téléphonais à tour de rôle. Je n'étais cependant pas plus loquace qu'il fallait, esquivant toujours leurs questions au sujet de mon retour possible. «Ça va bien», ne cessai-je de leur répéter. «On a passé dix-huit ans ensemble, on ne va pas mourir parce que l'on ne se voit pas quelques mois, non?» Ils avaient fini par comprendre, plus ou moins vite selon leur personnalité, que le harcèlement ne me ramènerait pas en terre sainte. Ma tante me félicitait toujours de mes choix de cartes postales, mon grand-père s'inquiétait de mes finances et ma grand-mère de mon état psychologique. Il n'y avait qu'avec mon père que je ne communiquais pas. Je lui en voulais de moins en moins cependant... l'effet du temps ?

Un jour, lors d'une de mes promenades, je me rendis jusqu'au fameux « Monument des pilotes de brousse », sur la colline surplombant Yellowknife. Ces fous du ciel, pour la plupart des anciens amis de Felicity, m'avaient plusieurs fois emmené voir les paysages ténois du haut des airs, toujours dans la plus grande cordialité. J'aimais ce monde qui ne tenait qu'à un fil, fait de forces en équilibre, songeai-je alors que j'admirais la vieille ville, la baie, les maisons-bateaux et le pittoresque amas de cabanes étriquées du localement célèbre arrondissement Wood Yard, en contrebas.

— Richard, pourquoi Felicity est-elle partie ?

Il prit une gorgée de rouge et soupira avant de répondre à la question qu'il évitait depuis mon arrivée.

— Felicity, dit-il en se raclant la gorge, sortait avec un autre pilote *du* compagnie, pas avec moi, avec un autre. Un jour, il a eu *une* accident, dans le détour de la vallée maudite. Un banc de brouillard : il a fait *une* virage du mauvais côté et il a frappé *le* montagne... vraiment tragique.

Richard termina son verre de vin d'un trait. Le destin avait de ces cruautés en réserve.

— On était jeunes, balbutia-t-il. Felicity ne s'en est jamais remis. Après quelques années, elle est partie *au* Sud. Elle revient ici chaque été, pendant un mois.

— Et toi, tu ne pilotes plus ? le questionnai-je.

Richard fit une pause.

— *Une* accident, cinq ans après, presque *à la* même endroit…

Il me regarda directement dans les yeux.

— Quand c'est pas ton heure, c'est pas ton heure, ajouta-t-il.

— Oui, je sais, soufflai-je.

— J'ai eu un pied pris dans *le* tôle, à moitié arraché. *Le* balise de détresse qui est dans *le* queue ne s'est pas déclenchée à l'impact. Alors, pour aller l'activer, j'ai dû finir de me couper le pied.

Se couper le pied, pour survivre. Il fallait avoir du cran. L'aurais-je eu ? J'en doutais. Me serais-je laissé mourir ? Sûrement. Enfin, c'était ainsi que je me sentais à cet instant. C'était la décision que j'aurais prise, si l'accident m'était arrivé à moi. La décision que je prendrais, si l'accident m'arrivait en ce moment… Par un étrange jeu de logique, cela me fit penser à mon père. Il avait pris la résolution de tout me cacher, d'organiser une vaste conspiration du mensonge autour de moi parce qu'il avait justement eu à faire un choix à un moment difficile de sa vie. Pour la première fois depuis mon départ, j'eus le goût de discuter avec lui.

Nous étions le vingt et un juin et j'étais… à Yellow-knife ! Il n'y avait pas d'autre endroit sur terre où mieux célébrer cette journée et la Saint-Jean-Baptiste me parut bien pâlotte en comparaison. J'étais ivre de fatigue, de joie de vivre et de quelques bières.

— Jeannie, quels livres apporterais-tu sur une île déserte ? demandai-je à mon amie alors que nous faisions une pause afin de nous retaper un peu pour la suite de cette journée des «corbeaux» doublée de celle des «autochtones».

— Une île déserte ? me reprit Jeannie.

— C'est juste une façon de parler.

— Je trouve ça joli. Nous sommes tous des îles désertes à un moment ou à un autre…

Jeannie se colla amicalement contre moi. Je me délectai de l'odeur de son shampoing.

— *The Discoverers*. Les découvreurs, traduit-elle, de Daniel Boorstin. Je peux en apporter plusieurs ?

Je n'étais pas très pointilleux sur le poids des bagages.

— Bien sûr ! bâillai-je.

Tant qu'elle restait là. Elle avait toujours refusé mes avances, si subtiles soient-elles. Jeannie succombait-elle enfin ? Était-ce dû à cette folle journée, au manque de sommeil, à la surabondance de luminosité ? Je ne voulais pas le savoir.

— Alors aussi *Jonathan Livingston le goéland* de Bach et *Anna et Mister God* de Fynn.

— Ma tante avait l'histoire du goéland, mais pour l'autre, connais pas, reconnus-je.

— J'avais déniché ça à la bibliothèque de l'université, marmonna Jeannie d'une voix empâtée par le sommeil.

On s'endormit mollement, chiffonnés de bonheur, blottis sur un banc du centre-ville, à deux pas du bureau de poste. Alors que j'ouvrais les yeux, après un assoupissement d'une durée indéterminée, Richard m'apostropha, le bras pendu par-delà la vitre ouverte de sa pizza sur roues.

— Viens-tu ? Partie de hockey, cria-t-il.

Jeannie s'ébroua à son tour.

— Je ne sais pas jouer, répliquai-je, espérant ainsi passer plus de temps avec mon amie.

— Tu es Canadien, oui ou non ?

Jeannie s'étira, se détachant de moi du même coup.

— Canadien… Québécois ? Dur à dire ! avouai-je.

— Pour un Québécois, c'est encore pire. Embarque ! ordonna Richard.

— Vas-y, tu vas bien t'amuser, m'encouragea Jeannie en remettant son sac en bandoulière comme elle le faisait toujours lorsqu'elle s'apprêtait à partir.

Je sautai dans la Land Rover. Richard fit un clin d'œil à Jeannie qui affichait un sourire épanoui.

— On va te montrer à jouer, déclama pompeusement Richard. Tu vas pouvoir dire : j'ai appris ça à Yellowknife…

— J'ai appris bien des affaires à Yellowknife, Richard, admis-je en repensant à mes dernières semaines.

Richard hocha la tête.

— On apprend des choses partout, quand on est pas trop bouché…

Ce soir-là, le prospecteur revint de son escapade dans le Grand Nord. Je fis sa connaissance alors qu'il se joignit à nous autour du feu de camp. Imbibé d'alcool, il s'évertua aussitôt à gâcher ma soirée avec ses commentaires tous plus cons les uns que les autres. S'il avait été anglophone, j'aurais pu au moins mettre son imbécillité sur le dos de nos différences culturelles, mais le taré était de Montréal ! Richard, n'en pouvant manifestement plus, nous souhaita une bonne fin de soirée en prétextant que la partie de hockey l'avait épuisé. Lorsque le prospecteur commença à embêter Jeannie sur son orientation sexuelle, me répétant en riant stupidement que je ne devais pas m'attendre à grand-chose avec elle, je me fâchai. Jeannie, blessée, entreprit de regagner son chalet. J'hésitai entre la suivre ou aller cogner sur le prospecteur.

— Jeannie, intervins-je en la rattrapant. Ne l'écoute pas.

— Un jour, j'aurai assez d'argent et je m'achèterai ma propre maison, sur mon propre terrain, siffla mon amie entre ses dents.

Elle me referma la porte au nez.

Le prospecteur, secoué d'un fou rire débile, se positionna confortablement dans sa chaise avec l'air de celui qui a remporté la victoire. Je partis me coucher en maugréant. Je ne permettrai pas que l'on m'intimide comme ça, me promis-je en m'endormant.

Le lendemain, j'appelai Jade, dont c'était l'anniversaire. Elle sortait depuis deux mois avec un garçon que je ne connaissais pas, avait eu une excellente fin de session au Cégep et s'était même inscrite à un cours d'été afin d'alléger son horaire de l'automne. La savoir heureuse me rendit moi-même heureux. Mon travail à l'école étant terminé, je passai ensuite la journée à traîner en ville. Je n'avais pas parlé à Richard de ce qu'il adviendrait de notre entente à la fin des classes, mais je savais qu'avec l'été, débarquaient les touristes… Deux de ses chalets avaient déjà été réservés, m'avait-il appris, sans pourtant me signifier qu'il était temps que je plie bagage. Il fallait que je discute avec Jeannie. Je lui laissai une note dans sa boîte aux lettres l'invitant à une soirée devant le feu. À l'heure prévue, je sortis dehors avec un sac de croustilles et deux bières. J'allumai le feu de camp en moins de temps qu'il ne m'en fallait désormais pour fileter un poisson. Malheureusement, c'est le prospecteur qui se pointa le premier à la rencontre, comme s'il y avait été convié. Il s'installa.

— Beau feu ! me complimenta-t-il d'une voix rauque.

Je décapsulai ma bière en silence.

— Je t'en roule un ? ronchonna-t-il en égrenant sa mixture sur du papier jauni.

Je fis non de la tête. Jeannie arriva, sourire aux lèvres, son invitation à la main.

— Salut mignonne ! s'exclama le prospecteur.

Jeannie prit la bière que je lui tendais avant de s'asseoir.

— T'as déjà essayé ? poursuivit-il à mon intention.

— Non, marmonnai-je.

Je regardai Jeannie, avec l'espoir qu'elle me tirerait de cette conversation avant que le prospecteur ne s'y enlise, m'entraînant avec lui dans son sillage.

— Pourquoi ? questionna-t-il.

Ne pouvait-il nous foutre la paix ?

— Tu m'embêtes, répondis-je.

— Ça te ferait du bien de fumer du pot. Tu relaxerais.

J'avais le goût de lui dire que ce qui me détendrait, ce serait de lui mettre un poing sur la gueule. Ce soir, il ne gagnerait pas. Moi, j'avais donné rendez-vous à Jeannie. Ici, maintenant. Je me doutais, après la lecture de certaines inscriptions dans le carnet de « Sandy », que c'était lui qui avait fait fuir le précédent moniteur québécois.

— Bon, ta question, c'était quoi ? Pourquoi je n'ai jamais essayé ? Je n'ai jamais essayé parce que je n'en avais pas besoin.

Jeannie me fit signe que je venais de marquer un point.

— Tout le monde en a besoin de temps en temps... On t'en a déjà offert avant, j'espère ?

Il roulait finalement son joint. Très mal, d'ailleurs.

— Ça aide beaucoup, quand t'es stressé, comme maintenant.

— Eh bien moi, quand je relaxe, je relaxe, déclamai-je en m'allongeant les jambes un peu plus près du feu.

— Tu n'es accro à rien ?

— Rien.

Le prospecteur alluma son pétard et en inspira de longues bouffées. Allait-il nous laisser tranquilles ?

— Tu mens. De nos jours, même les policiers sont accros, les juges, les avocats, les docteurs, tout le monde est accro. Tout le monde est accro à quelque chose. Quand c'est pas au pot, c'est aux pilules. Tu dois penser que les pilules, c'est mieux. Les compagnies pharmaceutiques vous ont jusqu'à l'os.

Sa logique schizophrène me dépita. Je dévisageai Jeannie, à la recherche d'une alliée, puis lançai ma bombe :

— Tu veux que je te dise... J'ai vu mon père fumer depuis aussi longtemps que je me souvienne. Il faisait même notre arbre de Noël avec son plant de pot. Tu as déjà vu un plant de mari avec des cadeaux en dessous, toi ?

Le prospecteur se tut, impressionné par l'idée que je venais de lui lancer. Au bout de quelques minutes, il secoua sa tête et se retira subitement dans son chalet.

Jeannie voulut aussitôt en avoir le cœur net :

— Ton père, il fumait devant toi ? Ça ne le dérangeait pas ?

Je bus une gorgée de bière, fier comme un jeune castor devant son premier barrage. Nous avions désormais une belle soirée de bavardages en perspective…

— Non, il n'était pas stupide. Il allait dehors. J'ai dit que je l'ai vu fumer, pas qu'il m'a fait fumer. Je voulais lui fermer le clapet, au prospecteur…

Jeannie sourit.

— Ce qui est drôle, continuai-je, c'est que mon père m'a même défendu de toucher à ça.

— Et tu l'as écouté ?

— Je ne me sentais pas le besoin de faire comme lui. Quand ton père fume du pot, en fumer toi-même, ce n'est pas très *cool* !

Jeannie me confia que le prospecteur était paranoïaque et que c'est pour cela qu'elle le laissait déblatérer.

— C'est triste, les maladies mentales, murmura-t-elle avec une intonation dans la voix qui me fit penser qu'elle en savait peut-être plus sur ses parents qu'elle ne voulait l'avouer.

Ce soir-là, j'eus une conversation à guérir de tous les maux avec Jeannie. On fit le grand tour de tout ce que l'on savait, de tout ce dont nous étions — temporairement — certains. Des parents, des leçons de vie, des traumatismes, de l'instinct… et je sus que mon paysage était ailleurs.

Dans l'avion qui me ramenait à Toronto, quelques jours plus tard, je me souvins que je me trompais toujours, avant, de capitale entre celle des Territoires du Nord-Ouest et du Yukon. Yellowknife ? Whitehorse ? Puis un jour, Jade m'avait dit : « Il ne faut pas que les deux *y* soient ensemble ». Donc, Yukon allait avec Whitehorse, et les Territoires avec Yellowknife. Le yukonais cheval blanc, le ténois couteau jaune. Le langage, au pays de la neige, était aussi coloré que ses habitants. Je n'avais plus besoin de ce truc mnémotechnique. Après deux mois passés là-bas, je rapportais un peu du Nord en moi. Ce n'était plus une immense étendue vide de points sur la carte géographique de ma pensée. J'avais élargi mon horizon, élevé mon ciel. Et Felicity avait eu raison. Yellowknife m'avait permis de voir la vie autrement. Pour ce qu'elle était. Tout le monde a son histoire.

Début moins deux

Mon plan, langoureusement élaboré près de Jeannie au coin d'un feu vacillant, m'avait d'abord paru sans faille parce qu'on ne peut plus simple. Je retournerais chez moi et parlerais à mon père.

L'arrivée dans la Ville Reine fut cependant, de façon bien illogique, angoissante. Je n'avais pas prévu que Toronto, psychologiquement, c'était le retour. Le retour au premier arrêt sur ma planche de jeu. Un jeu dont j'avais dû apprendre les règlements au fur et à mesure, un jeu où personne ne gagnait, un jeu qu'il fallait jouer simplement pour pouvoir dire que l'on avait joué. Et appris. Toronto, Joe, le McMichael Art Collection, le cimetière des peintres.

Partout, les gens se bousculaient, arrachaient leurs valises et leurs sacs du convoyeur avec l'énergie du vainqueur, comme si ramasser son bien avant les autres était un sport olympique. La médaille d'or à celui-là qui repartait triomphant. On laissait passer l'athlète émérite aux yeux de lynx, à la force herculéenne, à la stratégie infaillible. Il y avait trop de monde ici, trop de stress, trop de tensions. En moi, surtout. Je regardai, un peu à l'écart, méditatif, mon sac à dos faire deux tours de

manège. Une de ses courroies était déchirée, la ferme-
ture éclair de la pochette ventrale avait rendu l'âme et
sa couleur s'était fanée. Mon sac de couchage, enveloppé dans un sac de poubelles, n'y était plus arrimé
que par un seul élastique. J'empoignai le survivant et
me dégageai de la cohue.

Les portes coulissantes donnant sur l'extérieur
s'ouvrirent automatiquement à mon approche. Je
contemplai la scène qui se jouait devant moi. Le ciel
était d'un bleu pâle gris diffus. La couleur des ciels de
ville avant les alertes au smog. La couleur du ciel de
Laval en été. Il ne me restait qu'à revenir à la maison,
tentai-je de me convaincre pour une centième fois. La
maison ? Quelle maison ? Elle n'existe plus, ne cessait de
se rebeller mon cerveau. J'étais devenu ma propre maison, autonome. Je savais qui était ce Nicola qui m'habitait, je connaissais ses goûts désormais. Toutefois, cette
impression qu'il me manquait toujours quelque chose,
que l'aventure n'était pas terminée, qu'elle commençait
peut-être à peine, m'obsédait depuis que j'avais quitté
Yellowknife. Passé l'escale à Edmonton, mon trouble
s'était intensifié. J'avais désormais le vif désir de revoir
ma famille et mes amis, mais… après ?

Un taxi s'arrêta puis, contrarié par mon immobi-
lisme, redémarra en trombe. Étourdi par l'image de la
fin, du retour non pas à la case départ, mais à l'obscurité
de la boîte, je fis un pas en arrière, puis deux, puis trois.
Les portes s'écartèrent de nouveau. J'effectuai un demi-
tour et m'engouffrai dans l'ouverture béante. J'aimais
les aérogares. Je me précipitai au comptoir. Départ de
dernière minute ? Tarif réduit ?

*

Lorsque l'agente de bord vint m'offrir des écouteurs, je la contemplai d'un œil enjoué. « Non merci, ça va. Tout va bien », lui répondis-je. J'étais en route vers le Nouveau-Brunswick. Pourquoi cette destination ? Parce qu'une ligne directe la liait à Toronto, que le vol était en partance et qu'il y restait des places abordables… Mais aussi parce que cette province jouxtait l'océan Atlantique. J'avais besoin de mettre mes doigts dans ses eaux pour terminer mon pèlerinage, m'étais-je hâtivement convaincu. En prime, à partir de là, retourner sur le pouce jusqu'à Laval ne serait pas trop compliqué. Au pire, je me taperais la Gaspésie à pied, histoire de finir mon voyage initiatique en beauté ! Une Grande Sauterelle m'y attendrait peut-être, entre deux champs d'éoliennes.

L'homme à mes côtés se racla la gorge pour attirer mon attention.

— Iousque tu vas, jeune houmme ? questionna-t-il.

Je fus saisi par cet accent, différent de tout ce que j'avais entendu au cours de ma traversée du pays.

— À Saint-John.

Je lui expliquai que je voulais voir l'Atlantique.

— À Saint-John, tu seras point rendu à la mer, mais su' la Baie de Fundy…

Je hochai la tête, embêté. L'homme feuilleta les pages de son magazine EnRoute afin de trouver une carte à me montrer. Il tapota son index sur une vaste étendue d'eau.

— Ça, c'est la mer, déclara-t-il.

Ah ! ces cours de géo…

239

— Mais décourage-toi point. À Saint-John, y'a un bot qui se rend en Nouvelle-Écosse. Pis de là, tu t'rendras à la mer.

— Un bot ? répétai-je avec étonnement.

— Un *ferry*, un bateau... Mais chez nous, à la Baie, on dit un bot.

Je me trouvais en présence non pas d'un nouvel accent, mais d'une nouvelle langue ! Soit ! Le Nouveau-Brunswick ne serait pas ma destination finale. Je questionnai mon voisin plus encore sur cette obscure petite province dont j'avais oublié jusqu'au nom de la capitale. Puis, j'étudiai la carte tout en rejouant les sonorités de la parlure de mon voisin dans ma tête.

— Paul, claironna mon nouveau prof de géographie en s'adressant au passager du siège devant nous, quand c'que le bot quitte ?

Le Paul en question se retourna.

— Un quart de cinq, répondit-il après une courte réflexion.

Ça devait vouloir dire cinq heures moins le quart... J'expliquai à mon voisin de siège que j'étais parti apprendre l'anglais depuis près de cinq mois, en faisant le tour du Canada.

— C'est ben. Après quand qu'tu vas retourner back à l'école, tu vas mieux comprendre le monde.

Il n'avait pas tort mais, avant cela, encore fallait-il que je me choisisse une voie à suivre. Dans le Nord, outre ma prise de conscience de ma réelle passion pour l'aviation, je m'étais découvert un intérêt pour la cartographie et pour l'écologie... mais, de là à entreprendre une carrière dans l'un ou l'autre de ces deux domaines, il y avait un grand pas !

— Paul, poursuivit l'homme, retournes-tu chez vous en arrivant ?

Paul acquiesça.

— Voudrais-tu point dounner un lift à c'te jeune houmme-là ? Y s'en va par chez vous.

Cette sollicitude me réchauffa le cœur. Mon voyage avait été une longue suite de rencontres de gens formidables, toujours prêts à dépanner, alors que le journal télévisé m'avait bourré le cerveau d'horribles nouvelles. Je me promis de transmettre cet héritage à mon tour, lorsque les circonstances se présenteraient.

— Moi, je vais voir mon frère à Saint-John pour quelqu'jours avant d'aller back à la Baie, ajouta mon voisin comme pour s'excuser.

C'est donc en compagnie de cet ami Paul que je me rendis jusqu'au traversier. L'ingénieur, volubile, en profita pour m'initier aux principes de la production d'électricité par la marée. Il travaillait à l'usine de marée motrice de Digby et revenait de Toronto, où il avait donné une conférence sur les énergies renouvelables. J'appréciai sa passion, même si certains pans de son exposé me laissèrent totalement dans la brume. Le vent dans les cheveux, l'air salin excitant mes narines, je me délectai de la vue qui m'était offerte : la Baie de Fundy dans toute sa splendeur estivale, miroitant comme un diamant liquide sous un soleil radieux. Je me crevai les yeux à tenter d'apercevoir un phoque ou une baleine, quand on m'affirma que ce n'était pas rare d'en croiser en chemin, mais les marins mammifères ne furent pas au rendez-vous.

Au loin, une vertigineuse falaise, au pied de laquelle aucun port ne se démarquait, semblait nous bloquer la route. Une mince faille, un passage secret, se dessina finalement dans la roche. «Le Digby Neck», déclara Paul. L'entrée dans le bassin d'Annapolis par ce col me donna l'impression d'atteindre un nouveau monde. Les Français avaient emprunté ce même passage à leur arrivée en Amérique, me raconta mon guide. Le traversier accosta tandis que nous avions déjà, malheureusement, dû regagner nos véhicules. Lorsque nous pûmes enfin nous extirper de la coque, à la suite d'un défilé de gigantesques motorisés, c'est un stationnement bondé qui nous accueillit. Nombreuses étaient les scènes de joyeuses retrouvailles auxquelles j'assistai en silence, les observant avec un léger pincement au cœur. À cette heure, j'aurais aussi pu être en train de donner l'accolade à mon père. Des cages rondes en treillis, immergées dans l'eau, détournèrent cependant mon attention à la sortie du stationnement. Paul indiqua qu'elles servaient à l'élevage des saumons.

L'ingénieur, qui allait retrouver sa famille à Digby, m'offrit le gîte pour la nuit. Mais je voulais l'Atlantique et j'optai plutôt pour des conseils concernant la route à suivre afin de m'y rendre le plus rapidement possible. «J'aimerais voir de belles plages et pouvoir m'imaginer la France par-delà l'horizon», résumai-je à Paul. Il me conseilla la route des phares, la *Lighthouse Route*, de l'autre côté du plateau montagneux, me promettant des petites baies magnifiques bordées de sable blond. Mon conducteur me déposa à l'intersection de l'autoroute et de la provinciale huit. Une camionnette blanche se rangea peu après sur l'accotement. «Liverpool», indiquai-je ainsi que me l'avait recommandé Paul. L'homme marmotta en anglais qu'il se rendait par là. J'embarquai.

Survolté à l'idée que j'atteindrais bientôt l'Atlantique, je rivai mes yeux sur le paysage qui défilait, avide de m'imprégner de cette nouvelle et ultime province. Que de verdure ! m'extasiai-je mentalement. Que de richesse dans ses tons ! Toutefois, je déchantai au bout d'une demi-heure, rassasié à outrance du défilement de pins et de sapins qu'un marais sans intérêt, une roche moussue ou un bosquet verdoyant tentait parfois de pimenter. La route s'avérait d'une monotonie propre à décevoir même les plus exaltés et c'est à peine si nous croisions une voiture toutes les dix minutes. Quant aux minuscules maisons délabrées, aux parterres jonchés de carcasses de véhicules, elles ne me disaient rien qui vaille. Mon conducteur à l'air déprimé n'était pas des plus bavards et, vu qu'il avait toute la misère du monde à saisir mon accent, je n'insistai pas. *« Great spot »*, se contenta-t-il de souligner alors que nous passions devant un parc du nom de Kejimkujik. Puis, les maisons disparurent et seuls les poteaux d'électricité qui bordaient la route me permirent de garder espoir dans le fait que nous roulions toujours en direction d'une certaine civilisation. Mon excitation à l'idée de voir l'océan s'était estompée. Qu'étais-je donc venu chercher dans ce bled ? Le conducteur, qui filait vers Shelburne, me largua à deux pas de Liverpool. Il m'assura qu'un gîte se trouvait à une centaine de mètres sur la droite. En marchant vers l'endroit, je me mis à espérer qu'il leur restait bel et bien de la place. J'étais fatigué.

La porte du Geranium House, d'un mauve champêtre contrastant sur le vert des boiseries, était invitante. L'aubergiste m'ouvrit avec quelque surprise vu l'heure tardive. Une chambre était libre. Je lui payai comptant la nuitée et grimpai au deuxième étage. Je m'écrasai sur le lit, fou de bonheur tranquille, me raccrochant à l'idée que l'Atlantique était tout près, tentant d'oublier la désolante balade en camionnette. Le Canada d'un bout à l'autre, le Nord inclus : je savourai ce moment de gloire, par anticipation. J'avais appris l'anglais, enfin, pas parfaitement, mais assez pour pouvoir m'adresser à quiconque dans la langue de Shakespeare sans trop de gêne et sans passer mon temps à traduire chaque mot dans ma tête avant d'ouvrir la bouche. C'est cependant la solitude et la lassitude qui me bordèrent, le sommeil venu.

Au petit matin, un déjeuner digne d'un roi m'attendait. Je me régalai de pain à la semoule de maïs fraîchement sorti du four avec de la confiture de mûres. Un régal ! Quand je demandai comment me rendre jusqu'à l'océan, l'aubergiste précisa : *« It's the most beautiful scenery in the world ! »* Celle-là, je l'avais déjà entendue... à Banff, à Vancouver et à Yellowknife !

Je laissai mon sac à dos en consigne, désireux de ne pas avoir son poids sur les épaules pour la mémorable rencontre. Dehors, une rivière magnifique coulait derrière la maison. Tous les cours d'eau vont à la mer... et celui-là était presque rendu ! Le centre-ville de Liverpool dans lequel je déambulai une demi-heure plus tard me parut le plus pittoresque qui soit. Les fresques ornant ses murs dépeignaient une histoire toute maritime, remplie de fabuleux corsaires, d'Acadiens et de Mi'kmaqs, propre à stimuler cet imaginaire de gosse qui m'habitait toujours malgré tout. Manoirs sortis d'un autre siècle, façades multicolores, bornes-fontaines peintes telles des soldats en tunique rouge, girouette en forme de canot sur le faîte d'un toit, volets décorés d'ancres de bois aux fenêtres d'une maison, tout m'interpellait. Insouciant, heureux, je me dirigeai à l'extrémité de la ville, vers Fort Point, où m'attendait, m'avait-on assuré, l'océan. Mais la vue ne fut pas celle que j'espérais. Accoté à la balustrade qui ceinturait le vieux phare britannique, je contemplai, désenchanté, l'océan qui m'était physiquement inaccessible et la vue déconcertante. Droit devant nous, de l'autre côté de l'embouchure, une usine flanquée de hautes cheminées crachait sa vapeur probablement toxique. Les longues volutes, emportées par le vent, striaient l'horizon. Je rebroussai chemin, en quête de plages et de baies dignes de ce nom. Un habitant à qui je demandai où se trouvaient ces merveilles me suggéra plutôt de me rendre à White Point, à une dizaine de kilomètres de Liverpool.

J'avais touché les eaux du lac Ontario, du lac Supérieur, du lac Manitoba, des sources thermales de Banff, du Pacifique, du Grand Lac des Esclaves, me remémorais-je en avançant vers la mer d'un pas léger. L'Atlantique me chatouillerait bientôt la peau! Des plages de roches, à ma gauche, servaient de brise-lames aux douces déferlantes. Obnubilé par mon but, je me retins de les gagner à la hâte. On m'avait promis du sable! Je suivais l'appel de ce désert humide. Une ménagerie de bonbonnes de propane peintes tels des animaux, au bout d'une entrée, et un chapelet de congélateurs convertis en conteneurs à poubelles, le long de la route, me firent revoir la définition que j'attribuais au mot recyclage. En Nouvelle-Écosse, on avait tout à la fois le sens de l'humour et le sens pratique! Enfin, j'atteignis White Point. Je me faufilai dans les sentiers de ce centre de villégiature, une surprise un peu désagréable puisque j'aspirais à un moment de plénitude en solitaire. Partout, des enfants jouaient, couraient après les lapins à moitié domestiqués, mangeaient des popsicles dégoulinants tandis que leurs parents se faisaient dorer au soleil dans de confortables chaises longues.

L'Atlantique m'attirait vers lui dans un clapotis de rires et de fanfaronnades. Je suis la vie, la joie, l'appel, clamait-il. Je retirai mes souliers et, sourire aux lèvres, les yeux épatés par sa couleur aigue-marine invitante digne des plus belles cartes postales des Antilles, les pieds caressés par son sable d'une blondeur enivrante, je marchai jusqu'à lui. Son eau était froide, froide à en hurler. Et je me délectai longuement de l'intensité de ce moment.

Rien ne me retenait cependant sur cette plage et je poursuivis ma route vers là où les tumultes humains ne montaient plus, vers l'océan seul, en longeant ses berges. Par pure folie, je retournai quelques fois me tremper les orteils dans cette eau. Bientôt, le sable se transforma en galets, puis en pierres que j'escaladai. D'un côté, la forêt ; de l'autre, une vue époustouflante sur un océan majestueux. Mon Atlantique.

Alors que j'avançais, je perçus le fragile écho d'une voix s'élevant au-dessus de la clameur des flots. La mélopée m'ensorcela et guida mon chemin jusqu'à un éboulis. Avec le ressac, le son évanescent me fit croire tantôt à un mirage auditif, tantôt à un simple délire de la part de mes neurones hyperstimulées, jusqu'à ce qu'une silhouette éthérée m'apparaisse enfin. Assise sur les rochers, une jeune femme chantait, fixant la mer comme pour mieux lui offrir sa complainte. Tout absorbée qu'elle était, elle ne se retourna pas à mon arrivée.

J'en fus ravi. Je m'assis en silence, à plusieurs mètres d'elle. Elle ne s'en inquiéta pas plus. Une eau écumeuse fouettait les hautes pierres, les mouettes criardes pistaient les bateaux de pêche, les sombres cormorans dérivaient en petites bandes. Un peu plus loin, je pouvais entendre des camionnettes aller et venir, des pêcheurs s'interpeller. Et c'est comme si tant la nature que les hommes accompagnaient le chant de cet être solitaire. Entraîné dans un tourbillon de pensées blanches et limpides, je relaxai, le corps chauffé par le soleil, plus que je ne l'avais fait durant tout mon voyage. Puis, je frémis à l'idée que ce moment prendrait fin. Peu après, la jeune femme se tut, se leva, m'adressa un regard aussi tranquille qu'attentif et s'en alla. Je l'observai descendre les rochers avec agilité et se faufiler dans un sentier d'herbes tapées, les pieds chaussés de minces sandales, les cheveux noirs au vent. Sa longue jupe de coton bleu turquoise léchait la verdure. Sa fine blouse blanche, parfaitement froissée, laissait transparaître une camisole orangée. Naïvement, je lui envoyai un message mental, comme si nos ondes pouvaient, de façon inexplicable, se rejoindre. Elle continua son chemin. Imbécile ! Je n'étais qu'un pauvre imbécile : des ondes mentales… Je me frappai la tête sur le roc. Il était temps que je rentre à la maison.

Elle était déjà loin lorsque je me décidai à quitter le promontoire, par le même chemin qu'elle. Je ne voulais surtout pas qu'elle se sente suivie, qu'elle ait peur, qu'elle me fuie. De l'autre côté de la petite colline qui séparait l'amas de rochers de la civilisation surgit un quai entouré de cabanes de pêcheurs. «Hunts Point Wharf», annonçait la pancarte plantée au bord de la route. Hunts Point Wharf, univers mythique. La fille s'était évaporée.

Bientôt, mon estomac se révolta. En faisant du pouce en direction de Liverpool, je remarquai des sentiers dans la forêt qui bordait la route. Était-ce par là qu'avait filé la belle ? Mais j'avais faim, trop faim pour m'y aventurer. Une femme me prit en stop. Elle me servit en guise d'amuse-gueule un résumé de l'histoire de la ville, où elle avait vécu toute sa vie, et me conseilla de tenter ma chance au restaurant Wood Pile, réputé pour ses repas délicieux, et qui avait la particularité d'abriter un atelier de sculpture accessible au public. Il ne m'en fallait pas plus pour me convaincre de l'intérêt socio-gastronomico-culturel de l'endroit. Les tables étaient toutes occupées. Je pris place sur un tabouret inconfortable au comptoir entourant l'aire de travail de l'artiste absent. Ses sculptures étaient posées par petits groupes sur l'imposante planche de pin qui faisait office d'établi. Toutes représentaient des sirènes, chacune unique à sa manière. Je ne pus m'en détacher les yeux tout en rêvassant, l'âme lourde de ce voyage qu'il me restait encore à distiller. Je ne rapportais rien d'autre que moi de ce périple. Felicity avait-elle d'ailleurs remarqué que j'avais ajouté une petite boîte en bois sculpté à sa collection, celle dont Chantale m'avait fait cadeau à mon départ du Manitoba ? J'avais maintenant touché l'Atlantique. Il ne me restait plus qu'à revenir sur mes pas, essayai-je de me persuader. Le pâté aux fruits de mer que l'on me présenta ne me rassasia pas et je flanchai pour un morceau de gâteau au fromage, un grand café au lait… et une sculpture en guise d'unique souvenir.

Un groupe de jeunes de mon âge m'interpella à ma sortie du restaurant. *« Are you lost ? »*, me demandèrent-ils en riant. Ils réussissaient mal à dissimuler leur air sympathique sous leurs apparences de durs à cuire. Je m'approchai sans crainte et m'installai nonchalamment près d'eux, à même l'herbe de ce petit parc du centre-ville. Un peu de compagnie serait la bienvenue. J'expliquai aux quatre compères que je venais de faire le tour du Canada et que l'Atlantique était ma dernière étape. Curieux, ils me bombardèrent de questions. Tous y avaient rêvé. J'avais osé. Ils m'invitèrent à les rejoindre le lendemain soir, sur la plage, pour un feu entre amis. Je ne dis pas non.

De retour au Geranium House pour une autre nuit de grand confort, je me délectai de ma journée. J'ai tout fait, pensai-je en m'endormant. Cependant, au fond de moi, le doute avait recommencé à germer. L'angoisse, tapie, avait repointé sa patte tel un félin dans la nuit noire, sournoisement. Devrais-je appeler mon père avant de rentrer ? Qu'allais-je faire à mon retour ? Des études ? En quoi ? J'avais, en quarante-huit heures, fait fondre mon compte en banque. Ma sirène sculptée, couchée sur mon oreiller, vogua avec moi vers le sommeil.

« Happy Canada Day », me souhaita l'aubergiste en me servant mon déjeuner et en me précisant que ma chambre ne serait malheureusement plus disponible, car elle avait été réservée pour une semaine... Je lui expliquai que, de toute façon, j'avais ce soir-là été convié à une fête sur la plage par des amis et que je repartais pour le Québec le lendemain. Invité à prendre tout mon temps, je passai la matinée à feuilleter des ouvrages historiques sur la région, installé sur une chaise longue

près de la rivière qui coulait derrière la maison. Sac au dos, j'entrepris en début d'après-midi de retrouver la bande afin de savoir où serait la fête. Des petits drapeaux du Canada avaient été plantés en bordure de chaque terrain et je pus me figurer le consciencieux et patriotique marcheur matinal, armé de ses drapeaux, se penchant inlassablement à chaque vingt pas pour fleurir les pelouses de feuilles d'érable rouges.

Dans le centre-ville de Liverpool, je me dirigeai vers le parc. Le Wood Pile, en dépit de la journée théoriquement fériée, était encore bondé. Je m'en approchai, pressé de savoir si le sculpteur était à l'œuvre. Alors que j'allais pour mettre mon nez à la fenêtre, ce n'est pas un artisan que j'aperçus, mais ma chanteuse solitaire, en chair et en os, s'éclipsant du restaurant. Chaviré par ma propre chance, je vins pour lui adresser la parole en anglais, mais, mû par je ne sais quelle intuition, je lui déclarai :

— Je t'ai vue hier sur les rochers.

Je retins mon souffle.

— Je sais, répondit-elle.

Et ce fut pour moi le plus beau «je sais» du monde.

— C'était vraiment… envoûtant, avouai-je avec une franchise qui ne pourrait la laisser indifférente.

J'osai à peine la regarder, comme ébloui. En une fraction de seconde, j'avais oublié Jade, Pénélope, Jeannie et toutes les autres filles que j'avais croisées dans ma vie.

— Merci, fit-elle simplement.

Elle eut une brève hésitation avant de poursuivre sa route. J'aurais aimé qu'elle me pose une question, d'où je venais, ce que je faisais-là… pour ne pas trop avoir l'air de celui qui s'accroche. Mais, de toute évidence, cette fille n'était pas très loquace.

— Tu viens d'ici ? risquai-je encore.

Elle ralentit imperceptiblement son allure.

— Oui.

— Tu… (j'allais lui demander si elle allait à l'école, mais la question me parut plutôt saugrenue de la part d'un gars qui n'y allait pas, qui plus est, en plein été…) travailles ?

Je m'en foutais un peu, mais c'est la seule idée qui m'était venue à l'esprit. La fille s'arrêta, sortit un tube de crème de sa poche et entreprit de s'en appliquer sur les mains. Elle me regarda doucement. La goutte de couleur verte, comme échappée du pinceau d'un peintre distrait, qui allumait ses pupilles d'un brun autrement soutenu, me fascina. J'aurais voulu me fondre dans son regard comme dans son chant.

— Oui.

Ah ! Son laconisme me paralysait. Elle aurait pu répondre : oui, à temps partiel, à temps plein, chez Subway, à vider des poissons, que sais-je ? Mais beurrer un peu le pain qu'elle m'offrait au lieu de me nourrir de minuscules miettes de conversation qui m'affamaient d'elle. Tout au long de mon voyage, je n'avais pourtant jamais eu trop de difficulté à communiquer avec les autres, et encore moins dans ma langue, lorsque je le désirais ! La fille reprit sa marche. Embêté par la tournure des choses, je balbutiai :

— Écoute… je te laisse en paix, si tu préfères ?

De toute façon, je serais parti sous peu. Cette chaleur qui m'avait envahi le cœur se dissiperait, forcément. C'était ridicule.

— Seulement si tu veux, répondit-elle.

— Non, bafouillai-je, je ne veux pas, mais…

— Viens, lança-t-elle, je vais te présenter à des amis.

Je la suivis jusqu'au parc, où les jeunes de la veille me saluèrent comme de vieilles connaissances. En peu de temps, pressé de questions, j'avais sans doute dévoilé toute ma vie. Sauf, peut-être, le morceau principal. Sans le savoir, j'épatai la fille, qui se prénommait Anny, avec mes visites au musée du Groupe des Sept et à la galerie d'art de Vancouver. « J'étudie en arts plastiques à l'université de Moncton. Je ne travaille au Wood Pile comme apprentie sculpteure que pour l'été », m'expliqua-t-elle. Cet échange s'étira, pour mon plus grand bonheur. « Cela m'a fait tout drôle que tu m'abordes en français, tout à l'heure », confia-t-elle encore tandis que ses amis anglophones se chamaillaient à la blague pour mieux se prendre en photo avec leurs téléphones cellulaires. Après cet aveu qui attisa mes espoirs, Anny prétexta une visite aux toilettes… dont elle ne revint pas. Les copains, constatant mon désarroi, m'encouragèrent en me disant qu'elle serait peut-être de leur petite fête nocturne. Toute la journée, en dépit de mes efforts conscients pour m'imprégner de cet endroit que je visitais, je ne pensais qu'à une chose. Elle.

Le soir venu, je rejoignis les autres à l'endroit convenu. Nous nous trouvions en fait un peu avant White Point, et donc assez près du lieu où j'avais croisé Anny la première fois. En attendant qu'elle se montre, grisé par l'ambiance du moment, je m'amusai comme un fou. La musique, la mer, la plage, le feu de camp, les feux d'artifice, la bière, les compagnons de passage… c'était comme dans les films mais en mieux, parce que réel. Au bout d'un moment néanmoins, le niveau d'alcool de mes *buddies* dépassa largement le mien et leur conversation n'eut plus ni queue ni tête. Je me glissai dans mon sac de couchage, à même le sol, refusant les avances d'une jolie fille trop saoule pour savoir ce qu'elle faisait. Anny me manqua. Elle ne refit pas surface.

Le réveil, sous le soleil éclatant et le vent frais du large, fut glorieusement douloureux ; la scène, comiquement pathétique. Partout, des corps fourbus, des sacs de couchage humides, des couvertures étalées, des cadavres de bouteille de bière, des déchets dispersés. Près de mon visage, un coquillage rond et plat était apparu. Je le pris entre mes doigts. Il était doux. Une étoile semblait s'être détachée du ciel pour venir, en filigrane, orner son centre. Je glissai mon trésor dans ma poche. *« A sand dollar, you're rich ! »*, se moqua aussitôt un compagnon aux traits fripés. Il m'invita à déjeuner chez lui. Ses parents ne virent pas d'objection à ce que je me serve de leur salle de bain et me proposèrent même de passer la semaine chez eux, mais je déclinai l'offre généreuse. Même si je sentais qu'il me manquait toujours quelque chose, il me fallait mettre un terme à mon voyage, décider de mon avenir, revenir chez moi, parler à mon père. Logiquement, c'était là où j'en étais rendu. Certains vides ne se comblaient peut-être jamais. La douche, que je fis graduellement passer à froid, ne put cependant me faire oublier qu'une étincelle embrasait désormais un coin de mon âme.

Je retournai sur la plage en fin de matinée, m'y assis, las et courbaturé. Dans le sable, je traçai du doigt de sinueux trajets qui tournaient en rond. Avais-je fait toute cette route pour rien ? Pour que tout cela se termine en queue de poisson ? Seuls quelques petits kilomètres me séparaient de l'autoroute du retour. J'enfouis ma tête, lourde de la soirée de la veille, dans mes bras.

— *Kwé !* Ça va ? me murmura-t-on.

Je l'aurais reconnue parmi mille. Sous le coup de l'émotion, je frémis.

— Non, déclarai-je sans la regarder.

Je l'entendis s'installer près de moi.

— Tu peux chanter ? demandai-je sans bouger, de peur qu'elle ne voie mes yeux rougis et mes joues humides.

Lorsque la dernière note de sa mélopée fut emportée par le ressac d'une vague, je lui soufflai :

— Merci.

— Je connais un chant plus beau encore.

Je relevai la tête, intrigué.

— Celui de la forêt, enchaîna-t-elle. Tu veux venir avec moi ?

Je la suivis, songeant un instant à abandonner mon sac encombrant entre deux rochers. Elle me sourit.

— On m'appelle Anny, mais mon vrai nom, c'est Anjij, en Mi'kmaq. Je suis heureuse que tu veuilles encore me parler, dit-elle, en ralentissant pour écarter une branche de notre passage.

Ma main effleura la sienne lorsque je retins la branche à mon tour.

— Parce qu'hier... poursuivit-elle.

— Tu es partie sans me dire au revoir.

— Je ne sais jamais quoi dire... Je n'aime pas la foule, le brouhaha. J'aime ce qui est harmonieux.

Il est vrai que l'adjectif ne s'appliquait guère à la rencontre dans le parc et à la fête sur la plage.

Anny, remarquai-je, s'exprimait lentement, en pesant chaque mot.

— Dans mon livre préféré, il y a cette phrase : «On ne voit bien qu'avec le cœur, l'essentiel est invisible pour les yeux».

— C'est vrai, commenta Anny après un court silence.

— Tu as lu ce livre ?

Elle nia de la tête puis dit à voix basse :

— Ce matin, as-tu trouvé mon cadeau sur la plage ?

J'écarquillai les yeux.

— Ce coquillage était de toi ?

Perdue dans ses pensées, elle ne me répondit pas.

Nous progressions maintenant dans l'un des sentiers forestiers que j'avais aperçus en faisant du pouce près de Hunts Point. Il était bon d'être à ses côtés, de synchroniser mes pas aux siens. Elle me pointait tantôt une vesse-de-loup, une fougère, un lichen… Elle connaissait cette forêt sur le bout de ses doigts, sur le bout de son cœur. Puis, au détour d'un chemin étroit où les branches de sapin nous éraflaient les bras, une cabane en bois rond nous apparut. Enfin, m'apparut à moi, pas à elle.

— Mon studio ! claironna-t-elle avec une fierté non dissimulée.

— Superbe, sifflai-je. Qui l'a construit ?

— Mes frères et mes oncles, ils sont bûcherons. Cette forêt nous appartient.

L'éclaircie n'était pas très grande, mais suffisante pour loger un coquet chalet allongé d'un petit porche et un foyer extérieur entouré de chaises en bois.

— Assieds-toi, insista-t-elle en remuant les braises et en ravivant le feu avec quelques brindilles.

Elle prit ensuite place près de moi.

– Ici, c'est chez moi. Ma forêt, mon studio, mon petit feu. Et le chant des oiseaux.

Je restai sans voix. J'étais tellement bien. Elle était tellement belle. Il était inutile d'être plus volubile.

Au cours de l'après-midi, j'appris qu'Anny parlait trois langues : l'anglais, le français et le mi'kmaq. « Mais je préfère le langage de la nature… », ajouta-t-elle avant de se replier à l'intérieur du chalet. Après que nous eûmes mangé un délicieux banik aux raisins secs arrosé de sirop d'érable et bu une tisane de je-ne-sais quoi, nous nous racontâmes nos vies respectives.

J'hésitai un instant à lui admettre la vraie raison de mon départ, de crainte de l'effaroucher avec mon histoire singulière, mais le temps me pressait. J'étais qui j'étais… et c'est sous ce seul jour que je voulais être connu d'elle.

– Tu sais, je suis parti de chez nous en février parce que j'ai appris un secret que tout le monde savait dans ma famille.

– Lequel ?

– Que ma mère avait tenté de me tuer.

Je lui racontai combien cela m'avait insulté de constater que j'avais été le seul pendant toutes ces années à ne pas savoir. Puis je remarquai que des larmes avaient glissé le long de ses joues. D'abord, je crus que c'était mon récit qui l'avait émue. Je cessai de parler.

– Mon père, confia Anny, nous a battues, ma mère et moi, pendant des années, chaque fois qu'il rentrait saoul.

C'était donc autre chose qu'Anny pleurait. Un pénible souvenir que mon histoire lui avait ramené à l'esprit.

— Je me suis souvent dit qu'il aurait mieux fallu mourir, ces fois-là. Et puis un jour, ils l'ont mis en prison. Ma mère ne pouvait plus s'occuper de moi, ma grand-mère n'était pas très en santé, alors j'ai été placée dans une famille d'accueil… Ma marraine — je n'ai jamais pu l'appeler maman — était enseignante de français dans une école d'immersion.

Mon cœur se serra à l'idée qu'elle ait vécu tant de tourments. Elle poursuivit de sa voix douce :

— Parfois, moi, je pense que j'aurais aimé mieux grandir en me faisant dire que mes parents étaient morts. La vérité, les enfants à l'école me l'ont remise sur le nez tous les jours…

Je rapprochai ma chaise de la sienne. Un corbeau noir comme du charbon, mais brillant, vint se poser sur une branche en face de nous. Anny se ressaisit.

— Il aime quand je lui parle, annonça-t-elle en reprenant contenance comme par magie.

Et elle se mit à fredonner son chant. Le chant du premier jour, sur le quai. On aurait dit qu'elle et l'oiseau se connaissaient. Le corbeau me toisait, moqueur et sûr de lui. Il nous suivit tout au long du chemin du retour. Lorsque nous arrivâmes à l'orée de la forêt, elle le salua. J'avais peur qu'Anny ne me dise qu'elle devait partir mais elle se contentait d'avancer, sans me signifier que notre route ensemble était terminée.

— C'est quoi ton plus vieux souvenir ? me demanda-t-elle tandis que nous marchions vers Liverpool.

Je ne m'étais jamais fait poser une telle question. Je pataugeai dans ma mémoire.

— J'ai six ans. Je suis chez ma grand-mère, ça sent l'écurie. Et le ciel est gris.

Je réfléchis encore.

— Ma grand-mère me soulève, me dépose sur sa jument et me dit quelque chose comme : « La vie, c'est comme un cheval. Il y en a qui ont de bonnes montures, d'autres de mauvaises. Mais sache que tu peux être un bon cavalier même sur une monture difficile. Il faut juste que tu t'accroches plus fort et que tu diriges le cheval plus fermement. »

Anny approuva de la tête. Je poursuivis :

— Je lui ai répondu : « Et si je ne me tenais pas fort ? » Ma grand-mère a alors donné une bonne gifle sur les fesses du cheval.

— Qu'est-ce qui s'est passé ?

— Le cheval est parti en fou, j'ai échappé les rênes et je suis tombé.

— Tu t'es fait mal ? s'inquiéta Anny.

— À l'ego.

Mon amie sourit. Elle était encore plus magnifique quand elle souriait. « Moi aussi, j'adore ma grand-mère », conclut-elle. Elle m'entraîna vers la plage, de l'autre côté de la rue, en courant. Je m'effondrai près d'elle, le souffle court. Mon sac à dos me pesait. Je n'avais plus le goût de ce sac.

— C'est drôle que tu sois venu jusqu'ici, à Liverpool.

— Je voulais toucher l'Atlantique… imaginer Paris de l'autre bord…

— J'y suis déjà allée, me surprit Anny, avec ma marraine. Elle était Française. Elle aurait bien aimé que nous déménagions là-bas, mais… ce n'était pas ma terre. Et cela aurait brisé le cœur de ma grand-mère. Moi, ce dont j'ai toujours rêvé, c'est d'un simple voyage au Québec !

«Je t'y emmènerais tout de suite», vins-je pour lui dire.

— Si tu pouvais apporter deux livres sur une île déserte, lesquels est-ce que ce seraient? la questionnai-je plutôt en contemplant l'horizon paré de mille couleurs.

Elle soupesa longuement la question.

— Aucun.

Je fus déçu de sa réponse. Elle le sentit.

— La tradition chez nous, expliqua-t-elle, est orale. Je n'ai pas besoin de livres pour me conter des histoires.

— Je comprends...

— Toi? ajouta-t-elle.

— L'œuvre d'Antoine de Saint-Exupéry.

— C'est l'auteur de la phrase que tu m'as citée aujourd'hui?

— Oui. Ma tante gardait toujours cet ouvrage de la Pléiade sur sa table de salon.

— C'est quoi la Pléiade?

— Juste un genre de collection. Dans ce livre, il y avait toutes les histoires que cet auteur-là avait écrites.

— Pratique!

— Oui. Il n'était pas seulement écrivain, il était aussi pilote d'avion. Moi, je crois que j'aurais aimé ça, être pilote.

— Qu'est-ce qui t'en empêche?

Je regardai au fond de ses yeux bruns, me retrouvai dans ce grain de verte espérance.

— Rien.

Début moins un

Cette nuit-là, je dormis peu. Comme si j'avais peur que tout à coup tout s'efface si je fermais les yeux. Que la lumière s'éteigne. Que l'on ne se retrouve jamais.

Je n'avais pas réussi à lui dire, lorsqu'elle s'était levée en me disant qu'elle devait absolument partir, que j'étais tombé amoureux d'elle. Que je voulais tenir sa main pour toujours dans la mienne. Que je voulais aller encore avec elle dans ses sentiers. Que je ne la battrais jamais. Certaines vérités sont si difficiles à avouer.

Sa jupe, éclairée par une lune blafarde, avait frôlé le sable, puis les herbes, puis les rochers. Ses cheveux, portés par le vent, s'étaient étirés vers moi. La retenir. Lui dire je t'aime. Elle avait disparu au bout de la route, en m'envoyant la main, sans se retourner. Je m'étais prostré sur le sable tapé par l'eau salée. Ces varechs, allongés sur la grève, me faisaient penser à ses cheveux. Tout me ramenait à elle.

Début

178 secondes.
Était-ce le temps qu'elle avait tenu l'oreiller sur ma bouche ?
Je ne sais pas.
Je ne sais pas combien de temps ça prend pour étouffer un enfant.
Mais ce chiffre, 178 secondes, m'était toujours resté en tête depuis
que j'avais lu pour la première fois ce bulletin de la Sécurité des
vols chez ma tante.
178 secondes. Possible. Qui sait ?

Le matin était frais et humide, le ciel chargé de sombres cumulo-nimbus. Rester, partir, rester... Partir,
aujourd'hui, c'est ce que j'avais prévu à mon arrivée à
Liverpool. De toute façon, si Anny ne m'avait même
jamais laissé un réel moyen de la rejoindre, c'est qu'elle
n'avait rien à faire d'un gars de passage. C'était com-
préhensible, me convainquis-je. Elle emportait pourtant chaque fois une parcelle de mon cœur avec elle. Il
valait mieux que je plie bagage avant que plus rien n'en
demeure.

Afin de me dénicher quelque chose de plus sec à
me mettre après cette pénible nuit d'insomnie, je débal-
lai le contenu entier de mon sac à dos sur mon sac de
couchage. Parmi les vêtements, mes lunettes de soleil,

— qui m'avaient été si pratiques en montagne et dans le Nord —, mes carnets, mes ustensiles, mon couteau suisse, mon écuelle, mon premier foulard... Je retournais pour l'instant chez mon père, le temps de faire quelques demandes d'admission... Car j'avais cette nuit-là, entre la Grande Ourse et Orion, trouvé ma voie. Mais, avant mon départ, il me fallait laisser un cadeau à mon amie.

Je remontai jusqu'à Hunts Point, retrouvai ce rocher sur lequel j'avais vu Anny la première fois. J'y déposai ma magnifique sculpture, non sans l'avoir d'abord embrassée. Je revins ensuite sur mes pas, le cœur empli de cet amour qui m'habitait sans que je n'y puisse rien. Le petit quai de pêcheurs, désert, appela un détour. Je me rendis jusqu'au bout, tout au bout, m'accroupis là où les planches finissaient, tel mon propre voyage. J'observai longuement la mer à marée haute. C'était la fin de ma quête. Du sud au nord, de l'ouest à l'est, j'avais fait le tour. Il me fallait l'admettre : j'étais prêt maintenant. La colère et le ressentiment m'avaient quitté.

Un son quasi imperceptible, de pas légers sur l'inégale jetée de bois, se fit entendre. *« Kwé ! »*, chantonnait-elle. Je me retournai précipitamment en me relevant. Mon amour pour elle me déchira les yeux et le cœur. Mon mouvement fut trop vif ; mon impulsion, trop grande. Déséquilibré, je perdis pied. Mes bras battirent l'air. Mon sac à dos amerrit bruyamment sur l'eau, m'entraînant vers le fond comme un flotteur d'hydravion troué.

Je sombrai, les yeux ouverts. Mon cerveau, lui, s'était transformé en chronomètre fou. Au lieu de donner l'ordre à mes muscles de se débattre, de nager, il comptait. 1,2... Les chiffres défilaient à vitesse vertigineuse dans ma tête. 29,35... Mon avion ne s'était pas écrasé au sol. 57, 58... Il n'avait pas fauché les marguerites. 112, 116, 121... Il allait plus loin. 128... Il allait plus creux. 131, 145, 152... Au creux de l'eau. La mer. 153. Notre mère universelle. 156... Originelle. Je m'enfonçais en elle. 164, 167... J'étais calme. 168... *Plus que 10 secondes.* C'était froid. 170, 173... J'étais affreusement calme. 174... Je regardai. *Soudain, le sol apparaît.* 175... *Les arbres se précipitent à votre rencontre.* 176... Mes mains. Mes pieds. Tout était là. *En tournant assez votre tête, vous pouvez voir l'horizon, mais sous un angle inhabituel. Vous êtes presque à l'envers. Vous ouvrez la bouche pour hurler, mais...* 177... J'étais bien. Voilà. J'étais mort. Le chiffre s'était imprimé en grosses lettres bleues dans l'écran téléviseur de mes yeux. 178 secondes.

Lorsque je repris mes esprits, le chronomètre avait rendu l'âme. Il n'affichait plus rien. Elle était là. Sa bouche aux lèvres fermes et douces plaquée sur la mienne. J'inspirai son souffle tiède. L'air devenu glacial, le ciel noir au-dessus de nous, l'eau qui coulait sur mes tempes, mes muscles tendus, le sable dur sous mon corps. Ce pincement sur mon nez, sa main retenant mon menton.

— Pourquoi ? haletai-je.

Elle me releva à demi.

— Il y a un temps pour tout dans la vie. Un temps pour mourir. Un temps pour vivre. Un temps pour le deuil. Un temps pour le bonheur. Un temps pour la haine. Un temps pour l'amour.

Je pris une grande respiration. Je respirais enfin.

Un torrent de larmes déferla le long de mes joues. J'enroulai mon corps autour du sien et plaquai mon nez dans sa longue chevelure mouillée. Au bout d'un long moment, elle me dit :

— Je suis allée voir ma grand-mère, hier soir, après t'avoir laissé. Je lui ai demandé, pour la première fois, de « voir » pour moi... Et elle m'a dit que je sauverais quelqu'un bientôt. Et que...

— Quoi ? chuchotai-je.

Anny hésita.

— Rien. Des fois, les vieilles voyantes, ça raconte toutes sortes de choses...

J'étais trempé. Elle aussi. Nous avions froid.

— Viens, je vais te présenter à grand-mère, ajouta-t-elle.

Je la suivis. Libéré du poids de mon sac, du poids de ma vie.

En chemin, elle me dit :

— J'ai repensé à la question que tu m'as posée hier soir.

— Laquelle ?

— Sur les deux livres.

— Ta réponse a changé ?

Anny fit une pause, me regarda droit dans les yeux.

— Le premier livre que j'apporterais, ce serait toi.

Je serrai tendrement sa main.

— Et le deuxième ?

— On pourrait l'écrire ensemble.

J'avais l'Atlantique à ma gauche, la forêt à ma droite, une sirène à mes côtés et tout un ciel devant moi. « Il y a un paysage pour chaque personne. »

Fin

— Le feu?

— Il n'y a jamais eu de feu.

— Alors, pourquoi?

Il soupira, à la fois de tristesse, de remords et de soulagement.

— Parce que comme ça, je n'avais pas à te raconter les photos, les souvenirs. C'était comme si le feu effaçait tout, me donnait un point de repère pour recommencer notre vie, à toi et à moi.

— Mais pourquoi avoir tout gardé?

Sa voix se fit plus sereine.

— Parce que je voulais un jour tout t'expliquer, te donner tes souvenirs de bébé et les albums de photos.

— Et pourquoi ne m'as-tu pas dit la vérité, quand j'étais assez vieux pour comprendre?

— Ce n'était pas facile de savoir quand tu allais être prêt… J'ai toujours eu peur que cela te perturbe l'esprit. J'ai eu peur que tu te mettes à croire que ta mère voulait te tuer parce qu'elle ne t'aimait pas.

Après une courte pause, il poursuivit:

— Tu sais, que tu te sentes rejeté, différent…

Je saisissais.

— Cela aurait été difficile, papa. Vous avez toujours été tellement gentils et aimants.

— Merci, dit-il en retenant un sanglot. On a fait de notre mieux. Je pense qu'on essayait de t'aimer en double. Toi, tout ce dont tu avais besoin, c'était qu'on t'aime, simplement.

Il avait raison.

— Ta mère t'aimait, elle t'a mis au monde. C'est juste que la chimie dans son cerveau… Elle était… folle. Ses parents ne m'ont dit qu'elle était schizophrène qu'après qu'elle fut tombée enceinte. Tout s'est passé si vite, entre nous. Mais elle m'a fait le plus beau cadeau : toi.

— Tu ne lui en veux plus ?

— Oui, confessa-t-il. Je lui en voudrai toujours. C'est dur à expliquer. Elle m'a volé une partie de moi, de toi. Je n'ai plus jamais fait confiance à personne, après.

Sous cet éclairage, tout devenait si lumineusement clair.

Il me sembla que tant de portes venaient de s'ouvrir entre nous, comme autant de chemins de conversations qu'il nous faudrait emprunter, un à un.

— Papa, je voulais aussi t'annoncer que… je retourne aux études.

— Dans quel domaine ? s'enquit mon père, la voix teintée d'émotion.

— L'aviation.

Je ne portais aucune marque physique de cette agression. Seule ma mémoire inconsciente en gardait la trace indélébile. Comme un tatouage direct au cœur.

Remerciements à :

Valérie Pomerleau, de Montréal, au Québec, pour son généreux regard de jeune lectrice. Line Fontaine, pour sa lecture du manuscrit alors qu'elle était en Allemagne. Nathalie Desautels Comeau, de la Baie Sainte-Marie, en Nouvelle-Écosse, pour son coup de pouce avec la parlure acadienne. Roland Charest, de l'Association franco-culturelle de Yellowknife, qui a attentivement révisé le chapitre sur sa ville. Michelle Philippot, de Saint-Claude, au Manitoba, pour son amitié et ses encouragements. Richard Lavallée, pour son soutien inconditionnel. Mes frères et mes parents, pour leur compréhension.

La confiance que vous me témoignez donne des ailes à mon écriture.

Table des matières

DE LA MÊME AUTEURE

Littérature générale

Un jardin en Espagne. Retour au Généralife (roman), Ottawa, Éditions David, 2006. Finaliste aux Prix des lecteurs Radio-Canada 2007. Finaliste aux Prix Éloizes 2007, catégorie «Littérature».

Littérature jeunesse

Frédéric le méli-mêlé (album), Montréal, Bayard, 2009.

La princesse Pop Corn (roman jeunesse), Montréal, Bayard, 2009.

Kimmy la lune (album), Montréal, Bayard, 2008.

Poussièra (album), Montréal, Bayard, 2008.

Crinière au vent 2. Un camp mystère... (roman jeunesse), Montréal, Hurtubise HMH, 2008.

Riquili apprend les voyelles (album), Moncton, Bouton d'or Acadie, 2008.

Le château qui puait trop (album), Moncton, Bouton d'or Acadie, 2008.

Riquili apprend à compter (album), Moncton, Bouton d'or Acadie, 2007.

Crinière au vent 1. Si j'avais un poney... (roman jeunesse), Montréal, Hurtubise HMH, 2007.

Samuel la tornade (album), Montréal, Bayard, 2007.

VOIX NARRATIVES

Collection dirigée par Marie-Anne Blaquière

BÉLANGER, Gaétan. *Le jeu ultime*, 2001.

BRUNET, Jacques. *Ah...sh***t! Agaceries*, 1996. Épuisé.

BRUNET, Jacques. *Messe grise* ou *La fesse cachée du Bon Dieu*, 2000.

CANCIANI, Katia. *Un jardin en Espagne. Retour au Généralife*, 2006.

CANCIANI, Katia. *178 secondes*, 2009.

CHICOINE, Francine. *Carnets du minuscule*, 2005.

CHRISTENSEN, Andrée. *Depuis toujours, j'entendais la mer*, 2007.

COUTURIER, Anne-Marie. *L'étonnant destin de René Plourde. Pionnier de la Nouvelle-France*, 2008.

CRÉPEAU, Pierre. *Kami. Mémoires d'une bergère teutonne*, 1999.

CRÉPEAU, Pierre et Mgr Aloys BIGIRUMWAMI, *Paroles du soir. Contes du Rwanda*, 2000.

CRÉPEAU, Pierre. *Madame Iris et autres dérives de la raison*, 2007.

DONOVAN, Marie-Andrée. *Nouvelles volantes*, 1994. Épuisé.

DONOVAN, Marie-Andrée. *L'envers de toi*, 1997.

DONOVAN, Marie-Andrée. *Mademoiselle Cassie*, 1999. Épuisé.

DONOVAN, Marie-Andrée. *L'harmonica*, 2000.

DONOVAN, Marie-Andrée. *Les bernaches en voyage*, 2001.

DONOVAN, Marie-Andrée. *Mademoiselle Cassie*, 2e éd., 2003.

DONOVAN, Marie-Andrée. *Les soleils incendiés*, 2004.

DONOVAN, Marie-Andrée. *Fantômier*, 2005.

DUBOIS, Gilles. *L'homme aux yeux de loup*, 2005.

DUCASSE, Claudine. *Cloître d'octobre*, 2005.

DUHAIME, André. *Pour quelques rêves*, 1995. Épuisé.

FAUQUET, Ginette. *La chaîne d'alliance*, en coédition avec les Éditions La Vouivre (France), 2004.

FLAMAND, Jacques. *Mezzo tinto*, 2001.

FLUTSZTEJN-GRUDA, Ilona. *L'aïeule*, 2004.

FORAND, Claude. *Ainsi parle le Saigneur*, 2006.

FORAND, Claude. *R.I.P. Histoires mourantes*, 2009.

GRAVEL, Claudette. *Fruits de la passion*, 2002.

HAUY, Monique. *C'est fou ce que les gens peuvent perdre*, 2007.

JEANSONNE, Lorraine M. M. *L'occasion rêvée... Cette course de chevaux sur le lac Témiscamingue*, 2001. Épuisé.

LAMONTAGNE, André. *Le tribunal parallèle*, 2006.

MARCHILDON, Daniel. *L'eau de vie (Uisge beatha)*, 2008.

MUIR, Michel. *Carnets intimes. 1993-1994*, 1995. Épuisé.

PIUZE, Simone. *La femme-homme*, 2006.

RICHARD, Martine. *Les sept vies de François Olivier*, 2006.

ROSSIGNOL, Dany. *L'angélus*, 2004.

ROSSIGNOL, Dany. *Impostures. Le journal de Boris*, 2007.

TREMBLAY, Micheline. *La fille du concierge*, 2008.

VICKERS, Nancy. *La petite vieille aux poupées*, 2002.

YOUNES, Mila. *Ma mère, ma fille, ma sœur*, 2003.

YOUNES, Mila. *Nomade*, 2008.

MARQUIS

Québec, Canada

RECYCLÉ
Papier fait à partir
de matériaux recyclés
FSC® C103567

Imprimé sur du papier Enviro 100% postconsommation
traité sans chlore, accrédité ÉcoLogo et fait à partir de biogaz.

Achevé d'imprimer en juillet 2013
sur les presses de Marquis Imprimeur
Montmagny (Québec) Canada